JN080518

可愛いだけの無能な妹に聖女の座を譲ろうと思います

あーもんど
Almond

Regina

RB
レジーナ文庫

ルーシー
ノーラの双子の妹。
「高嶺の花」と呼ばれるほど、
可愛らしく、人々に好かれている。
魔法や勉強は苦手。
タリア
精霊国を治める、精霊王。
神に近い存在で、
非常に大きな魔力を持っている。
実は虫が嫌い。
ノーラ
優れた聖魔法を使える、
歴代で最も強いプネブマ王国の聖女。
ルーシーに様々なものを奪われてきた。
容姿にコンプレックスがある。

登場人物紹介
ベヒモス
土の大精霊。
ジンと同じく、ノーラと契約している。
おっとりした性格。
ジン
ノーラと契約し、
プネブマ王国を発展させた
風の大精霊。
お調子者だが、
ノーラのよき理解者。
国王
プネブマ王国の国王。
ノーラの才能を認め、
聖女に推薦した。
国民想いの苦労人。
シェイド
タリアの弟で、側近も務める。
いつも気難しそうな表情をしているが、
親しい人にはよくいじられている。

目次

可愛いだけの無能な妹に聖女の座を譲ろうと思います　7

書き下ろし番外編
結婚　343

可愛いだけの無能な妹に
聖女の座を譲ろうと思います

プロローグ

私は昔から、双子の妹のルーシーに何もかも奪われてきた。
我が妹は蝶《ちょう》よ花よと愛《め》でられ、甘やかされて育ったお姫様。
不自由なんて言葉はあの子には似合わない。
だって、あの子が望めば、なんでも手に入るから。
何か悪いことをしてしまっても、「ごめんなさい」と謝れば大抵許される。
ルーシーはそんな子だ。
まあ、でもそれは仕方ない。
だって、ルーシーは可愛いから。
緩く巻かれた栗色の長髪に、エメラルドを連想させる大きな緑の目。
小柄《こがら》だけれど程よくふっくらしていて、男性に好まれる体形をしている。
ルーシーは、まさに『可愛い』の集合体だ。

そんな可愛い双子の妹に比べ、姉の私――ノーラは酷《ひど》く醜《みにく》い姿をしている。

頑固なくらい真《ま》っ直《す》ぐな暗めの茶髪に、妹と同じ翠玉《すいぎょく》の瞳。

体形は痩《や》せ気味で、胸もそこまで大きくない。

地味な顔立ちから、社交界で陰口を叩かれることもあった。

自分が醜《みにく》いのは自覚していたし、周りになんと言われようが気にしない。

正直、外見の善《よ》し悪《あ》しに関してはもう諦《あきら》めていた……

けれど、世の中は無情で、外見のいい者は悪い者から搾取《さくしゅ》されるらしい。

美しい服やアクセサリーなどはもちろん、両親の愛や婚約者まで……私はずっと可愛い妹に奪われ続けてきた。


――あれは、私たちの五歳の誕生日パーティーのとき。

両親は、私にクマのぬいぐるみを、ルーシーに可愛らしいウサギのポーチを、それぞれプレゼントしてくれた。

どちらのプレゼントも特注品で、クマのぬいぐるみには宝石つきのリボンが、ウサギのポーチには隣国から取り寄せた動物の毛皮が使われていた。

言うまでもなく、これらのプレゼントは最高級品。

クマのぬいぐるみを抱き締めて大喜びする私に、ルーシーは早くも欲深さの片鱗《へんりん》を見せる。

『ねぇ、お姉様――そのクマのぬいぐるみ、私にちょうだい？』

『えっ……？』

ルーシーは私に片手を差し出すと、コテンと可愛らしく首を傾げ、無邪気な笑みを浮かべた。

交換ではなく、譲渡……それも、もらったばかりの誕生日プレゼントを……

常識的に考えて、ありえないおねだりだろう。

たとえ、それが愛らしい妹であったとしても。

だから、私はきっぱりと断ることにした。

『嫌よ。このクマちゃんは私がもらったんだもの！』

『嫌……？　どうしても？』

『ええ』

当然のようにおねだりを拒《こば》むと、彼女はクシャッと顔を歪《ゆが》める。

そして――その美しいエメラルドの瞳から、大粒の涙を流し始めた。

『うわぁーん！　なんでぇぇぇぇぇ！　私もクマさん欲しいよぉ！』

ルーシーはその場で蹲《うずくま》り、わざとらしく大声で泣き喚《わめ》く。

そんな妹の泣き声を聞いて、両親が私たちのもとへ駆け寄ってきた。

『嗚呼《ああ》、私の可愛いルーシー！　可哀想に、こんなに泣いて……一体何があったんだい？』

『お姉様がクマのぬいぐるみを譲ってくれないのぉ！　私もクマさん欲しかったのにぃ！』

駄々を捏《こ》ねるルーシーを見て戸惑《とまど》う父に続いて、母も声をかけた。

『あらあら……じゃあ、ルーシーちゃんには今度別のクマさんを買ってあげるわ。だから、あのクマさんは諦《あきら》め……』

『いやぁぁぁぁぁ！　あのクマさんがいいの！』

イヤイヤと首を横に振るルーシーに、両親は困り果ててしまう。

以前からルーシーに甘い父と母は一言二言《ひとことふたこと》言葉を交《か》わしたあと、父がルーシーを抱っこしてこちらに近づいてきた。

この時点で私はわかっていた——両親が出した結論を。

『ノーラ、すまないが、そのぬいぐるみをルーシーに譲ってくれないか？　お前にはあとで、別のものを用意してやるから』

『お願いよ、ノーラ。あなたはお姉ちゃんでしょう？　ルーシーのために我慢してあげて』

私が抱きかかえるクマのぬいぐるみに、母が手を伸ばす。

『お願い』と言う割に、私には他に選択肢がないように思えた。

お姉ちゃんだから我慢しなさい、ね。

双子の私たちに、大して差はないのに……

私はルーシーより数分早く生まれてきただけなのに……

たったそれだけの違いなのに、私は『姉』というだけで我慢しないといけないのね……

早くもこの世の中の理不尽さに気がついた私から、母はクマのぬいぐるみを取り上げた。

大切なクマのぬいぐるみは、母の手から妹に渡った。

『ほら、ルーシーちゃんの大好きなクマさんよ～！』

『わあ！　クマさんだぁ！　ありがとう！』

明るい声をあげるルーシーに、父も嬉しそうに笑った。

『ははっ！　ルーシーの機嫌《きげん》が直ってよかったよ』

クマのぬいぐるみを手に入れたことですっかり機嫌《きげん》をよくしたルーシーは、溢《あふ》れんばかりの笑みを振りまく。

その笑顔は天使のようだが、私の目には妹が悪魔のように映った。

笑顔で私のものを奪っていく妹も、私のものを横取りした妹を責めない大人も、妹中心で回っているこの理不尽な世界も……何もかも怖い。

でも、こんなことは、悪夢の始まりに過ぎなかった。


——王立アカデミーに入学してから、初めての冬休みのこと。

この王国の貴族は十二歳になると王立アカデミーに入学することが決められている。

私もルーシーも、十二歳の四月から王立アカデミーに通っていた。

当時、私には婚約者がいた。

婚約者の名はダニエル・シュバルツ公爵令息。

シュバルツ公爵家の次男で、私の愛する人。

政略結婚が一般的な貴族社会で、私とダニエル様は珍しく、お互い想い合っての婚約だった。

順調に進めば、十五歳の年にアカデミーを卒業すると同時に、結婚する予定だった。

妹に奪われるばかりの人生において、ダニエル様との婚約は私の唯一の幸せだった。

だから——彼に裏切られるなんて、私は予想もしていなかった。

『——すまない、ノーラ。君との婚約を白紙に戻してほしい』

冬休みのある日、約束もなしに突然屋敷を訪ねてきたダニエル様に、私は婚約解消を言い渡された。

その傍《かたわ》らには、勝《か》ち誇《ほこ》った表情を浮かべる妹の姿がある。

ここ数年でさらに美しくなった我が妹は、ダニエル様の隣に堂々と立っていた。

あぁ、なるほど……この子はまたしても私の幸せを奪っていくのね……

そう思って呆然とすることしかできない私を、ルーシーは涙で潤《うる》んだ目で見る。

『ごめんなさい、お姉様……本当はこんなことダメだってわかってるけど、どうしても気持ちを抑えられなくて……。お願い！　私とダニエル様のために身を引いて！』

『私からも頼む！　私とルーシー嬢は心から愛し合っているんだ！』

『……』

ダニエル様は私を愛していると言った唇でルーシーに愛を吐き、私を優しく抱き締めてくれた手でルーシーに触《ふ》れている。そのときはまだ一応、私たちは婚約者同士だったというのに……

彼の無神経な行《おこな》いのせいか、怒《いか》りすら湧いてこなかった。

私は頭の中で、ぼんやりと考えた。

なんだか、この状況って、以前見たロマンス小説に似ているわね。

真実の愛を見つけた主人公とヒロインが、主人公の婚約者に許しを乞《こ》うシーンも、確かこんな感じだったはず……

差し詰め、私は主人公に執着する悪役令嬢ってところかしら？

悪いのは完全に主人公《ダニエル》側なのに……悪役は私なのね。

そう思うと、私の口からは自嘲《じちょう》にも似た笑みが漏れた。

『……わかったわ。婚約解消に応じてあげる。どうぞ、お幸せに』

私は二人の恋愛を祝福してあげた――零《こぼ》れそうになる涙を堪《こら》えながら。

嗚呼《ああ》、なんて惨《みじ》めなんだろう？　妹に婚約者を……愛する人を、まんまと取られるなんて……

でも、しょうがない。

だって、妹はすごく可愛いから。周りの者たちに深く愛されているから……

だから、しょうがないの。何もかも。

この理不尽な世の中に、改めて私が絶望する中、妹ルーシー・オルティス伯爵令嬢と、元婚約者ダニエル・シュバルツ公爵令息の婚約が発表された。

その後も、私はルーシーに様々なものを奪われた。

子供の頃はまだ優しかった両親も、私たちが成長し、明らかに見た目に差がついてからは、ルーシーだけを可愛がり始め、私には見向きもしなくなった。

ルーシーは可愛いから仕方がないと思った。

それに――私には聖女という特別な地位と権力がある。

聖女とは聖魔法《せいまほう》に秀《ひい》でた才能を持つ女性に贈られる称号で、国王もしくは前代の聖女から任命される。

私の場合は、国王陛下に任命されて、この地位と権力を得た。

私は生まれつきの魔力量がかなり多かった上、聖魔法との相性も抜群だったからだ。

この国に恵みを与えてくれる精霊との意思疎通ができ、契約も交《か》わしている。

国王はそんな私を手放したくなくて、聖女という座を与えたのだ。

私にとって、聖女とは誇《ほこ》りであり、唯一のプライドだった。

だから――

「ねぇ、お姉様。私に聖女の座をちょうだい？」

そのルーシーの言葉に、息が詰まるかと思った。

今は、私と妹の十六歳の誕生日を祝うパーティーが行《おこな》われている。当然ながら、人の目がある。

しかも、この場にいる人たちはみんな妹信者ときた。

どう考えても、今の私に逃げ道はない。

——ルーシーは、昔からそうだった。

わざと人の目につく場所で私に強請《ねだ》る。あれが欲しい、これが欲しいと……

変なところで頭が回るのか、ルーシーは私と二人きりのときに何かを強請《ねだ》ろうとはしない。絶対に誰かがいるところで可愛くおねだりしていた。

そうすれば、私が断れないとわかっているから。

その可愛らしい顔に愛らしい笑みを浮かべながら、私から全てを奪っていく。

どこまでも無邪気に……どこまでも貪欲《どんよく》に……まるで、自分は悪くないみたいに……

『ねぇ、お姉様——ちょうだい？』って……

それで私がどれだけ傷ついているかも知らずに。

私が断ったとしても、周りから口を挟まれ、結局は彼女に奪われるのだ。

なんて不平等な世界なのだろう？

この世に『平等』なんて存在しないのはわかっていたけれど、これはあんまりではないか。

聖女は私の誇《ほこ》りで、唯一のプライド。

この子はそれさえも、私から奪い取ろうというの？

もうあなたの手には、溢《あふ》れそうなほど、多くのものがあるというのに、まだ足りないというの？

また私から奪っていくの……？

妹の貪欲《どんよく》さには、目眩《めまい》すら覚える。

何も言えずにいる私に、ルーシーは追《お》い討《う》ちをかけるように言葉を重ねた。

「ねぇ、お姉様、お願い～！　ダメ？　やっぱり、私には聖女なんて務まらないと思ってる？」

……ええ、思っているわ。だって、あなたは飽《あ》き性《しょう》じゃない……

昔、私から奪ったクマのぬいぐるみを、一日で遊び飽《あ》きて捨ててたじゃないの……

服やアクセサリーだって、そう。

私から奪った婚約者だって、もう飽《あ》きかけてるじゃない。

飽《あ》き性《しょう》のあなたが聖女の務めを毎日こなせるとは思えないし、まずあなたにはその素《そ》質《しつ》がない。

あなたは魔力量が人より少ない上、聖魔法との相性は最悪。

簡単な洗浄魔法すら使えないくせに、聖女だなんて……いくらなんでも無理があるわ。

そう心の中で思いながら、溜め息をつく。

――でも、忘れてはいけない。

ここがルーシーの庭であり、周りの人間は美しい花に魅了された蝶《ちょう》であることを……

多少無理のあるお願いでも、それが花のお願いなら、蝶《ちょう》たちは喜んで助太刀《すけだち》する。

――多くの者を魅了し、愛される高嶺《たかね》の花は、クスリと笑みを漏らした。

「ルーシー嬢なら、お前みたいな醜《みにく》い女よりも完璧《かんぺき》に聖女の務めを果たす」

「ルーシー様の足りないところは、みんなでサポートすればいいわ」

「お前みたいな醜《みにく》い女は聖女じゃない。ルーシー嬢こそ、聖女に相応《ふさわ》しい」

ルーシーの取り巻きから吐き出される悪意と皮肉が入《い》り交《ま》じった言葉は、耳障《みみざわ》りな騒音のようで、気分が悪い。

何故、私が悪者扱いされなければいけないのか、不思議でしょうがない。

悪いのは明らかにルーシーのほうなのに……

身の丈《たけ》に合わない地位と権力を欲《ほっ》した愚者《ぐしゃ》を、何故皆は責めないんだろう？

冷静に考えてみればわかることなのに……何故いつも責められるのは私なのだろうか？

そう思ったとき、プツンと何かが私の中で切れる音がした。

――嗚呼《ああ》、もうなんか、全部どうでもいいわ。

この盲目的な人々も、卑《いや》しい妹も、傍観する家族や元婚約者も……全部どうでもよくなった。

そうだ――もう全部捨ててしまいましょう。

貴族という身分も、家族も、聖女の座も……全て捨ててしまおう。

一度全部手放して、また新しい地で一からやり直そう。

ここにこだわる理由は、何一つないのだから。

そう決めてしまうと、不思議と気分がよくなった。

今までいろいろ悩んでいたことが嘘のように、心が軽い。

もっと早く、こうすればよかった。

過去の自分が愚《おろ》かすぎて、笑いが込み上げてくる。

顔を俯《うつむ》け肩を震わせる私をどう勘違いしたのか、ルーシーは慌《あわ》てて駆け寄ってきた。

「ごめんなさい、お姉様。泣かせるつもりはなかったの。でもね？　聖女の役割はお姉様には重いかなって思って……みんなも私が聖女になったほうがいいって言ってるし……ねっ？」

聞き分けのない子供を優しく諭《さと》すように、ルーシーは柔らかい口調で語りかけてくる。

けれど、その言葉の端々《はしばし》から、隠しきれない欲望が滲《にじ》み出《で》ていた。

そうよね。あなたは私から全てを奪わないと気が済まない子だものね。

だから――あなたのお望み通り、私の持っているもの全部あげるわ。

どうせ、捨てるものだからちょうどよかった。

私はニンマリと口元を歪《ゆが》めると、俯《うつむ》けていた顔をスッと上げる。

私が泣いていると思っていたルーシーは、満面の笑みを浮かべる私に心底驚いていた。

「いいわ――可愛いだけの無能な妹に、聖女の座を譲ってあげる」

ありったけの嫌みを込めた返答に、ルーシーは顔を真《ま》っ赤《か》にする。

「な、なっ……!?　無能ですって!?」

唾《つば》を飛ばさんばかりの勢いで憤慨《ふんがい》するのは、多くの人に愛《め》でられる高嶺《たかね》の花。

あら？　無能である自覚があったのね。

あなたのことだから、自分が無能であることにすら気づいていないのかと思っていたわ。

私が考えていたより、賢《かしこ》いのね。

無能な妹を嘲《あざけ》っている私の内心を読み取ったのか、ルーシーの怒《いか》りはさらにヒートアップする。

「私は無能なんかじゃないわ！　っていうか、なんなの？　いきなり生意気なのよ！　醜《みにく》い姿のお姉様のくせに、どういう心境の変化なのよ!?」

「生意気だなんて、あなたに言われる筋合《すじあ》いはないわ。心境の変化に関しては、そうね……全てを捨てる覚悟ができたから、かしら？　聖女の座も家族も可愛い妹も、全部捨てる決断をしたの。そうしたら……ビックリするほど、体が軽くなったわ」

「な、はっ……!?　捨てる……？」

「うふふっ。そうよ？　捨てるの。私は一度全部捨てて、新しい地で一から始めるわ」

キッパリと全て捨てると宣言した私に、ルーシーは酷《ひど》く驚いた様子だった。馬鹿みたいにポカーンと口を開けて、呆然としている。

その間抜けな顔は、なかなか面白いわね。

「あぁ、でも私の大切なお友達は連れていくわよ？　あと、この国全体にかけていた聖魔法の結界も解くわ」

私が思い出して言うと、ルーシーは首を傾げる。

「と、友達……？　結界……？」

「あら、知らないの？　あなた、仮にも私の妹でしょう？」

本当にこの子は、興味がないことに関しては何も知らないのね。この話は結構有名なのに……

私は思わず、内心で溜め息をついた。

私が言うお友達とは、精霊のこと。

この国は精霊のもたらす恩恵と加護《かご》で栄えている。

そして、人に害をなす、邪悪な存在——魔物からこの国を守る役割を、聖女である私が担《にな》っていた。

聖魔法による結界——聖結界《せいけっかい》は魔を寄せつけないためのもので、魔物が無理に近づけばその体は浄化され、消えてしまう。

この国が魔物の脅威《きょうい》から守られていたのは、聖結界を扱う聖女のおかげ。

それすらも知らずに『聖女になりたい』と強請《ねだ》ったのなら、かなりの大馬鹿者ね。

下調べくらいしておくのが普通でしょう。まあ、これくらい知っていて当然なのだけれど……

むしろ、知らないほうが驚きよね。世間知らずのお嬢様なんてレベルではないわ。

私はお馬鹿な妹に心底呆《あき》れ、「はぁ……」と深い溜め息をついた。

そんな私の態度が癇《かん》に障《さわ》ったのか、ルーシーはキッとこちらを睨《にら》みつけてくる。

それはそれは、ものすごい形相《ぎょうそう》で……

私はそれを受け流すように、口を開く。

「まあ、知らなくても大丈夫よ。そのうち、嫌ってほどわかるから」

「はっ？　それって、どういう意味……？」

「どうしても気になるなら、自分で調べなさい。私が教える義理はないわ」

「なっ……!?」

私の淡々とした態度にルーシーはムッと顔を顰《しか》めた。せっかくの可愛いお顔が台無しね。

どんなに優《すぐ》れた容姿を持とうとも、中身がこれでは可愛さも半減するというもの。

醜《みにく》い心を持つルーシーを見ていると、中身がどれだけ大事なのかよくわかる。

まあ……この子の顔を見ることはもう二度とないのだけど……

私は可愛い妹の顔を一瞥《いちべつ》し、契約している精霊の名を呼んだ。

「——ジン、ベヒモス」

契約した精霊の名を呼ぶと、彼らは瞬時に召喚に応じた。

魔力を乗せた声は、国のどこかにいた彼らにしっかり届いたらしい。

私の足元に、二つの魔法陣が浮かび上がる。

そして、淡い光を放つ魔法陣から、二体の精霊が姿を現した。

「ノーラ、呼んだー？」

「ノーラ……キタ……ナニ、スル……？」

スラスラと人の言葉を喋《しゃべ》る、手乗りサイズの小人は、風の精霊のジン。

蝶々《ちょうちょう》によく似た羽を背中から生《は》やし、クルクルと私の周りを飛び回る。

体は小さいジンだが、その力は絶大だ。

彼は四方を砂漠で囲まれたこの国――プネブマ王国に季節を運び、雨を降らせ、心地よい風を吹かせている。この国が水不足になっていないのも、彼のおかげだ。

そして、もう一人の精霊がベヒモス。

彼はゾウの姿をしているが、本物のゾウより小さく、牛くらいの大きさだ。

ベヒモスは土の精霊で、国内の砂漠を良質な土に変え、作物が育つようにした国の大恩人である。ベヒモスがいなければ、この国はこんなにも豊かにならなかった。食料輸入のために金を取られ、財政がかなり厳しくなっていたことだろう。

プネブマ王国がこの地で発展できたのは二人のおかげなのだ。

ジンとベヒモスは数百年前からずっとこの地にいて、プネブマ王国を守護してきた大精霊。

子供のように無邪気で自由奔放な精霊が、特定の地に居座り恩恵をもたらすのは、大変珍しいことだ。そもそも、精霊国から出てくる精霊だって、そんなに多くない。

ジンとベヒモスがプネブマ王国に力を貸してくれたのは単なる気まぐれでしょうが、自然の恵みとは縁遠い王国にとって、二人の手助けはなくてはならないものだった。

ただ、二人の力も完全なものではないため、そこまで国を栄えさせることはできなかった――私と契約するまでは。

精霊は人間と契約することで、その真価を発揮《はっき》する。契約主の魔法力が優《すぐ》れていれば、いるほどに……。

自分で言うのもなんだけれど、私は聖女に選ばれるほどの実力を持っているため、二人の真の実力を引き出すことができた。

プネブマ王国がこの短い間に一気に発展したのも、ジンとベヒモスが私と契約を交《か》わした影響だった。

これまで一緒にこの国を豊かにしてくれたジンとベヒモスに、私は覚悟を決めて口を開いた。

「この前話していた、精霊国に移住する件だけど……謹《つつし》んでお受けするわ」

「えっ⁉ 本当⁉ いいの⁉」

「ホン、トウ……？」

私は驚くジンとベヒモスに大きく頷き、己《おのれ》の気持ちを伝える。

「ええ、本当よ。ルーシーのおかげで、この国を捨てる決意ができたから」

私は以前から、ジンとベヒモスに『精霊国に来ないか？』と移住の話を持ちかけられていた。

でも、私はその話を拒《こば》んできた。

私の境遇を知っている彼らは、私をなんとかこの国から出そうと必死だったのだ。

この国を……いや、聖女という座を捨てきれなかったから。

けれど、ルーシーのおかげで捨てる決意ができた。

ねぇ、ルーシー……今回だけはあなたにお礼を言うわ。ありがとう。

私に捨てる決意をさせてくれて……本当に感謝しているわ。

私はジンとベヒモスを物珍しそうに眺めるルーシーを一瞥《いちべつ》し、彼らに向き直る。

「――私を精霊国に連れていってちょうだい」

「もちろんだよ、ノーラ！　連れていってあげる！」

「ツレテイク……」

嬉しそうに笑う彼らからは、この国への未練は感じられなかった。

数百年もの間、ずっと守り続けてきた国だけれど、彼らは特に執着はないらしい。

「行こう、ノーラ！」

「ボクラノ……クニヘ……」

「――ええ！　行きましょう！」

私がそう返事をしたとき――精霊国への扉が開かれた。

もう後戻りはできない。ううん、後戻りなんてしない。

だって、私はきっと、この選択を後悔しないもの。

未来のことなんか誰にもわからないのに、今の私はそう確信していた。

精霊国へと繋《つな》がる純白の扉は光り輝き、圧倒的な存在感を放っていた。

開かれた扉の向こうには、青々とした大地が広がっている。

どこまでも続く草原は、砂漠に囲まれたこの国で育った私の心を躍《おど》らせた。

「ノーラ、手を！」

「テ……ツナグ……」

ジンとベヒモスが私に手を差し出した。

小人サイズのジンの小さな手と、手の代わりに差し出されたベヒモスの鼻を、躊躇《ためら》うことなく、掴む。

――これが、新しい人生の第一歩！

私は先を行くジンとベヒモスに手を引かれるまま、一歩前へ踏み出した。

カツンと鳴るヒールの音が、どこか誇《ほこ》らしげに聞こえる。

普段は鉛《なまり》のように重い足が、今日はとても軽く感じた。

私は唖然とする人々を置いて、ジンとベヒモスとともに純白の扉の向こうへ飛び込んだ。

「――お姉様……！」

私に様々なものを強請《ねだ》った、可愛らしい妹の声が聞こえる。

精霊国へ足を踏み入れた私は、ギギギギッと音を立てて閉まる扉の向こうを振り返った。

そこには、困惑気味に私を見つめるルーシーの姿が……。

ルーシー、悪いけど……私があなたの呼び声に応える日はもうこないわ。

さようなら、私の可愛い妹……。

何か言いたげにこちらを見つめるエメラルドの瞳が見えたのを最後に、パタンと扉は閉ざされた。

第一章

「ノーラ！　精霊国へ、ようこそ！」

「ヨウコソ……」

異様な存在感を放つ純白の扉が消えたあと、ジンとベヒモスは私の精霊国への入国を歓迎してくれた。

元気で活発な性格のジンはくるくると私の頭の周りを飛び回り、体全体で喜びを露《あら》わにしている。おっとりとした性格のベヒモスも、優しく見守ってくれていた。

喜ぶのは私のほうなのに、ジンたちのほうが喜んでいるわ……ふふっ。

歓迎されるって、こんなに気分のいいことなのね。初めて知ったわ。

ポカポカと、胸が陽だまりみたいに温かくなっていく。

じんわり広がる優しい熱が、とても心地よかった。

「ジンたちが言っていた通り、精霊国はいいところね。自然が豊かだし、空気は美味《おい》しいし……何より――すごく心が休まる。緑ばかりだけれど、とても素敵……」

見渡す限り続いている草原は、私の心を晴れやかにさせる。

百合《ゆり》や薔薇《ばら》などの美しい花が咲き乱れるオルティス伯爵邸の庭より、私はこっちのほうが好きだ。

花の美しさとはまた違う、素朴《そぼく》で純粋な魅力が、この草原にはある。

まあ、派手好きなルーシーはきっと嫌がるでしょうけど……

私がそんなことを思っていると、ジンがはしゃいだ声をあげる。

「でしょでしょー！　ここは精霊城の外縁に位置する場所で、花が一切ないんだー！」

「タ、タ、タリアサマ……ハナ、ニガテ……」

「――タリア様？」

ベヒモスから出た聞き覚えのない名前に、私はコテンと首を傾げた。

タリア様って、誰のことかしら？　きっと誰かの名前よね？　でも、一体誰の……？

不思議そうにしている私に気づいて、ジンが教えてくれる。

「タリア様は精霊城の主《あるじ》――つまり、精霊王のことだよ！　で、ここだけの話……タリア様って、虫全般ダメなんだよねー！　だから、虫が寄ってくる花は城に置いてないのー！」

「ええ!?　精霊王様!?」

予想を遥かに上回る高貴な人だったことに、私は唖然とする。

そ、そんなすごい人の名前だったの……⁉　私はてっきり城仕《しろづか》えの誰かの名前かと……。

精霊王様といえば、全ての精霊の頂点に立つお方じゃない！

全属性の魔力を先祖代々受け継ぐ精霊で、魔力量も豊富！　人族の契約を必要としないくらい……！

書物によれば、当代の精霊王様はたった一人で世界の半分を破壊できる力を持っているんだとか……。

精霊は長寿な生き物だけれど、精霊王様はさらに長生きだそうで、遥か昔に起きた自然災害や大厄災《だいやくさい》を鎮《しず》めたのも、精霊王様だといわれている。

魔法を極める人間なら、一度は憧《あこが》れる存在！　それが精霊王様！

まさか、その方の名前を知る日がこようとは……！

胸の奥からじわじわと感動が広がり、私は思わずグッと手を握り締める。

そんな私に、ジンが衝撃の一言《ひとこと》を放つ。

「あっ、そうそう！　これからタリア様に、ノーラの移住申請と挨拶《あいさつ》をしに行かなきゃいけないから、心の準備しておいてねー？」

「……タリアサマ……アイニイク……」

「……ふぇ？」

ジンとベヒモスはなんでもないように私にそう告げると、遠くに見える純白の城を目指して歩き出した。

え、えぇ!?　ちょ、ちょっと待って！　二人とも！

私は心の中で叫びながら、ジンとベヒモスのあとを追いかけた。


それから、私はジンとベヒモスに連れられるがまま青々とした草原を真《ま》っ直《す》ぐ突っ切り、精霊城を訪れていた。

私たちは、純白の外装と同じ真っ白な客室に通されている。

プネブマ王国の王城のように派手ではないけれど、品を損《そこ》なわない程度の装飾が施《ほどこ》されている室内。

シンプルな造りの部屋だけれど、嫌いではないわ。むしろ、好きなほう。

この城のインテリアを手掛けた人はセンスがいいわね。

私は自分好みの室内に頬を緩めつつ、用意された紅茶に口をつける。

「それにしても……あっさり通してもらえたわね。もっと警戒されると思っていたわ」

この世界には、私たち人間の他にも様々な種族が生きており、それぞれの国で暮らしている。

精霊国も、その中の一つだ。

精霊国は他種族から独立した国で、入国はおろかコンタクトすら取れない謎の国。

ただそこに精霊たちが住んでいるということ以外に、情報はなかった。

だから、「なんでここに人間が!?」とか「この地より、立ち去れ！」とかいろいろ言われるかと思っていたのだけれど……特に何も言われることなく客室へと通された。

嫌な顔一つされなかったし……

私の予想に反して、精霊たちは人間に好意的なのかしら……？

そう私が考えていると、ジンとベヒモスが口を開く。

「警戒されなかったのは、僕とベヒモスが前々からノーラの移住の件について、タリア様や精霊たちに話していたからだよ。ノーラが精霊国に移住するってなったら、タリア様の許可やみんなの賛同が必要だからさ」

「ダカラ、ダイジョウブ……アンシンシテ……」

ジンとベヒモスが私のために精霊王様や精霊たちに根回しを……？　全然知らなかった。

いつも子供のように陽気で明るい二人が、そんなことをしていたなんて……私のために裏でいろいろ頑張ってくれていたのね……

だって、そう簡単に精霊たちが、人間の移住を認めるとは思えないもの。

「ありがとう、二人とも。私のためにいろいろ頑張ってくれたのね」

「どういたしましてー！　でも、ノーラのためなら、これくらいへっちゃらだよ！　だから、気にしないでー！」

「ジンノ……イウトオリ……」

ジンとベヒモスは誇《ほこ》らしげに胸を張り、ニッコリ笑う。

「へっちゃらだ」と二人は言うけれど、私の移住許可をもらうにあたってたくさんの困難があったに違いない。

二人の努力と頑張りを思うと、胸の奥がじわりと熱くなった。

今度ジンとベヒモスに何かお礼しましょう！

何がいいかしら!?　何もかも祖国に捨ててきた今の私は、宝石などの高価なものを持っていないし……

私がそう考えていると、コンコンというノックの音がして、思考が中断された。

「ど、どうぞ……！」

「失礼するよ」

緊張を隠しきれない私が、硬い声色《こわいろ》でノックに答えると、扉の向こうから耳に心地よいテノールボイスが聞こえてきた。

ゆったりとした……でも、どこか威厳のある声。

多くの伝説が語り継がれる精霊王様にこれからお会いするのかと思うと、胸の高鳴りが抑えられなかった。

バクバクと心臓が激しく鳴る中、ガチャッと扉が開かれる。

扉の向こうから颯爽《さっそう》と現れたのは——銀髪赤眼の美青年だった。

腰まである長い銀髪に、柘榴《ざくろ》のような深い赤を宿した瞳。顔立ちは中性的で美しく、女性と見間違えるほど……

ただ、布越しでもわかるほど鍛《きた》えられた筋肉が、彼は男性だと告げていた。

純白のローブに身を包んだ銀髪の美青年はゆったりとした動作で私の向かい側に腰掛けた。長い足を組み、真《ま》っ直《す》ぐにこちらを見つめる。

この方が……精霊王様！　数々の伝説が語り継がれる偉人……！

実力だけでなく、外見にも恵まれているなんて……別世界の人みたいだわ。

その見た目の麗《うるわ》しさに見惚《みと》れていると、銀髪の美青年はゆるりと口角を上げた。

「君がジンとベヒモスの主人だという、ノーラ・オルティスだね？　僕は精霊王のタリア。よろしく頼むよ」

「あっ、はい！　こちらこそ、よろしくお願いいたします！」

一生会うことはないだろうと思っていた憧《あこが》れの存在が今、目の前にいる。それだけで胸が高鳴った。

わ、私、失礼な態度とか取っていないわよね？

一応、身嗜《みだしな》みも城に入る前に確認したし……

私は不安と緊張で胸が張《は》り裂《さ》けそうになりながら、柔らかい笑みを浮かべる精霊王様になんとか笑みを返す。

「そんなに緊張しなくても大丈夫だよ？　移住の件は、既《すで》に話がまとまってるから」

精霊王様の言葉に、ジンが胸を張る。

「僕とベヒモスがタリア様に直談判《じかだんぱん》したからねー！」

「いやぁ、あのときはかなり驚いたよ。義理堅いジンだけでなく、淡白なベヒモスも来たからさ」

「ノーラ……トクベツ……」

緊張でガチガチになる私を気遣《きづか》うように話す精霊王様に、答えるベヒモス。

精霊王様の態度からは、優しさが滲《にじ》み出《で》ていた。

きっと、精霊王様みたいな人を完璧《かんぺき》と呼ぶのだろう。

外見のよさや実力もさることながら、内面から滲《にじ》み出《で》る美しさと優しさが彼の最大の魅力なのかもしれない。

初対面の……それも、他種族である人間を気遣《きづか》ってくれる、思いやり溢《あふ》れる人なのね。

今までずっと理不尽な環境にいたせいか、その優しさや気遣《きづか》いがより強く感じられた。

私が嬉しさを抑えきれずにいると、精霊王様は微笑む。

「ふふっ。君は本当にジンとベヒモスに愛されてい……うぎゃぁぁぁあああ!?」

ニコニコと機嫌《きげん》よく笑いながら、私と二人の仲の良さに感心する精霊王様だったけれど……ピトンと鼻の先にハチがとまった瞬間、甲高《かんだか》い悲鳴をあげる。

女性顔負けの高音ボイスだ。

「ぎゃぁぁあああ!?　なんで虫がここにぃぃぃぃぃぃぃい!?　無理！　無理だから！僕、虫無理だからぁぁぁぁああ！」

精霊王様は鼻先にとまったハチを、顔をブンブン振り回し、追い払うことに成功した。

さっきまでの笑顔はどこへやら……彼は必死の形相《ぎょうそう》でハチを睨《にら》んでいる。

精霊王様は転げ落ちるようにソファから下りると、ハチ相手に火炎魔法の魔法陣を展開した。

あぁ、そういえば、精霊王様は虫がお嫌いなんだとジンが言っていたわね。

でも、まさかここまで嫌っているとは……

ハチ相手に火炎魔法って……確かに効果は抜群だけど、さすがにやりすぎなのでは……？

私は、精霊王様の手元で赤く光る魔法陣を見つめる。

突然現れた虫のせいで戸惑《とまど》っているとはいえ、こちらに被害が出るような魔法を使うとは思えないけれど……念のため結界を張っておきましょう。

備えあれば憂《うれ》いなし、です。

私は魔法と物理に有効な結界を展開させると、ジンとベヒモスをその結界で包み込む。

——と同時に、ドカンッ！　と凄《すさ》まじい破壊音が鼓膜《こまく》を揺らした。

大きな音とともに爆発が起こり、この部屋を軽く吹き飛ばす。

ムワッとした熱気がこの場を包み込んだ。

……結界を展開させて正解だったわ。

あの爆発に巻き込まれていたら、タダでは済まなかったもの。最悪、死んでいたわね……

どうやら、精霊の頂点に立つ精霊王タリア様は『超』が付くほどの虫嫌いだったらしい。

虫を目の前にすると、周りが見えなくなるくらいに。

爆発の影響で巻き起こった風や煙《けむり》がやんだ頃、もうあのハチの姿はどこにもなかった。

残骸《ざんがい》すらもない。跡形もなく消し去ったのだろう。

そして、爆発を引き起こした張本人はというと……消え去った脅威《ハチ》に、安堵《あんど》の溜め息を零《こぼ》していた。

あの……そこ、安心するところではないと思うのですが……

危《あや》うく、客人である私たちのことも爆発で吹き飛ばすところだったんですよ？

私はヒビの入った結界を解くと、城の主《あるじ》たる精霊王様にジト目をお見舞いしたのだった。


それから、駆けつけた侍女軍団によって部屋は綺麗に片付けられ、私たちは別の客室に移動した。

新しい部屋は吹き飛ばされた客室と大して変わらず、シンプルな造りをしている。

その中で、私は頬を赤らめる精霊王様と向き合っていた。

「精霊王様が虫嫌いという話は、本当だったんですね」

「う、うん……情けない話だけど、どうしても虫が無理で……。虫を目の前にすると、ついつい攻撃魔法をぶっ放しちゃうんだ」

ポリポリと頬を掻《か》き、恥ずかしそうに私から視線を逸《そ》らす銀髪の美青年。

己《おのれ》の失態を恥じているようだ。

いや、まあ……結果的に全員無傷だったし、特に文句を言うつもりはありませんが、部屋が吹き飛んだときは命の危険を感じましたよ……結界にヒビが入ったときも、かなり驚きましたし……

即席で展開した結界とはいえ、あんなにもあっさりヒビが入るとは思いませんでした。

さすがは精霊の頂点に立つお方の力ですね。

内心で感心する私に、精霊王様は頭を下げた。

「いや、本当にごめんね。危《あや》うく大事な客人に怪我《けが》をさせるところだったよ」

「もぉー！　気をつけてよねー！　僕らはともかく、ノーラは人間なんだからー！　怪《け》我《が》だけじゃ済まなかったかもしれないんだよー!?」

「ノーラ……シンデタ……カモ……」

「うっ……本当にごめん。すごく反省してる」

謝罪の言葉を口にする精霊王様に対し、ジンとベヒモスはブーブー文句を垂れる。

民であるジンとベヒモスが王であるタリア様を叱《しか》る姿は、とても新鮮に感じられた。

こんなの、人間社会では考えられない光景だわ。

でも、きっと精霊国ではこれが普通なんでしょうね。

私は初めて見る光景に関心を抱《いだ》きながらも、未だに文句を言い続ける二人を止めに入る。

「まあまあ、二人とも落ち着いて。結果的になんともなかったし、もういいじゃない。それに、精霊王様もこんなに反省してくださっているんだし……ねっ？」

「まあ、ノーラがそう言うなら、僕らはそれでいいよー」

「ノーラガ……ソレデ……イイナラ……」

私の言葉を聞き、二人はあっさり引き下がる。

そんな二人に安心したように、精霊王様はホッと息を吐き出した。

「ありがとう、ノーラ。そして、本当にごめんね？　もうあんなことは……」

「どうか、もう謝らないでください。先程、たくさんお詫《わ》びしていただきましたから……。それに、精霊王様のお気持ちは、十分伝わりました」

「ノーラ……」

精霊王様は感激したように目を輝かせる。

正直、謝罪はもうお腹いっぱいです。

それに、精霊の頂点に立つお方がそう簡単に頭を下げてはいけません。

それも、精霊に力を借りてばかりの、人族の私なんかに……

精霊王様は柘榴《ざくろ》の瞳を僅《わず》かに見開くと、口元に笑みをたたえた。

ふんわりとした柔らかい笑みは、月明かりのように美しい。

「ありがとう、ノーラ。君は本当に心が綺麗な人間だね」

そう言うが早いか、精霊王様はソファから立ち上がり、私の前に跪《ひざまず》いた。

人形《にんぎょう》みたいに美しい顔がすぐそこにある。

「ノーラ・オルティス、精霊国は君を歓迎するよ。君さえよければ、一生ここで暮らすといい」

銀髪美人は、柘榴《ざくろ》の瞳を僅《わず》かに細める。

上目遣いで私を見上げる精霊王様は、今まで出会ったどの人物よりも美しく感じた。

——もちろん、妹であるルーシーよりも。

歓迎……してくれるの？　私を……？　精霊王様が……？

王自らの歓迎は、国そのものの意思を表すことになる。

誰にも歓迎されることがなかった私にとって、それはとても大きなことで……とてっもなく嬉しいことでもあった。

私……私っ！　ここにいてもいいのね！

私は美しい深紅《しんく》の瞳を、涙目で見つめ返した。

「ありがとうございますっ……！」

◇◆◇◆

お姉様が精霊国とやらに行ってしまった、その日の夜。

私──ルーシーは早々に終了したパーティーの会場で、一人ほくそ笑んでいた。

うふふっ……うふふふふっ！　やっと、手に入ったわ！　聖女の座が！

お姉様が唯一大切にしていたものが今、私の手の中にある。

言いようのない優越感が、私の胸に渦巻《うずま》いていた。

真っ暗なパーティー会場で一人笑う私は、傍《はた》から見れば異常な人間だろう。

でも、それでもいい！　だって、今日は最高の誕生日だもの！

周りから変な目で見られても気にしないわ！

「──あっ！　でも、聖女って、どんなことをすればいいのかしら……？」

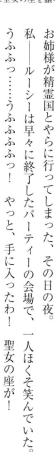

お姉様が聖女の座に執着していたのは知っているけど、聖女の役割や仕事についてはは全く知らない。

そもそも、お姉様が聖女の仕事をしているところなんて見たことがない。

お姉様はアカデミーを卒業してから、家を空《あ》けることが多くなった。

だから、お姉様が普段何をしていたのか、わからないのよね……

ただ、忙しそうにしていたのは知っている。

いつも、朝早くから出かけて、夜遅くに帰ってくるから……もしかして、聖女の仕事って、予想よりずっと忙しいのかしら？

ま、なんとかなるでしょう。いざとなれば、周りのみんなが助けてくれるし。

それよりも問題なのはお姉様が精霊国に行ってしまったことよ。

これじゃあ、せっかく奪った聖女の座を、お姉様に見せびらかすことができないじゃない。

奪ったものは見せびらかしてこそ、意味があるのに……

まあ、でも……お姉様が一番大切にしていたものを奪えただけで、よしとしましょう。

「――これで、お姉様が持っていたもの、全てが手に入ったわ」

両親からの愛も、周りからの信頼も、愛する婚約者も……そして――聖女の座も。

お姉様が持っていたもの全てが今、私の手の中にある。

本当に最高の誕生日だわ！

そう――最高の誕生日。

「なのに、なんで私はまだ……満たされていないのかしら……？」

欲しかったもの全てが手に入ったのに、満足したのはほんの一瞬で、すぐに「物足りない」と心が叫ぶ。

癒《いや》されたはずの渇《かわ》きがまた、私の心を襲った。

どうすれば、この渇《かわ》きを癒《いや》すことができるのかしら……？

またお姉様から奪えばいいの……？

でも、もうこの国にいないお姉様の何を奪えっていうのかしら……？

「……お姉様、戻ってこないかしら……？」

そうしたら、お姉様の手元に残った精霊や、お姉様の命を奪えるのに……

貪欲《どんよく》なまでに、お姉様の全てを欲《ほっ》することしか、私にはできなかった。

第二章

私は、窓から差し込む日の光の眩《まぶ》しさに、目を覚ました。

真っ先に目に入ったのは見慣れない天井《てんじょう》と小さなシャンデリア。

あれ？　ここは……？

寝起きでぼんやりする頭を押さえながら、体を起こす。

フカフカのベッドの上でキョロキョロと辺《あた》りを見回し、記憶にない室内に首を傾げた。

私の部屋って、こんなに豪華だったかしら……？

可愛い家具や調度品は、全てルーシーに奪われていたはず……

この宝石がちりばめられたタンスなんて、真っ先にルーシーに奪われそうだけれど……ん？　ルーシー？

「あっ！　そうだわ！　私、昨日祖国を捨てて精霊国に移住したのよ！　それで確かここは……」

――精霊王タリア様の、別荘の一つ。

精霊王様に歓迎してもらったあと、お詫《わ》びの品として、精霊王様が所有する別荘を一つもらったのだ。

お詫《わ》びなんていらないと言ったのだけれど、精霊王様がなかなか引き下がってくれなくて……。

だから、精霊王様が所有する別荘の中で、一番小さいものをもらい受けることにした。

この別荘は一階建てで、一人暮らしにはピッタリの大きさだった。

家具などは一通り揃《そろ》っていて、新しく買い足す必要があるものは少ない。

精霊王様には『好きに使っていい』と言われたから、備えつけの家具をありがたく使わせてもらっている。

ここは街外れに位置する場所で、先住民である精霊たちに迷惑をかける心配がないから、安心なのよね。

ジンやベヒモスはさておき、精霊たちとは少し距離を置いて接したほうがいい。

彼らの警戒心が解けていない状態でいきなり距離を詰めると、嫌われてしまう可能性があるから。

この国に住まわせてもらう以上、精霊たちとは良好な関係を築きたい。

状況整理を終えた私はベッドを下り、猫の装飾が施《ほどこ》されたクローゼットに手をかける。

確か、洋服も精霊王様が用意してくれたのよね……？

私は本当に何も持たずに身一つで精霊国に来たので、予備の服がない。

だから、精霊王様の厚意に甘えさせてもらうことにした。

「今度何かお礼をしないとダメね」

そんなことを考えながら、私は猫足のクローゼットの扉を開けた。

中には、黄色や白などのシンプルなドレスが収納されている。

その下の引き出しには、アクセサリーがぎっしり詰め込まれていた。

す、すごい……

この量の服とアクセサリーは、嬉しいを通り越して、申し訳ないわ……

ここにある洋服やアクセサリーって、全部でいくらくらいするのかしら……？

知りたいような、知りたくないような……

少なくとも、私みたいな小娘が雑に扱っていい代物《しろもの》ではないわね……

私は、お宝の山となっているクローゼットの中を見て頬を引《ひ》き攣《つ》らせながら、パステルカラーのワンピースを手に取った。

それから、着替えを終えた私はタイル張りの小さなキッチンの前に立っていた。

棚《たな》から調理器具や必要な材料を取り出し、それらを調理台の上に並べる。

そして、昔、メイドに教えてもらったレシピを思い出しながら、私は恐る恐る包丁を手に取った。

今日は精霊国移住の件でお世話になったジンやベヒモスにお礼をするため、お菓子作りに挑戦することにした。

ちなみに今日作るのは、甘くて美味《おい》しいアップルパイだ。

お菓子作りなんて初めてだからうまくできるかわからないけど、やれるだけやってみよう。

そう決意した私は、ゆっくりと慎重に林檎《りんご》の皮を剥《む》き始《はじ》めた。

初めてのお菓子作りは、そう簡単にはいかなかった。

包丁で指を切ったり、煮詰めた林檎《りんご》を素手《すで》で触って火傷《やけど》したりと、いろいろハプニングがあったけれど……なんとかアップルパイを完成させることができた。

出来立てホカホカのアップルパイは湯気を立てながら、甘くて香ばしい香りを放っている。

昔、若いメイドが夜中にこっそり作ってくれたアップルパイより少し焦《こ》げ目《め》が目立つけれど、とりあえず大丈夫そうだ。

ふぅ……お菓子作りって、意外と大変なのね。

メイドが簡単そうにスイスイ作業をこなしていたから、こんなに難しいものだとは思わなかったわ。

でも……久々にすごく楽しかった。

初めての連続で戸惑《とまど》うことばかりだったけど、それすらも楽しく感じた。

誰かのために頑張るって、こんなに楽しいものだったのね。

今までの私は、周りに認めてもらうことに必死だったから……

頑張りや努力の質は同じでも、目的が違うだけで、気持ちってこんなにも違うのね。

出来上がったアップルパイを見つめ、頬を緩めていると……ふと背後から視線を感じた。

反射的に後ろを振り返る。

そこには——窓越しにこちらをじっと見つめる精霊たちの姿があった。

ジンと同じ小人サイズの精霊たちがこっちを……いや、正確にはアップルパイを見ている。

なんでこんなところに精霊が……？　ここって、街外れよね……？

近くには精霊の集落や家はないって、精霊王様は言っていたはずだけれど……

もしかして……アップルパイの匂いにつられて、やってきたとか……？

精霊は鼻がいいっていうし……。それに、精霊はみんな、とても甘いものが好きだから。

アップルパイの甘くて香ばしい匂いを頼りに、ここにやってきてもおかしくはない。

それくらい、彼らは甘いものに目がないのだ。

ふふふっ。食いしん坊なお客様ね。

私はクスリと笑みを漏らすと、アップルパイに釘づけになっている精霊たちを手招きした。

「よかったら、アップルパイの味見をしてくれないかしら？　友達に渡す前に味の感想を聞いておきたいの」

窓の鍵《かぎ》を開けて、食いしん坊の精霊たちに笑いかけると、彼らは我先にと家の中に飛び込んできた。

精霊たちが飛び込んできた勢いで風が巻き起こり、ふわりとワンピースの裾《すそ》が舞う。

ふふふっ。そんなに慌《あわ》てなくても大丈夫よ。ちゃんとみんなにあげるから。

私はソワソワと落ち着きのない精霊たちに笑みを向けながら、冷めてきたアップルパイに包丁を差し込んだ。

丸いアップルパイを、八等分にする。

そのうちの半分を、小人サイズの精霊たちに合わせて小さく切り分けると、それらをまとめて大きな皿に盛りつける。

もちろん、残り半分はジンとベヒモスの分として、調理台の隅《すみ》に避《よ》けてある。

せっかく二人のために作ったのに、食べてもらえなかったら、悲しいもの。

私はテーブルの上で座って待つ精霊たちの前に、コトンとアップルパイがのった皿を置いた。

小人サイズの精霊たちは、胃袋を刺激する甘い香りにジュルリと涎《よだれ》を垂らす。

「早く食べたい」とばかりにアップルパイをじっと見つめているけれど、まだ手を伸ばそうとはしない。

私からの許しを待っているらしい。

精霊は自由奔放《じゆうほんぽう》だというけれど、礼儀正しいのね。

私はきっちりマナーを守る彼らに好感を抱《いだ》きながら、近くの椅子に腰掛ける。

「たんと召し上がれ」

今か今かと待っている精霊たちに微笑むと、彼らは一斉《いっせい》にアップルパイに手を伸ばした。みんな、小さく切り分けたアップルパイを、口いっぱいに頬張っている。

ふふふっ。そんなに慌《あわ》てなくても大丈夫なのに。

ものすごい勢いでアップルパイを食べ進める精霊たちの頬はパンパンだ。

まるでリスみたい。

「うふふっ。そんなに急いで食べなくても、アップルパイはまだまだたくさん……って、あれ？　もうないの……？」

私は「まだまだたくさんあるから、大丈夫よ」と言おうとしたのだけれど、もう既《すで》に空《から》になった皿を見て、僅《わず》かに目を見開いた。

欠片《かけら》一つ残さず、食べきったらしい。それも、この短時間で……

い、一体どこにあの量が入ったの……？

小さな見た目に反して、胃袋が大きいのかしら？

アップルパイの半分を一瞬で平らげた精霊たちは、ポッコリ膨らんだお腹を満足そうに撫でている。

けれど、その視線の先には空《から》になったお皿があった。

私はそれに気づいて、頭を悩ませる。

まだ食べたいのかしら……？　でも、残りはジンたちと私の分だし……

四切れあるから一人分は余るけれど、彼らの食べっぷりを見る限り、それだけでは満足しないでしょう。

新しいアップルパイを作るには、時間がない……

でも、このまま帰ってもらうのはなんだか申し訳ないし……あっ！　そうだわ！

「ちょっと待ってて！」

私はガタッと音を立てて席を立つと、キッチンに置いてある鍋《なべ》のところに向かった。

そこには余ってしまった、煮た林檎《りんご》が大量に残っている。

実は分量を間違えて、煮林檎《にりんご》をたくさん作っちゃったのよね……。煮林檎《にりんご》は嫌いではないから、あとで一人で食べようと思ってたけれど……せっかくだから彼らに振る舞いましょう。

アップルパイが食べられるなら、その材料である煮林檎《にりんご》も食べられるかもしれないし……！

私は大量に余った煮林檎《にりんご》を再び火にかけ、温め直す。

温め直すだけなら、そんなに時間は必要ないから、すぐに食べられるわよね。

私はグツグツと煮詰まり始めた鍋《なべ》を見て頬を緩め、火を止めた。

両手にミトンを装着し、鍋《なべ》をそのままテーブルに持っていく。

そんな私の様子を、精霊たちは何も言わずにじっと見つめていた。

「これは煮林檎《にりんご》っていって、さっき食べてもらったアップルパイの材料なの。甘くて、とっても美味《おい》しいから、よければ食べて」

私は温め直した煮林檎《にりんご》を小皿に移して、それを精霊たちの前に出した。

彼らは互いに目を合わせると、恐る恐る煮林檎《にりんご》に近づく。

そして湯気が立つそれを風魔法で浮かせ、それぞれ口元まで持っていった。

この子たちの口に合うといいけれど……

私は少し心配しながら、彼らを眺めた。

アップルパイの材料とはいえ、煮林檎《にりんご》は結構好き嫌いが分かれる。

アップルパイは食べられるけれど、煮林檎《にりんご》は食べられないという人も少なくない。

ドキドキしている私を置いて、彼らはその小さな口を「あー」と大きく開ける。

そして、ホカホカでトロトロの煮林檎《にりんご》を一斉《いっせい》に口に含んだ。

もぐもぐと黙って咀嚼《そしゃく》する彼らの様子を、ハラハラしながら見守る。

ど、どうしましょう……？　ここで「美味《おい》しくない」なんて言われたら……

いえ、別にそれは構わないのだけれど、「不味《まず》いもの食わせやがって！」って、怒らないかしら……？

私は普通の人間より精霊と関わる機会が多かったけれど、関わってきた精霊は多くない。

それは、私が精霊たちの常識や価値観を、きちんと理解できていないということ。

だから、思ってもみないことで怒られる可能性も十分ある。

せっかく精霊国への移住が決まったのに、先住民である精霊たちに嫌われたら、最悪、ここから追い出されてしまうかもしれない……

お菓子が不味《まず》かったという小さなことでも、精霊たちと常識が違っている可能性がある以上、ありえない話ではない。

私の中でどんどん不安が膨らんでいく中、精霊の一人が口を開いた。

「——うまいっ！」

満面の笑みを浮かべて、その精霊はそう一言《ひとこと》呟《つぶや》いた。

今まで何も言葉を発しなかった精霊が、私のお菓子を褒《ほ》めてくれたのだ。

たったそれだけのことなのに、どうしてだろう……？　こんなにも嬉しい。

今までにも何度か褒《ほ》められることはあった。

古代文字の解析、新しい魔道具の考案、魔法に関する論文などなど……私は周りに認めてもらうために多くのことに挑戦し、成功してきた。

そのたびに、褒《ほ》めてくれる大人はいた。

でも、どうしても嬉しく思えなかった。

だって、あの人たちの褒《ほ》め言葉には心がこもっていないから。

内心では醜《みにく》い私を見下しているのが、透《す》けて見えた。

だから、どうしても心から喜べなかった。

けれど――今、この子が呟《つぶや》いた「うまいっ！」という褒《ほ》め言葉は、私の心を揺さぶった。

別に絶賛されているわけではない。よい点を詳細に伝えられたわけでもない。

なのにどうしようもなく、私の心を震わせる。

それはきっと、この子の言葉には心がこもっているから。

心の底から私が作った煮林檎《にりんご》を美味《おい》しいと思ってくれているのがわかるから。

たった一言《ひとこと》……十文字にも満たない褒《ほ》め言葉がこんなにも嬉しいなんて、知らなかった。

「ありがとう。たくさん食べてね」

私は煮林檎《にりんご》に夢中な彼らにそう声をかけ、緩やかに流れるこの時間を楽しんだ。

それから、精霊たちはものすごい勢いで煮林檎《にりんご》を食べ尽くし……満腹になって眠気がきたのか、ウトウトし始めた。

彼らはゴシゴシと目を擦《こす》りながら、ボケ～ッとしている。寝てしまう寸前という感じだ。

まあ、あれだけ食べれば眠たくなるわよね。この家、日当たりもいいし、お昼寝には持ってこいの場所だもの。

ここで寝るのは構わないけど、この子たちは家に帰らなくていいのかしら？

もうそろそろ、昼食の時間だと思うのだけれど……

あれだけ食べたあとだから、昼食を食べることができるのかはわからないけれど……

私はコテン、コテンと次々に眠ってしまう精霊たちを眺め、苦笑を漏らす。

「まぁ、今日はいいかしら」

だって、気持ちよさそうにスヤスヤ眠る彼らを起こすのは、なんだか可哀想なんだもの。

ぽっこり膨らんだお腹を抱《かか》えながら眠る彼らを見下ろし、私はそっと席を立つ。

そして、空《から》になった鍋《なべ》や小皿をキッチンに持っていった。

えーと、汚れたお皿って、確か聖魔法で洗うことができたわよね？

聖魔法の一種、どんな汚《けが》れも払える洗浄魔法の応用で、お皿も洗えたはず……。とりあえず、魔法陣を出して……

「――甘い匂いにつられてやってきてみれば……何やら面白いことになっているね」

「!?」

洗い場の前で皿洗い用に魔法陣を組んでいると、突然後ろから声をかけられた。

耳に馴染む優しいテノールボイスは、昨日聞いたそれとよく似ている。

こ、この声って、確か……

脳内にある人物を思い浮かべながら、私は恐る恐る後ろを振り返る。

すると、そこには——柔和《にゅうわ》な笑みを浮かべる、銀髪美人の姿があった。

「精霊王様……一体いつから、そこにいらしたんですか？」

「今さっきだよ。仕事が一段落したから、甘い匂いの正体を探りに来たんだ」

「そうだったんですか……。お仕事お疲れ様です。精霊は鼻がいいって話、本当だったんですね」

ここから精霊城までは結構距離があると思うのですが……精霊王様の鼻には関係なかったみたい。

さすがは精霊王様としか、言いようがないわね。

精霊王様は眠ってしまった精霊たちを見下ろし、ゆるりと口角を上げる。

楽しげに笑う柘榴《ざくろ》の瞳からは、優しさが垣間見《かいまみ》えた。

「それにしても……すごく懐《なつ》かれたみたいだね。この子たちが初対面の人の前で爆睡するなんて、初めて見たよ」

「そうなんですか……？　お菓子のおかげですかね？　この子たち、無我夢中《むがむちゅう》でお菓子を頑張っていましたから……。別に懐《なつ》かれたわけじゃないと思いますよ？」

だって、私はこの子たちと会話も交《か》わしていないのよ？

「うまいっ！」とは言ってくれたけれど、あれは会話というより独り言に近い感じだったし……

私は精霊王様の見解をやんわり否定すると、完成した魔法陣を発動させる。

すると、白い光に包まれた鍋《なべ》や皿が一瞬で綺麗になった。まるで新品みたいだ。

私はそれらを棚《たな》に戻したあと、お湯を沸《わ》かす。

すると突然、精霊王様が笑い声を漏らした。

「ふふっ。まあ、そう感じるのも無理ないよ。この子たちはシャイだからね。初対面の人間と、会話ができないんだよ……。あっ、でも、懐《なつ》かれてるのは本当だよ？　確かに僕たち精霊は甘いものに目がないけど、お菓子をもらう相手はちゃんと選ぶ。心の汚い人間からのお菓子は絶対にもらわないんだ。だから、お菓子につられてこの子たちが君に懐《なつ》いたわけじゃないよ」

優しく、子供を諭《さと》すように言葉を重ねる精霊王様の口元は、緩んでいた。

確かによくよく考えてみれば、お菓子でつられるほど精霊は安い存在じゃないものね。

甘いもの好きなのは本当だけど、誰彼構わずお菓子を強請《ねだ》っているわけじゃないいんだわ。

そう考えると、自分が特別な存在のようで、少し嬉しい。

私はお湯が沸《わ》いたところでティーポットに注《そそ》ぎ、お茶を淹《い》れる。

そして、トレイの上に淹《い》れたての紅茶と余っていたアップルパイを一切れのせ、テーブルに歩み寄った。

「精霊王様も、よろしければどうぞ」

「ふふっ。ありがたくいただくよ」

精霊王様に席を勧《すす》め、ティーカップとアップルパイを置くと、銀髪美人は嬉しそうに微笑んだ。

彼は、ふと思い出したように私に問う。

「そういえば、ジンとベヒモスはどうしたんだい？　一緒じゃなかったの？」

「ジンとベヒモスはそれぞれ故郷に帰っています。夕方か夜に戻ってくる予定です」

「なるほどね。彼らとは一緒に住むのかい？」

「……」

私は精霊王様の言葉にハッとし、口を噤《つぐ》んだ。

「ノーラ？」

アップルパイを美味《おい》しそうに食す精霊王様は、突然無言になった私に首を傾げる。

そんな彼を前に、私は俯《うつむ》いた。

ジンとベヒモスとの、共同生活……

実はそのことについて、私は今すごく悩んでいる。

ジンとベヒモスは、私と同居する気満々だったけれど、私としては、彼らには故郷で仲間たちとともに暮らしてもらいたい。

私と一緒に暮らしたいと言ってくれる彼らの気持ちは、もちろん嬉しい。

でも、長年力を貸し続けてきた人間の国から、せっかく祖国に帰ってきたんだから、故郷でゆっくり暮らしてほしいという気持ちがあった。

私の精霊国移住についていろいろ頑張ってくれたみたいだし、これ以上二人に迷惑をかけるのは避けたい。

優しい二人のことだから「迷惑だなんて思ってない」と言うだろうけれど、これ以上彼らに甘えたくなかった。

「……ノーラ、僕でよければ相談に乗るよ？　力になれるかどうかはわからないけどね」

悶々《もんもん》と考え込む私の姿を見ていられなかったのか、精霊王様はフォークでアップルパイをつつきながら、そう申し出てくれた。相変わらずの柔らかい表情で……

精霊王様にわざわざ相談するようなことではないけれど……せっかくだから、相談に乗ってもらおうかしら。

ここで精霊王様の厚意を頑《かたく》なに遠慮するのも失礼だし……話すだけ話してみましょう。

「実は……ジンとベヒモスとの共同生活について悩んでいまして……。二人は私と同居する気でいるのですが、私としては、二人には故郷で仲間たちと一緒にゆっくり暮らしてほしいんです。私のことは気にせず、自分たちの生きたいように生きてほしいというか……とにかく、もうこれ以上二人には迷惑をかけたくないんです」

今までの私は自分のことで精一杯で、二人のことを考えてあげられなかった。

でも、こうして心に余裕ができて……自分のことを客観的に見たとき、二人にどれだけ迷惑をかけてきたのか、よくわかった。

だから、もう二人には自由になってほしい。故郷の仲間たちと仲良く暮らしてほしい……

私は、そう願っている。

精霊王様はフォークで切り崩したアップルパイを一口《ひとくち》含み、深紅《しんく》の瞳をこちらに向けた。

その目はニコリとも笑っていない。どこか真剣味を帯びた瞳だった。

「ノーラ、君は本当に……馬鹿だね」

……はいっ？

私は精霊王様が放った言葉に、ポカーンと口を開けていた。

私は誰かに認められるため、様々な努力をしてきた。

もちろん勉学もそのうちの一つで、高成績以外とったことがない。

だから、『馬鹿』と罵《ののし》られることはなかった。

私を罵倒《ばとう》する言葉は、いつも『ブス』や『醜《みにく》い』といった、外見を指すものだった。

誰かに『馬鹿』と罵《ののし》られることは新鮮……というか、初めてだった。

「え、えっと……理由をお伺いしても？」

私が酷《ひど》く動揺しながら聞くと、精霊王様はスッと目を細める。

「構わないよ。というか、君はなんで僕に『馬鹿』と言われたのか、わからないのかい？」

「は、はい……恥ずかしながら、全く」

フルフルと首を横に振ると、精霊王様は見るからに呆《あき》れたような表情を浮かべた。

「何故わからない？」とでも言いたげだ。

「ジンとベヒモスの口から聞いたわけでもないのに『迷惑をかけた』と決めつけている

君の考えが、馬鹿馬鹿しいと言っているんだ。いいかい？　ノーラ。迷惑かどうかは相手が決めることであって、自分が決めることじゃない。君の謙虚《けんきょ》な姿は嫌いじゃないが、その考えはジンとベヒモスに失礼だからやめてほしい。彼らは君のために頑張ったのに、勝手にそう言われたら、悲しむと思うよ」

精霊王様は捲《まく》し立《た》てるようにツラツラ言葉を並べる。

精霊王様の指摘により、先入観に囚《とら》われた私の考えが、パラパラと砂の城のように崩れ去っていく。

迷惑かどうか決めるのは私じゃない……ジンとベヒモスが決めること。

そうか……そうよね。私、勝手に決めつけてた。二人に迷惑をかけているって。

私は二人のお荷物だと、勝手に思い込んでいた。

二人はただ、私のために頑張ってくれていたのに……私はそれを踏みにじろうとしていたのね。

精霊王様に相談して正解だったわ。

このままだったら、二人のことを傷つけていたもの。

私は反省し、ゆっくり口を開いた。

「そうですよね……すみません、私の勝手な考えでした。きちんと認識を改めます……」

「うん、そうしてくれると助かるよ。あと……ノーラはもう少し他人に頼ることを覚えたほうがいい。君は誰かに頼ったり、甘えたりすることを嫌うところがある。共同生活の件を二人の迷惑になると判断したのが、いい例だね。君は極度の甘え下手《べた》なんだと思う。まあ、生まれ育った環境があれだったから仕方ないといえば仕方ないけどね……。でも……もう甘えていいんだよ？　ノーラ」

精霊王様は、まるで私のことを私以上に理解しているみたいに、柘榴《ざくろ》の瞳を僅《わず》かに細め、優しく言い聞かせてくれた。

私は今まで、誰かに甘えることを許されなかった。

――いえ、そもそも甘えられる相手がいなかった。

ルーシーが、笑顔で私から人も物も奪っていくから……。

だから、私は一人で頑張るしかなかったんだわ。

誰かに頼るなんて、以《もっ》ての外《ほか》だと思っていた。

だから――精霊王様の言葉が泣きたくなるほど嬉しかった。

そっか……私はもう、甘えていいのね……！　もう一人で頑張らなくて……いいのね。

私は感極《かんきわ》まってしまい、目尻に涙を浮かべる。

涙脆《なみだもろ》い私に精霊王様は笑うと、席を立った。

「ノーラ、もう一人ぼっちで戦わなくていいよ。今までよく頑張ったね」

「っ……！」

精霊王様は涙ぐむ私のもとに歩み寄ってくると、そっと肩を抱き寄せてくれた。

柑橘《かんきつ》系の香りが、ふわりと鼻孔をくすぐる。

かつての婚約者――ダニエル・シュバルツ様とは全然違う優しい香り……

嗚呼《ああ》……なんでこの人の香りや笑顔は、こんなにも優しく感じるのだろう？

なんでこの人の言葉はこんなにも真《ま》っ直《す》ぐなのだろう？

なんで……なんでこの人は、こんなにも温かいのだろう？

私は精霊王様のお腹に顔を埋《うず》め、ホロホロと温かい涙を流した。

「今はたくさん泣くといい。嫌なことは全部涙で流して、これからは楽しいことをたくさんして、たくさん笑おう。多少のワガママなら、いくらでも聞いてあげるから。だから、これからは僕にもたくさん甘えるといい」

精霊王様の優しくて、どこか甘い言葉は私の胸にじわりと溶け込んでいく。

彼の声はすんなりと耳に入り、不思議と心地よかった。

「っ……！　ありがとう、ございます……！」

嗚呼《ああ》、本当にこの人は――優しすぎる。

優しさに触《ふ》れる機会が少なかった私にとって、彼の無限に広がる優しさは、どこまでも続く海のように思えた。

◇◆◇◆

「なんだと⁉　ノーラ嬢が失踪《しっそう》⁉」

私——プネブマ王国の国王は、驚きの声をあげることしかできなかった。

隣国の建国記念パーティーから帰ってきてみれば、なんの前触《まえぶ》れもなく最悪の報《しら》せが飛び込んできたのだから、仕方がない。

あの歴代聖女の最高峰である天才、ノーラ嬢が失踪《しっそう》だと……？

それも、この地を守護する二体の精霊を連れて……？

ノーラ・オルティス伯爵令嬢は、我が国に多大な貢献《こうけん》をしてきた女性だ。

聖女としての役割はもちろん、研究者としての才能もあり、多くの論文を発表してきた正真正銘《しょうしんしょうめい》の天才。

この国がこんなにも豊かになったのは、確実にノーラ嬢のおかげである。

この国の核ともいえる彼女が失踪《しっそう》だなんて……国の損害レベルの話じゃない。

滅亡の危機といっても過言ではなかった。

それくらい、ノーラ嬢の存在は重要であった。

報告をしに来た宰相もこの状況はまずいと認識しているのか、私と同じように眉を顰《ひそ》めている。

私は、彼と目を合わせた。

「原因はなんだ……？　何がきっかけだ!?　何故ノーラ嬢は突然国から……！　やはり、妹のせいか？　日々の鬱憤《うっぷん》がついに爆発したのか!?」

ノーラ嬢の双子の妹であり、高嶺《たかね》の花と言われるほど可愛らしい少女――ルーシー・オルティス。

彼女のワガママの数々で、ノーラ嬢が辛《つら》い思いをしているらしいということは知っていた。

宝石やドレスといった装飾品をはじめ、愛する婚約者さえも、ルーシー嬢に奪われてきたと聞いたことがある。

その話が本当なら、ノーラ嬢がいつ限界を迎えてもおかしくない。

むしろ、よくここまで頑張ってきたと思うほどだ……

しかし、なんでよりにもよって、私が不在のときに……！

見るからに苛立《いらだ》つ私を見て、宰相は申し訳なさそうな顔をする。

ノーラ嬢の失踪《しっそう》を食い止めることができず、責任を感じているのだろう。

「ノーラ嬢は先日行《おこな》われた誕生日パーティーで、ルーシー嬢から聖女の座を強請《ねだ》られ、我慢の限界を迎えたものと思われます。そのパーティーに出席していたのは、ルーシー嬢を盲目的に好いている者たちだけだったようで……誰も彼女の暴走を止めることができなかったようです」

「それでノーラ嬢が精霊たちを連れて、精霊国に行ってしまったと……？」

「はい……。パーティーに出席していた者たちの話によれば、ノーラ嬢は確かに精霊たちを連れて、国を出ていったと……」

「はぁ……」

宰相が語った詳細に、私は思わず溜め息を零《こぼ》して、黙り込む。

ルーシー嬢の欲深さには目を見張るものがあるな……もちろん、悪い意味でだ。

聖女としての才能はおろか、魔導師としての才能すらない小娘が聖女の座を欲《ほっ》するなど……烏滸《おこ》がましいにも程がある。

その場に私がいたなら「身の程を弁《わきま》えろ」と叱咤《しった》していただろう。

ルーシー嬢の魔力量は雀《すずめ》の涙ほどしかない上、聖属性と相性が悪い。

聖女はあくまで聖魔法を極めた女性に贈られる称号だ。

聖属性との相性が最悪のルーシー嬢が聖女など……土台無理な話なのだ。

もしも、ルーシー嬢に『常識』と呼ばれる知識と価値観があったなら、彼女は聖女の座など欲しがらなかっただろう。自分には聖女など務まらないと諦《あきら》めていたはずだ。

だが、悲しいかな……彼女には『常識』がない。

だから、愚《おろ》かにも公衆の面前でノーラ嬢に聖女の座を強請《ねだ》ってしまった。

それが最大の過《あやま》ちであることも知らずに……

私はルーシー嬢の目に余る行《おこな》いに頭を抱《かか》えながら、ソファから立ち上がる。

「我が国の貴族全員に例の招待状を送りつけろ。明後日の昼、あれを実行する」

「畏《かしこ》まりました」

宰相は私の指示に、恭《うやうや》しく頭《こうべ》を垂れた。

そしてあれの準備に取りかかるため、早々に退室する。

優秀な側近の背中を見送った私は、月が綺麗な夜空を見上げた。

ルーシー・オルティス伯爵令嬢……ノーラ嬢を限界まで追い込んだ罪は、大きいぞ。

第三章

精霊王様にアップルパイを振る舞ったあと、夜に故郷から帰ってきたジンとベヒモスとしっかり話し合うことができた。

私と同居するかどうか、よく話し合ってみた結果――二人はやはり私と一緒に暮らすと言って聞かなかった。

精霊王様の見解通り、彼らは私のことを迷惑だなんて思っていなかったらしい。

ジンとベヒモスは「ノーラのことが大好きだから一緒にいたいんだ！」と、力強く語ってくれた。

それからジンとベヒモスは、この家に泊まっていき、朝を迎えたのだけれど……

「ノーラ、お願いー！　またお菓子作ってー！」

「アップルパイ……オイシカッタ……」

私は二人にせがまれるまま、今日もキッチンに立っている。

どうやら、昨日プレゼントしたアップルパイがお気に召したらしい。

甘いものが好きな彼らは、「またお菓子が食べたい」と頼み込んでくるのだ。

私は「作って！　作って！」と子供みたいに強請《ねだ》ってくる二人に、苦笑を浮かべる。

「お菓子を作るのは構わないけれど……今日は二人の引っ越し作業があるでしょう？」

彼らはこの家に引っ越してくることになったので、今日はその作業と空《あ》き部屋の掃除をしなければならない。

けれど、焦《あせ》ることもないのよね……

「まあ、引っ越しは急がなくていいし、私は明日や明後日でも構わな……」

「ダメ！　今日やる！　絶対やる！　僕らは一日でも早く、ノーラと一緒に暮らしたいんだから！」

「ジンノ……イウトオリ……」

前のめりに言う二人に、私は少々のけぞる。

「そ、そう……？　なら、今日はお菓子を諦《あきら》め……」

「それもダメー！」

「ええ……？」

ジンはとにかく必死に、あれもダメ、これもダメと、ワガママを口にする。いつも以上に声を張り上げて、反論してきた。

ジンたちの早く引っ越ししたいという気持ちと、また私のお菓子を食べたいという気持ちは嬉しいけれど、引っ越し作業とお菓子作りを同時にやるのは不可能よ……。

申し訳ないけれど、私はそこまで器用じゃないの。どっちかにしてもらわないと……。

困りながら笑う私を見て、ジンは少し考え込むと――何か閃《ひらめ》いたように目を輝かせた。

「そうだ！　僕たちの引っ越し作業は他の精霊たちに手伝ってもらおう！　で、ノーラはお菓子作りに専念する！　これなら、どう!?」

「ど、どうって言われても……手伝ってくれる精霊なんているの？　ここは私が……人間の娘が住んでいる家なのよ？」

手伝ってくれるならありがたいけれど、都合よくそんな精霊が現れるとは思えない……。

精霊国に移住してから三日目だし、先住民である精霊たちは私のことをまだ警戒しているはずだ。

大精霊であるジンとベヒモスのお願いなら耳を傾けてくれるかもしれないけれど、引っ越し作業を手伝ってくれるかどうかはわからな……。

「――手伝う」

思考の途中で、聞き慣れない声が私の鼓膜《こまく》を揺らした。

私がぽかんとしていると、目の前に昨日アップルパイを振る舞った、無口な精霊たちが現れた。

ジンと同じ小人サイズの精霊たちは、じっと私を見つめてくる。

「え、えっと……？」

私が動揺していると、精霊たちは口々に言う。

「昨日お菓子くれたお礼」

「とっても美味《おい》しかった」

「また食べたい」

「だから、手伝う」

会話に慣れていないのか、言葉遣いが幼い子供のようだけれど、言いたいことは伝わった。

昨日のお菓子のお礼として、引っ越し作業を手伝ってくれると……

それで、また私の作ったお菓子が食べたいってことね……

この子たちの言いたいことを脳内で要約した私は、その素直で真《ま》っ直《す》ぐな言葉と考えに、思わず笑みを零《こぼ》した。


「……へっ？」

「ふふふふっ……！　本当に精霊って、甘いものが好きなのね……！　じゃあ、引っ越し作業の手伝いをお願いしようかしら？」

無口な精霊たちに微笑みかけると、彼らはコクコクと何度も頷いた。

彼らは無表情ではあるけれど、心なしか、口元が緩んでいるように感じる。

精霊王様が、この子たちは私に懐《なつ》いてくれているって言っていたけれど……それは本当だったみたいね。

昨日は半信半疑《はんしんはんぎ》だったけれど、この子たちの積極的な姿勢を見て確信が持てた。

この精霊たちは私に、好意を持ってくれている。少なくとも嫌われてはいないようだ。

精霊は自らの力を発揮《はっき》するために精霊国を出て、プネブマ王国など人族が暮らす国に行き、人間と契約する者がいる。

けれど、精霊国に定住する精霊がほとんどだ。この子たちもきっとそうなのだろう。

精霊国に留《とど》まっている精霊って、人間嫌いなイメージが強かったのだけれど……意外と人懐《ひとなつ》っこいのね。

私は精霊国に定住する精霊たちの認識を改めるとともに、無口な精霊たちの不器用な優しさと気遣《きづか》いに笑みを零《こぼ》した。

それから、無口な精霊たちの手を借りながら、ジンとベヒモスの引っ越し作業は開始された。

「あっ！　それはこっちに運んでー！」

「ココ……キレイ……スル……」

「雑巾《ぞうきん》持ってきてくれるー？」

「ホウキ……ホシイ……」

ジンとベヒモスは、手際よく精霊たちに指示を出していく。

精霊たちの蝶《ちょう》のような羽がパタパタと擦《こす》れる音と、ジンとベヒモスの声で建物内が満たされる。

賑《にぎ》やかでいて、どこか穏やかな時間が流れていた。

みんな、ちゃんと働いてるわね。無口な精霊たちなんて、文句も言わずに働いているもの。

アップルパイのお礼だと言って、引っ越し作業を手伝ってくれているけれど……正直、アップルパイと引っ越し作業の労力が釣り合っていない。

彼らはアップルパイの代価以上の働きをしてくれている。

私も彼らの労力に少しでも見合うような美味《おい》しいお菓子を作りましょうか。

私は賑《にぎ》やかな声と音に耳を傾けながら、今一度キッチンに立った。

材料が入った棚《たな》を開けて、食材と相談しながら記憶の奥底からあるレシピを呼び起こす。

たくさん食べられて美味《おい》しいものといえば……やっぱり、あれよね！

自分で作れないとはいえ、興味があって、メイドにいろいろ聞いておいてよかったわ……

バターと卵を手にした私は、誰もが一度は食べたことがあるあのお菓子を作るため、早速《さっそく》作業に取りかかった。


引っ越し作業が開始されて、明るかった窓の外が夕焼けに染まった頃――やっと全ての作業が終了した。

ヘトヘトになった精霊たちが、リビングに戻ってくる。

体力に自信のあるジンさえも、疲れを露《あら》わにしていた。

こんなに長い間働いていれば、疲れるわよね。

いくら体力があっても、これだけ作業すれば精神的にも疲れるだろうし。

私はテーブルの上にわらわらと集まる精霊たちに視線を送ったあと、底の浅い大皿に向き合った。

ふわりと香ばしい匂いが、鼻を掠《かす》める。

バターの風味がきいたそれは、かなり完成度が高かった。

アップルパイでの失敗を活《い》かして、火加減に気を配りながら焼いたから、今回は焦《こ》げていない。

味見もしたけれど、昔メイドがこっそり作ってくれたものと大差ないと思う。

たっぷり時間があったから、たくさん作ることができたし、味の工夫もできた。

きっと喜んでくれるはず……！

彼らの喜ぶ顔を思い浮かべながら、大皿を両手で持ち、パッとリビングを振り返った。

「引っ越し作業、お疲れ様。よかったら、これ……えっ？」

私は思わず、振り向いた姿勢のまま固まってしまう。

「――やあ、ノーラ。今日のお菓子はクッキーかい？」

そう言って、深紅《しんく》の瞳を細めたのは、ここにいるはずのない精霊王様だった。

サラサラの銀髪を揺らしながら、彼はニッコリ微笑む。

な、なんで精霊王様がここに……⁉　また甘い匂いにつられて来たのですか⁉

神出鬼没《しんしゅつきぼつ》の精霊王様は、当たり前のようにテーブルについた。

「タリア様が来たら、僕らの分減っちゃうじゃーん！」

「タリアサマ……ハタライテナイ……」

自分たちのクッキーだと主張するジンとベヒモスに対し、精霊王様はにこやかに対応する。

「まあまあ、少しくらい、いいじゃないか。僕だって、ノーラの作るお菓子が食べたいんだよ。それに、ほら……クッキーはあんなにたくさんある。僕が数枚もらったところで変わりはしないよ」

傍《はた》から見れば、精霊王様はお菓子好きの子供を宥《なだ》める父親のようだった。

精霊王様はお菓子目当てで、またここに来たんですね……

いえ、それは構わないのですが、一国の王がこうも頻繁《ひんぱん》に城を空《あ》けていいのですか……？

と、思ったけれど……私なんかが王の心配をするなんて、烏滸《おこ》がましいわね。

元貴族とはいえ、ここでの私はただの平民。

平民ごときが王の言動に口出しするなど、図々しいにも程があるもの。

そう結論づけると、私はピタリと止まっていた足を再び動かした。

テーブルの上にクッキーの山を置く。

「改めまして……引っ越し作業、お疲れ様。たくさん食べてね？　精霊王様もよろしければ、どうぞ」

私がみんなに勧《すす》めるや否《いな》や、クッキーの早食い競争が始まった。

彼らは、互いに譲る気配がない。

我先にとクッキーに手を伸ばし、ほっぺたがパンパンになるまでクッキーを詰め込んでいる。

彼らは無限に等しい食欲と胃袋を目一杯発揮《はっき》して、大量のクッキーを次々とお腹に収めていた。

相変わらず、すごい食べっぷりね。

作り手としては、これくらい勢いよく食べてくれたほうが嬉しいわ。

ものすごい速さでクッキーの山を食べるジンたちを見て、精霊王様は感心したように僅《わず》かに目を見開いた。

「ノーラのクッキー、大人気だね」

「ふふっ。そうですね」

私が笑い声を漏らしながら彼に視線を向けると、その手にはクッキーが三枚握られていた。

どうやら、先程の宣言通り、本当に数枚だけしかもらわなかったらしい。

早食い競争から早々に離脱した銀髪美人は、じっくり味わうようにクッキーを一枚ずつ丁寧に食している。

「ノーラの作ったお菓子は本当に美味《おい》しいね。昨日食べたアップルパイも実に美味だった。それに、このクッキーはバターの風味がきいてて、僕好みだ。こっちのココアクッキーも甘くて美味《おい》しいよ」

「精霊王様のお口に合ったようでよかったです」

頬を緩ませながら、クッキーの感想を述べてくれた精霊王様。

私はそれに笑顔を返しながら、紅茶を淹《い》れる。

昨日は普通にお茶を淹《い》れてしまったけれど、風魔法を使って道具を動かして、火炎魔法でお湯を沸《わ》かせば早く準備できるのではと思い、試してみることにした。

魔力を集めて、手のひらで魔法を発動させる……うん、いい感じね。

魔法を駆使して、簡単に紅茶の準備を済ませる私を見て、精霊王様は笑みを引っ込めた。

どこか真剣味を帯びた表情で、こちらを見つめている。

さっきまでニコニコ笑っていたのに……いきなり、どうしたのでしょう？

私、何か失礼なことしたかしら？

私が言動に問題があったかもしれないと戸惑《とまど》っていると、精霊王様は重々しく言う。

「ノーラ……実は、今日ここに来たのは、クッキーを食べるためだけじゃない。君にどうしても伝えたいことがあってね……」

「私にどうしても伝えたいこと、ですか……？」

「ああ」

銀髪美人は硬い表情で頷くと、淹《い》れたての紅茶に手を伸ばす。

昨日話した印象だと、精霊王様はとても礼儀正しい人だ。

そんな彼なら、お茶に口をつける前に、私に一言《ひとこと》「いただくよ」と言いそうなものだけれど……今はそんな余裕がないらしい。

だからこそ、不安を煽《あお》られる。

もしかしたら、とても悪い報《しら》せなのか、と……

もしかして……私が精霊国に定住することについて反対者が多数出たとか……？

「出ていってほしい」とか、言われるのかしら……？

せっかく、ジンとベヒモスの引っ越しが終わったばかりなのに……

嫌な考えがじわじわと胸に広がる中、精霊王様は複雑そうな顔で口を開いた。

「気になって、君の祖国のことを少し調べていたのだけど、明日……『王廷裁判《おうていさいばん》』が開かれるらしい。被告人は君の妹のルーシーと、父母のオルティス夫妻、それから――君の元婚約者ダニエル・シュバルツ。彼らは皆、長い間君を苦しめていたんだってね。ジンとベヒモスから聞いたよ。特に……妹が」

「王廷、裁判……」

『王廷裁判』とは、国王陛下自ら裁判長を務める裁判のことだ。

主《おも》に国の今後を左右する事件が起きた際に、この裁判は開かれる。

といっても、国の今後を左右する事件などなかなか起きないため、『王廷裁判』が開かれることは滅多《めった》にないけれど……

でも、今の状況では、確かに、『王廷裁判』が開かれてもおかしくない。

何故なら、冗談抜きで『国の今後を左右する』出来事が起きたからだ。

――そう、私やジンたちが国を去ったことで、今頃プネブマ王国は大変なことになっているはず。

国を豊かにし、守ってきたのは、私とジンたちなのだから。

そんな私たちが突然消えれば、国は滅亡の危機に瀕《ひん》することになる。

私が国を捨てて精霊国に移住した時点で、近いうちに国王陛下が何か行動を起こすことは予想していた。

でも、まさかこんなに早く『王廷裁判』が開かれるなんて……

「ノーラ、『王廷裁判』は明日の昼から行《おこな》われるらしい。そこで相談……というか、質問なんだが……君はその『王廷裁判』を見たいかい？　君が当事者であることは事実だから、君が選ぶべきだと思うんだ」

悶々《もんもん》と考え込む私に精霊王様はそう尋ねてきた。

どこまでも優しいテノールボイスで。

耳に馴染むその声はスッと耳に入ってくるのに、心がその声を……いや、その言葉を拒絶する。

『王廷裁判』を……私が見る……？

シーンと静まり返った空間で、私はティーカップの持ち手をキュッと握り締めた。

さっきまで賑《にぎ》やかだったジンたちの声は、いつの間にか聞こえなくなっている。

テーブルに目を向けると、無口な精霊たちの姿がなくなっていた。

恐らく気を利《き》かせて、ここから静かに立ち去ってくれたのだろう。

ここに残ったのは私と精霊王様、それにジンとベヒモスの四人だけだった。

精霊王様に与えられたのは、『王廷裁判』を見るか、見ないかの、とても簡単でわかりやすい二択だ。

そう、とても簡単な……でも、今の私には古代文字の解析よりも難しく感じる質問。

多分、ここで私が見ないということを選択しても、誰も責めないだろう。

「そうか」と言って、受け入れてくれるはずだ。

でも……だからこそ、どうすればいいのかわからない。

私が答えを返せずにいると、銀髪美人はこの場の空気を和《やわ》らげるように、柔和《にゅうわ》な笑みを浮かべた。

「ノーラ、難しく考えなくていいよ。ただ君の素直な気持ちを言えばいい。僕らはそれを受け入れよう。でも……僕個人の意見としては、見てほしくないかな……」

「ボクモ……ミテホシクナイ……」

精霊王様の語った本音に、べヒモスがすぐさま同調する。

そして、精霊王様は再び口を開いた。

「ノーラは祖国を捨てて、ここに来たんだろう？　なら、今さら関わる必要ないよ。こんなくだらない裁判を見る必要もない。新しい地で一から始めると決意し、ここに来たなら尚更ね。時には過去を振り返ることも大事だけど、今の君に必要なのは過去じゃなくて未来だ。少なくとも僕はそう思う」

「ボクモ……タリアサマ……ト……オナジイケン……」

精霊王様とべヒモスの意見を聞いて、私は俯《うつむ》いた。

今の私に必要なのは、過去よりも未来……

精霊王様の言うことには一理ある。

王廷裁判は過去の罪を暴《あば》き、その罪相応の罰《ばつ》が下される場所。

ルーシーや両親の罪が暴《あば》かれる場面を目にすれば、私は嫌でも過去を思い出す。

どんなに黒く塗り潰しても、消えてくれない過去を……私は『王廷裁判』を見ることで、思い出してしまうだろう。

精霊王様とベヒモスは、苦しむであろう私のことを心配してくれている。

私を本気で心配してくれる二人の気持ちは、とても嬉しかった。

でも、私は――

「僕はその『王廷裁判』とやらを見るべきだと思う！　だって、ここで逃げたらノーラは一生過去と向き合えない！　ノーラはすごく真《ま》っ直《す》ぐな子だから、ここで逃げたら絶対後悔すると思う。ノーラにとって、過去は辛《つら》いことだらけだけど……でもっ！　今のノーラを作ったのは……その辛《つら》くて苦しい過去だから！　だから、僕は逃げずに向き合ってほしい……」

私の思考を遮《さえぎ》るように、今までずっと黙り込んでいたジンが、珍しく焦《あせ》ったように言葉を発した。

彼は複雑そうな表情をしながらも、精一杯の思いと言葉を私に伝える。

私のことをきっと誰よりも理解しているジンは、やっぱりわかってくれていた。

ここで逃げたら、私が一生後悔することを……

逃げることは、決して悪いことではない。

戦って傷つくくらいなら、逃げてもいいと思う。

精霊王様とベヒモスの言葉に甘えて、逃げるのも一つの道だ。

一生過去から目を背《そむ》けて、この陽だまりみたいに暖かい場所で暮らす選択肢だってある。

でもね、私は——逃げたくないの。

私は……ノーラ・オルティスという人間は、よくも悪くも真《ま》っ直《す》ぐだから、逃げることを私自身が許してくれない。

私は、今にも泣き出しそうな顔でこちらを見つめるジンに手を伸ばした。

そして、指の腹でジンの頭を優しく撫でる。

「ありがとう、ジン。私の背中を押してくれて……」

ジンのおかげで、迷いが吹っ切れたわ。

彼が私の背中を押してくれなければ、私は迷いを捨てきれなかったかもしれない。

何もかも曖昧《あいまい》にして、後悔していたと思う。

私はコクンと小さく頷くジンに微笑んだあと、銀髪赤眼の美青年と向き合った。

深い赤を宿した瞳は、困ったように私を見つめている。

ごめんなさい、精霊王様。

せっかく逃げ道を示してくれたのに……私はその道を選ぶことができませんでした。

「精霊王様、私に──『王廷裁判』を見せてください」

◇◆◇◆

お姉様から聖女の座を奪ってから、二日後の夜。

私──ルーシーのもとに、一通の手紙が届いた。

丁寧に封筒に入れられたそれには、王家の家紋を象《かたど》った封蝋《ふうろう》が施《ほどこ》されている。

王家からの手紙？　何かしら？

あっ！　もしかして、聖女になった私を歓迎する手紙かしら!?　国王陛下の養子として迎え入れられるとか！

私はお姉様と違って可愛くて愛嬌《あいきょう》があるし、人望も厚いし！

王族に仲間入りしてもおかしくないわよね！

私は特に深く考えることなく、手紙を開封し、綺麗に折《お》り畳《たた》まれた一枚の紙を開く。

「!?　――何よ、これ!?」

その紙に記された文章に、私は思わず声をあげた。

手紙の内容は予想だにしなかったもので、私は何度も何度も文章を読み返す。

お、『王廷裁判』……!?　私が被告人!?　出頭命令!?

王廷裁判って、あの『王廷裁判』よね……？　陛下自ら裁判長を務めるっていう……

私は何も悪いことなんてしてないのに、なんで『王廷裁判』なんて……！

「ノーラ・オルティス伯爵令嬢の失踪《しっそう》事件……？　お姉様に関する裁判に、なんで私が被告人として呼ばれなきゃいけないのよ!?　お姉様が勝手にいなくなっただけのことじゃない！　それなのに、なんで私がっ……！」

苛《いら》立《だ》つあまり手に力が入ってしまい、私は手紙をグシャッと握り締める。

皺《しわ》になった紙を気にするだけの余裕は、私に残っていなかった。

開廷されるのが、明日だなんて……！

国王陛下に直談判《じかだんぱん》する時間もないじゃない！

どう頑張っても回避不可能な『王廷裁判』の出頭命令に、私の苛《いら》立《だ》ちはさらに募《つの》っていく。

――すると、ここで誰かが私の部屋の扉をノックした。

もうっ！　こんなときに一体誰よ!?　私は今、すごく忙し……

「――ルーシー！　入るわよ！」

私の思考を遮《さえぎ》って、断りもなく部屋の扉を開けたのは、実の母であるカロリーナ・オルティスだった。

毛先が傷《いた》んだ茶髪をハーフアップにした母は、その海のように青い瞳でキッと私を睨《にら》みつけてくる。

普段は私のことを「可愛い」「愛らしい」と言って甘やかしてくれるのに、今は般若《はんにゃ》のように顔を歪《ゆが》めていた。

な、何……？　なんなの……!?　どうして、お母様はこんなに怒って……

状況を理解できずにいる私だったが、母の手にある手紙には見覚えがある。

あれ？　この便箋《びんせん》と封筒、王家から私宛てに送られてきたものと一緒なんじゃ……

「ルーシー！　これは一体どういうことなの!?　『王廷裁判』だなんて……！」

「え？　あの……」

「あなただけじゃなく、私やアンドレアまで『王廷裁判』に被告人として呼ばれてるのよ！」

「えっ……⁉　お母様やお父様まで……⁉」

アンドレアは私の父であり、オルティス伯爵家の現当主でもあるアンドレア・オルティス伯爵だ。

母は王家からの手紙を無造作に床に投げつけると、私の両肩をガシッと掴む。

それも、かなり強い力で……

「あなたがノーラを国から追い出したせいで、こうなったのよ⁉　一体どうしてくれるの⁉」

「お、お母様、落ち着いてください。私も今、混乱していて……」

「落ち着けるわけがないでしょう⁉　『王廷裁判』よ⁉　もうこの家は終わりだわ……！」

母の長い爪《つめ》が、私の肩に食い込む。

彼女の海のように真《ま》っ青《さお》な瞳が、今は何故だか青く燃える炎《ほのお》に見えた。

ヒステリックに叫ぶ母の甲高《かんだか》い声が、脳内で木霊《こだま》する。

お母様、落ち着いてください！　これは何かの間違いです！

陛下がきっと勘違いをしているんです！　私たちは無実ですよ！

そう言いたいのに、母の声が邪魔をして、私はなかなか口を開けなかった。

第四章

過去と向き合うと決めた次の日の午後――私は精霊城を訪れていた。

私とジン、ベヒモスを迎え入れた精霊王様は、苦笑を浮かべる。

「いやぁ、すまないね？　わざわざ来てもらって……。本当はノーラの家で『王廷裁判』のリアルタイム映像を見ようと思ったんだけど、側近たちが魔道具の持ち出しをどうしても許可してくれなくてね……」

精霊王様の言葉を聞いて、ジンとベヒモスはうんうんと頷く。

「そりゃあ、そうだろうねー。これ、初代精霊王様が作ったものだしー。むしろ、使用許可が下りただけありがたいよー」

「シヨウキョカ……アリガタイ……」

ええ!?　この魔道具って、そんなすごい人が作ったものだったの!?

初代精霊王が作った魔道具を私用のために使うなんて……なんだかすごく申し訳ないわ。

私は申し訳なさから眉尻を下げながら、ソファに座った状態で初代精霊王が作ったという魔道具を見上げた。

薄くて軽そうなそれは、天井《てんじょう》から吊るされている。

一見すると、真っ白な紙にしか見えない。

私たちはこの魔道具を使って、『王廷裁判』をリアルタイムで見ることになっている。

なんでも、あの紙のような魔道具の表面に指定した場所の映像が流れるらしい。

信《しん》じ難《がた》い話だけれど、精霊王様がそう言うのなら間違いないのだろう。

精霊国の魔道具技術は、かなり進んでいるのね。

魔道具は、私たち生物が生まれながらに持っている魔力を注《そそ》ぎ込《こ》み、使うことができる道具。

魔道具を作るには、非常に膨大な魔力の回路を組み込まなければいけないはずなのだけれど……今の私が持っている知識では、あんな薄くて軽そうな魔道具は作れないわ。

私は思わず、精霊国の魔道具技術と初代精霊王の技能に感心してしまう。

けれど、慌《あわ》てて表情を引き締めた。

感心している場合じゃないわ。

今は……『王廷裁判』に集中しなきゃ。

私は部屋に備えつけてある掛け時計へ視線を移し、開廷の時間が迫っていることを確認した。

『王廷裁判』の開始予定時刻は昼の一時。

カチコチと掛け時計が時を刻むたび、私の心臓は跳ね上がる。

緊張……しているのかしら？

今日の朝まではなんともなかったのに……

「？　……どうかしたかい？　ノーラ。具合でも悪いのかい？」

「あっ、いえ……ただ緊張のせいで鼓動が……」

心配そうに揺れる赤い瞳に見つめられて、私は困ったように笑う。

初めて会ったときから変わらない優しい瞳が心配そうにこちらを見つめている。

「精霊王様は本当にお優しいですね。大丈夫ですよ。すぐにおさまると思うので」

そう言って笑いかけると、精霊王様の表情が幾分か和《やわ》らぐ。

彼は私の言葉に一つ頷くと、姿勢を正した。

「――いよいよだね」

彼のその呟《つぶや》きとともに――魔道具のスイッチが入った。

天井《てんじょう》から吊るされた真っ白な紙のような道具に、『王廷裁判』の会場が映し出される。

会場はコロシアムを使用しているようで、壁際に傍聴席が設《もう》けられていた。

建物の中央には、四人の男女の姿がある。

そんな彼らを見下ろすように、裁判長の国王陛下が椅子に腰掛けていた。

既《すで》に役者は揃《そろ》っている。

煌《きら》びやかな服とアクセサリーを身にまとう罪人たちは、怯《おび》えた様子で国王陛下を見上げていた——ただ一人を除いて。

身を寄せ合う私の両親や、体を震わせるダニエル様とは正反対の態度を取る者が一人。

それは、全ての元凶であるルーシーだ。

彼女は両親や彼女の婚約者のように怯《おび》えた様子を見せるでもなく、堂々とそこに立っている。

悲愴感《ひそうかん》が漂《ただよ》う空間の中で、彼女だけ異様な存在感を放っていた。

「ねぇ、何あれー？　なんであんなに堂々としてるのー？」

「ハンセイノ……イロ……ミエナイ……」

不快感を露《あら》わにし、『うげぇ〜』と顔を顰《しか》めるジンとベヒモスに、精霊王様も頷く。

「全く悪いことをしたという自覚がなさそうだね。実に不快だ」

みんなとは異なり、これは想定内の出来事なので、私は特に不快感を覚えることはなかった。

お馬鹿で常識のないルーシーのことだから、「自分は悪くない」とでも思っているのでしょう。

だって、彼女がまともな人だったなら、私から聖女の座を奪おうとはしなかっただろうから……。

本当に愚《おろ》かな妹だ。

「……『王廷裁判』に被告人として呼ばれた時点で、勝ち目はないのに……」

私がそう呟《つぶや》いたとき、タイミングを見計らったように、スクリーンの向こうにいる国王陛下が小槌《こづち》を叩きつけた。

ざわざわと騒がしかった会場が、一瞬にして静まり返る。

掛け時計に目を向けると、針は一時を指していた。

――さあ、『王廷裁判』の幕開けね。

「これより、聖女ノーラ・オルティス失踪《しっそう》事件に関する裁判を執《と》り行《おこな》う――開廷！」

国王陛下の開廷宣言とともに、被告人の近くで待機していた衛兵が、ダニエル様の腕をガシッと掴んだ。

そのままズルズルと引《ひ》き摺《ず》るようにされて、陛下の前まで連れていく。

どうやら、最初に裁かれるのはダニエル様らしい。

「離せ！　無礼だぞ⁉　俺はシュバルツ公爵家の人間……うわっ⁉」

普段では考えられないほどの雑な扱いにキャンキャン吠《ほ》えるダニエル様だったが、衛兵が乱暴に腕を離したため、その場に尻餅をついてしまう。

けれどすぐに立ち上がって、再び衛兵に文句を言い始めた。

その様子を見て、精霊王様は肩をすくめる。

「さっきまで産まれたての小鹿のようにプルプル震えていたくせに、衛兵に対しては随《ずい》分《ぶん》強気だね」

「僕、身分を笠《かさ》に着る人きらーい！」

「ココデハ……ミブン……カンケイ……ナイ……」

「え、ええ、そうね……」

ダニエル様のことを強く非難する精霊たちに、私は思わず苦笑を漏らす。

彼の元婚約者である私としては、かなり肩身が狭い。

ダニエル様って、本当はこんな人だったのね……

お付き合いしていた頃は、好青年にしか見えなかったのに……

恋は盲目と言うべきか、ダニエル様の本性がこんなだなんて、今になるまで気づかなかったわ。

婚約を解消されたときはすごく悲しかったけれど、これは別れて正解だったわね。

そう考えていると、我慢の限界だというように、国王陛下が小槌《こづち》を叩きつける。

ダンダンと力強い音が、会場内に鳴り響いた。

「静粛《せいしゅく》に！　ここは衛兵に文句を言う場ではない！　衛兵は私の命令に忠実に従ったまでだ！　それに、私は貴様に発言を許可した覚えはないぞ！」

「ひっ……！　も、申し訳ありません……！」

国王陛下に怒鳴りつけられたダニエル様は小さな悲鳴をあげて、身を強張《こわば》らせた。

さっきまでの高圧的な態度はどこへやら……再びビクビクと震え始める。

国王陛下と彼の隣に立つ宰相閣下は、相手によって態度を変えるダニエル様を見下ろし、呆《あき》れたように溜め息を零《こぼ》した。

これでは先が思いやられますね……

私がそう思いながら映像を眺めていると、国王陛下は再び口を開く。

「まず、ノーラ嬢の失踪《しっそう》の原因の一つとして挙げられるのが、ダニエル・シュバルツとルーシー・オルティスの婚約だ。ダニエル・シュバルツ、君はノーラ嬢との婚約中に、ルーシー嬢と不貞行為に及んだという証言もあるが……これは事実か？」

「っ……！　だ、断じて違います！　俺……私はっ！　神に誓って、そんなことはしていません！　確かに、ノーラ嬢と婚約中にルーシー嬢と何度かお会いしましたが、そのようなことは一度もっ……！」

防衛本能が働いたのか、ダニエル様はやけに饒舌《じょうぜつ》だ。

目を血走らせながら、自分は無実だと必死に叫ぶ彼の姿に、私は呆《あき》れ返る。

シュバルツ公爵家の人間ともあろうお方が、この裁判の意味を理解していないのでしょうか……？

王のもとで裁かれる『王廷裁判』で、無罪放免になることはまずありえない。

何故なら、証拠や証人が十分に集められた上で『王廷裁判』は開かれるから。

無罪放免になんてなれば王家の威信にかかわるため、国王陛下や宰相閣下は万全の準備をしているはずだ。

だから、『王廷裁判』で無罪を主張するのは愚策《ぐさく》でしかない。

潔《いさぎよ》く罪を認め、減刑を願い出たほうが本人にとっても得なはず。

「えっ!?　こいつ、ノーラと婚約中に他の女と寝たのー!?　ありえないんだけどー！」

怒《いか》りで声を震わせるジンに、精霊王様も同意する。

「しかも、その相手がノーラの妹って……普通、義妹になるかもしれない子に手を出すかい？」

「イイノガレ……ミグルシイ……」

温厚なベヒモスも溜め息をついている。

ごもっともな彼らの意見に、私はコクリと頷いた。

正直、ダニエル様がここまでクズだとは思わなかったわ。

ルーシーと不貞行為をしていたなんて、初耳よ。

少しは私に申し訳ないと思わなかったのかしら？

私が思わず頭を押さえる中、ダニエル様は必死に言い募《つの》る。

「それは事実無根《じじつむこん》です！　どうか、私を信じてください！　陛下！　私は決してそのような……！」

「もうよい。少し黙れ。貴様の言いたいことはよくわかった」

国王陛下は片手を挙げて、ペラペラと嘘の供述を並べるダニエル様を黙らせる。

一向に罪を認めようとしないダニエル様に痺《しび》れを切らしたのか、陛下は次の手段に打って出た。

「ダニエル・シュバルツとルーシー・オルティスの不貞行為について、証人を用意している――証人、前へ！」

陛下がそう言うと、証人席から二人の男女が立ち上がった。

彼らはコツコツと足音を鳴らしながら、証人台の前まで行く。

先に証人台に立ったのは身なりのいい男性だった。

あら……？　この人って、確か……

「証人ユリアス・ボスワースです。私はダニエル・シュバルツ殿とルーシー・オルティス嬢の不貞行為についてここに証言します！」

証人台でそう力強く断言したのは、ボスワース侯爵家の三男坊だった。

彼は、アカデミーでの私やダニエル様の同級生で、ダニエル様とは仲が良かったはず。

……いえ、仲が良かったというよりは、腰巾着《こしぎんちゃく》……もとい、取り巻きの一人と言ったほうが正しいかもしれないわね。

まさか、ここでユリアス様が出てくるとは思わなかったわね。

彼にとって高位貴族の子息であるダニエル様は、かなり強力な後ろ盾だったはずだから……そう簡単にダニエル様を裏切るとは思えないもの。

それにしても、私が国を出てから三日ほどで、ダニエル様の不貞を暴《あば》き、証人を用意するなんて、陛下はよっぽど急いだのね。

私がそう思って首を傾げていると、陛下が厳しい声で促《うなが》す。

「よい。話せ」

「ダニエル・シュバルツ殿は私や他の友人の前で、ルーシー嬢との仲を自慢げに語っていました。『自分はルーシー嬢と寝た』『ルーシー嬢は自分に気がある』『ノーラ嬢との婚約を解消して、ルーシー嬢と新たに婚約を結ぶ』と、堂々と話していました」

「なっ、待っ……！　嘘です！　虚言です！　俺はそんなこと言っていません！　ユリアスが俺を貶《おとし》めようと嘘をついているんです！　陛下、俺を信じてください！　お願いします！」

ユリアス様の証言を聞いて、居ても立ってもいられなくなったのか、ダニエル様は国王陛下の許可なく、反論を口にする。

その表情からは、焦《あせ》りと不安が滲《にじ》み出《で》ていた。

ジンが「必死すぎて逆に怪しい」と呟《つぶや》く。

はぁ……ダニエル様、あなたも学ばない方ですね。

『王廷裁判』に限らず、裁判長の許可なく発言することは固く禁じられています。

たとえ、貴族や王族であったとしても……

私がそう考えたと同時に、陛下の険《けわ》しい声が響く。

「ダニエル・シュバルツ、私は君に発言を許可した覚えはないが？」

「っ……！　それはっ……！　ユリアスが嘘の証言をするからっ……！　だから、俺は……」

「仮にユリアス・ボスワースの証言が嘘だったとしても、私の許可なく発言することは許されない。物事には順序というものがある。今は証人の話を聞く時間だ。そこに口を挟むことは許さん」

厳《おごそ》かな様子の国王陛下に、ダニエル様は一層焦燥感《しょうそうかん》を募《つの》らせているらしい。

「で、ですが……！　それでは、反論する時間が……！」

「安心しろ。反論する時間は設《もう》けてある。全ての証人の話と証拠品を見てからなら、いくらでも貴様の反論を聞いてやろう」

冷たく言い切った陛下に、ダニエル様はぐっと黙り込んだ。

『全ての証人の話と証拠品を見終わる頃には反論する気力など失《う》せているだろうが……』

……という、国王陛下の副音声が聞こえた気がする。

まあ、そもそもここは有罪か無罪かを決める場所ではなくて、被告人の罰《ばつ》を決める場所。

何度も言うように『王廷裁判』に被告人として呼ばれた時点で有罪は決まっている。

だから、ダニエル様がいくら足掻《あが》こうと無駄でしかないのだ。

前提条件を理解していないダニエル様に哀《あわ》れみの視線を送っていると、証人台に立っていたユリアス様が一礼して下がる。

そんな彼と入れ替わるように、傍《そば》で待機していたもう一人の証人が証人台に立った。

「証人マーガレット・ディアスです。私はここに、ダニエル・シュバルツ様とルーシー・オルティス様の不貞行為を証言します」

メイド服姿の女性は、貴族に囲まれたこの空間でも臆《おく》することなく、堂々とそう宣言した。

その横顔は凛としており、美しい。

国王陛下は彼女に頷くと、淡々とした声で問う。

「貴殿と被告人との関係はどのようなものか、また貴殿の持つ証拠を提示してほしい」

「はい。私はシュバルツ公爵家のメイドでございます。ダニエル・シュバルツ様とルーシー・オルティス様は数年前から、不貞行為をたびたび繰り返しておりました。魔道具でお二人の会話や行為中の音声を録音し……」

「おい！　この下民！　口を慎《つつし》め！　ここは貴様が来ていい場所じゃない！　大体、貴様の証言などっ……！」

ダニエル様はシュバルツ公爵家のメイドだという女性の言葉を遮《さえぎ》り、暴言を吐き始める。

はぁ……口を慎《つつし》むのはあなたのほうですよ、ダニエル様。

陛下に何度も『許可なく発言するな』と言われているでしょう……

何故こんな簡単なルールも守れないのですか？

それと、国王陛下が用意した証人を貶《けな》す発言は控えたほうがいいですよ。

それは、遠回しに陛下を馬鹿にしていることになりますから……

「なんか、もう……こいつの言動が馬鹿すぎて見ていられないんだけどー」

「……バカ……マルダシ……」

ジンとベヒモスは、完全に呆《あき》れ返っている。

「人間社会に疎《うと》い僕でも、彼が非常識なのはよくわかるよ……。こう言っちゃなんだけど、ノーラはよくあんな男と結婚しようと思ったね？」

「いえ、本当にお恥ずかしい限りです……」

精霊王様の指摘に、私は思わず俯《うつむ》いた。

僅《わず》かに残っていたダニエル様への未練はすっかりなくなり、私は過去の自分を恥じる。

正直、自分でもなんであんな人がよかったのか、今ではよくわからない。

若気の至りというやつね。あの頃の私は本当に愚《おろ》かだったわ……

私が一人落ち込む中、国王陛下は衛兵に視線を送る。

衛兵は心得たように小さく頷くと、袋の中からあるものを取り出した。

「な、なんだ!?　何をする!?　ちょ、やめっ……んぐっ!?」

衛兵は嫌がるダニエル様を無理やり押さえつけ、あるものを取りつけた。

そのあるものとは――猿轡《さるぐつわ》。

これで少しは静かになるわね。

少なくとも、声による進行妨害《ぼうがい》はないはず。

これでやっと、スムーズに裁判を進められると思うわ。

ダニエル様の発言を強制的に封じた国王陛下は、何か言いたげなダニエル様を無視して、証人台に立つマーガレット・ディアスへ向き直った。

「続けてくれ」

「はい、陛下。私は魔道具でダニエル・シュバルツ様とルーシー・オルティス様の会話や行為中の声を録音いたしました。それが決定的な証拠となるでしょう」

「マーガレット・ディアスが提出した証拠品については私のほうで厳重に保管している。もちろん、中身の確認もした。この証拠の正当性については私が保証しよう」

陛下がそう前置きすると、「平民ごときの証拠品など……」と文句を言っていた貴族たちが口を噤《つぐ》んだ。

さすがに陛下自ら確認した証拠品を疑う度胸《どきょう》はないのだろう。

国王陛下は静かになった貴族たちを一瞥《いちべつ》すると、手元にある水晶《すいしょう》を手に取った。

「では、これよりマーガレット・ディアスが提出した証拠品の録音魔道具を再生する。なお、再生する部分については、ダニエル・シュバルツとルーシー・オルティスの会話だけとする」

私は息を呑み、音声が流れるのを待つ。

こんな音声、よく録《と》れたわね……マーガレットさんは、とても正義感が強いのかもしれない。

普通は使用人が主人に逆らうことはないもの。

マーガレット・ディアスさんの勇気ある行動に感心していると、国王陛下は重々しく魔道具のスイッチを入れた。

ザザザザザと砂嵐《すなあらし》のような音が流れたあと、聞き覚えのある男女の声が鼓膜《こまく》を揺らす。

『ダニエル様、いつになったら私と婚約してくださるの？　やっぱり、お姉様のほうが好き……？』

『まさか！　そんなわけないだろう！　俺が愛しているのはルーシー、お前だけだ。ノーラなんて、眼中にないさ。両親への説得が済んだら、すぐに婚約を解消する』

『本当に……？　やっぱり、お姉様のほうがいいとか言わない？』

『言うわけないだろ？　こんなに可愛くて、体の相性も抜群なルーシーと結婚するためなら、俺はなんでもするさ』

『そう……なら、いいわ』

時間にして、僅《わず》か数十秒の会話だけれど、これだけでダニエル様とルーシーの関係性がよくわかった。

これで、もう言《い》い逃《のが》れはできないだろう。

それでもなお、言い訳を続けるなら、それは正真正銘《しょうしんしょうめい》の馬鹿だ。

会場内がシーンと静まり返る中、ダニエル様は顔を真《ま》っ青《さお》にして、ヘナヘナとその場に座り込んだ。

どうやら、さすがの彼も、これ以上嘘は貫《つらぬ》けないと気づいたらしい。

周りの反応を見るのが怖いのか、彼は下を向いている。

ダニエル様、残念でしたね。

あなたが『下民』と罵《ののし》った女性の力によってあなたの罪は暴《あば》かれ、眼中にない女を裏切ったせいであなたは裁かれる……実に滑稽《こっけい》です。

私は零《こぼ》れそうになる笑みを必死に堪《こら》え、絶望に打ちひしがれる元婚約者を見つめた。

「ダニエル・シュバルツ。今一度君に問おう。君はノーラ・オルティスとの婚約中にルーシー・オルティスと不貞行為を働いた。これに間違いはないな？」

確信を滲《にじ》ませた陛下の声に、ダニエル様はただ静かに頷く。

全てを諦《あきら》めたかのように潔《いさぎよ》く……あっさりと罪を認めた。さっきまでの反論の嵐が嘘のようだ。

最初から罪を認めていればよかったものを……なんとか助かろうとするから、こうなるんですよ。

まあ、不貞行為なんて、所詮は家同士の問題なので、重い罪に問われることはないでしょうが……

でも、今回は私の失踪《しっそう》事件が関わっているので、通常より重い罰《ばつ》が下されるかもしれませんね。

私がそう考えていると、国王陛下がダニエル様の処遇を告げた。

「ルーシー・オルティスとの不貞行為を働いたダニエル・シュバルツを懲役《ちょうえき》二年の刑に処す。なお、ダニエル・シュバルツには国の復興のため尽力してもらうこととする」

懲役《ちょうえき》二年という名の強制労働……

ダニエル様は土魔法のエキスパートのため、いろいろと使い道があるのでしょう。

さすがに土の大精霊であるベヒモスには敵《かな》わないけれど、それなりに国に貢献《こうけん》してくれるのではないかしら？

まあ、魔力を酷使《こくし》することになるだろうから、相当辛《つら》い二年間になるはずだけれど……

私はピクリとも動かないダニエル様に、哀《あわ》れみの目を向けた。

「牢《ろう》に連れていけ」

ダニエル様の断罪が終わり、彼は衛兵にズルズルと引《ひ》き摺《ず》られていく。

その後ろ姿は、かつてないほど、弱々しかった。

私は元婚約者の小さく見える背中から目を逸《そ》らし、高嶺《たかね》の花と呼ばれる美少女に目を移す。

ダニエル様が断罪される場面を間近で見ても微動だにしない高嶺《たかね》の花は、堂々とそこに立っていた。

不気味なくらい落ち着いているルーシーは衛兵に連れられるまま、国王陛下の前に立つ。

余裕の笑みすら浮かべる彼女を前に、国王陛下は困惑を露《あら》わにした。

「……では、ノーラ嬢失踪《しっそう》事件の本題に移ろう。ルーシー・オルティス伯爵令嬢、君は数日前に行《おこな》われた誕生日パーティーで、ノーラ嬢に『聖女の座をちょうだい』と公衆の

面前で強請《ねだ》った。これに間違いはないね？」

「はい。間違いありません」

事実確認を行《おこな》った陛下に、ルーシーは驚くほどあっさり頷いた。

ダニエル様のように嘘で塗り固めようとはしないらしい。

これはちょっと予想外ね……。

ルーシーのことだから、自分に都合がいいように事実を捻《ね》じ曲《ま》げると思ったのに……。

まさか潔《いさぎよ》く罪を認めて、減刑を願い出るつもり？　あの、プライドの高いルーシーが……？

私が不審に思っていると、陛下はさらに続ける。

「ルーシー嬢、君のその無責任な発言のせいでノーラ嬢はこの国を捨てる決意をしてしまった。見方によっては、君がノーラ嬢を国から追い出したともいえる。彼女は、我が国の聖女であり、代えが利《き》かない存在だった。これは内乱罪に相当する罪だ。君が聖女の座を欲しがらなければ……いや、そもそも君がノーラ嬢を虐《しいた》げなければ、こんなことにはならなかった。違うかい？」

「はい――違います」

国王陛下ができるだけ噛《か》み砕《くだ》いて説明してくれたけれど……どうやら、それは無駄に終わったらしい。

何故なら……ルーシーは全くと言っていいほど、陛下の言葉を理解していないから。

もし、ちゃんと理解しているなら、あんな言葉は出てこないはずだもの……

「はぁー!? 何、あの態度! 自分は全く悪くありませんとでも言うつもりー!?」

ジンは声を荒らげ、精霊王様も眉を顰《ひそ》める。

「ノーラに聖女の座を強請《ねだ》った事実は認めるけど、罪は認めないってわけか……。この子はなかなかタチが悪いね」

「イサギヨク……ツミ……ミトメル……ベキ……」

ベヒモスも精霊王様の言葉に頷いている。

「はぁ……ルーシーは一体何を考えているのかしら……?」

怒《いか》りより呆《あき》れが勝《まさ》った私は、自信たっぷりの表情を浮かべるルーシーの横顔を見つめた。

愚《おろ》かな妹は、動じることなく口を開く。

「お言葉ですが、陛下。私はお姉様に『ちょうだい?』と強請《ねだ》っただけです。決して強制はしていません。それなのに内乱罪なんて……あんまりです!」

「……つまり、自分は欲しいと強請《ねだ》っただけで強制はしていないから、悪くないと?」

「はい！　ダニエル様との不貞行為については罪を認めますが、こんな理不尽極《きわ》まりない罪を受け入れるつもりはありません！」

はぁ……なるほど、そうくるのね。

ダニエル様のように事実を嘘で塗り固めて対抗してくるのではなく、事実を全面的に肯定した上で、自分は悪くないと主張する……

正直、こっちのほうがタチが悪いわね……

嘘なら真実を暴《あば》けばいい話だけれど、これは違う。

彼女の罪をうまく証明できるかどうかが問題になる。

確かにルーシーの言う通り、彼女は今回の件も含め、私に何かを強制することはなかった。

いつも愛らしい笑みを浮かべて、『ちょうだい？』と強請《ねだ》るだけ……

これではルーシーを罪に問うことはできないと、諦《あきら》めかける私だったけれど……

「悪いが、ルーシー嬢。君を無罪にすることは不可能だ」

「!?　な、何故ですか!?」

慌《あわ》てたように声をあげるルーシーに、国王陛下は淡々と告げる。

「何故？　そんなの決まっているだろう？　君が全ての元凶だからだ。ルーシー嬢、いいかい？　確かに君はノーラ嬢に聖女の座を強請《ねだ》っただけかもしれない。でも、その軽はずみな発言のせいで、ノーラ嬢が国を捨てる決意をしたのは揺るぎない事実だ！　私はそれが問題だと言っているんだ。国の心臓ともいえる聖女ノーラ・オルティスに国を捨てる決意をさせたこと、それ自体が罪である。強制だったかどうかは、関係ない」

そ、そういうことね！

私は国王陛下の言葉を聞いて、清々《すがすが》しい気分になる。

裁判の上において重要なのは事実であり、被告人の心情ではない！

もちろん、場合によっては被告人の心情も重要となるけれど……今回の場合は別。

だって、ルーシーの言い分が通るなら、脅迫罪《きょうはくざい》を問うことが難しくなるもの！

動揺して、そんな初歩的なことにも気づけなかったわ！

さすがのルーシーもこの切り返しに対抗する術《すべ》は持っていないのか、ぐにゃりと顔を歪《ゆが》める。

最初から自分に勝ち目がないことを、やっと理解したらしい。

高嶺《たかね》の花と呼ばれる令嬢は悔《くや》しそうに下唇を噛みながら、国王陛下を見上げた。

「で、でもっ……！　いくらなんでも内乱罪は重すぎます！　大体、なんで罪状が内乱罪なんですか!?　別に私は内乱を起こしてなんか……！」

ルーシーの言葉の途中で、陛下は彼女を鋭《するど》く睨《にら》みつけた。

「確かに内乱は起こしていない。だが、ルーシー嬢がノーラ嬢を国から追い出したことで、今、国は滅亡の危機に瀕《ひん》している。それは君もわかっているだろう？」

「滅亡の危機……？　なんのことですか？」

陛下の質問に質問で返したルーシーを見て、私は思わず額《ひたい》に手を当てた。

世間知らずの代名詞と言っても過言ではない我が妹は、訳がわからないというように顔を顰《しか》めた。そんな彼女の反応に国王陛下は面食らっている。

精霊や聖結界の存在を知らなかった時点で、ある程度予想はしていたけど、ルーシーは本当に何も知らないのね……

聖女の役割や土地を守護する精霊の存在から、国の現状に至るまで……何もかも全部。

無知とは、時に恐ろしいものだ。

ジンが「え？　本当に僕らのこと知らないの～？」と呟《つぶや》く中、衝撃のあまり固まっていた国王陛下がハッと正気を取り戻す。

「この国は今、ノーラ嬢と精霊たちが消えた影響で大打撃を受けている。数日に一度降っていた雨はやみ、良質な土が砂へと戻ろうとしているのだ。さらには魔物による被害。この国はノーラ嬢が展開する聖結界で守られていたんだ。魔物に怯《おび》えることなく、朝を迎えられていたのは、聖結界があったから……。そして、雨と土に恵まれていたのは、ノーラ嬢が契約した大精霊のおかげだ」

そう、全ては私とジン、ベヒモスの力によるもの。

国の核ともいえる私たちがいなくなった以上、今まで甘い汁だけ吸ってきた国民たちは、必死に努力しなくてはならない。

この国の存続のために。

ルーシーは本当に何も知らなかったようで、陛下が語った真実にただただ目を丸くしていた。

「そ、そんな……」

口元を手で押さえ、明らかに動揺を表すルーシー。

さすがの彼女も国の現状を聞いて、驚いているらしい。

普通は、私がこの国を去ったと聞いた時点でわかることなのだけれど……

無知そのものであるルーシーに、国王陛下は呆《あき》れた表情を隠すことなく再び口を開く。

「国の現状がわかったところで、話を元に戻すが……故意ではないにしろ、この国の滅亡の危機を作り出した原因は君にある。これは立派な内乱罪だと思うが？」

「そ、それは……」

逃《のが》れようのない罪を目《ま》の当たりにしたルーシーは、ここでようやく言葉を詰まらせた。

返す言葉が見つからないのか、唇をキュッと引き結んで、視線を右往左往《うおうさおう》させている。

さすがのルーシーも、自分がどれだけ愚《おろ》かなことをしたのか自覚できたみたいね。

あとは彼女が潔《いさぎよ》く罪を認めて、判決を待つだけだけれど……陛下はどんな判決を言い渡すつもりなのかしら？

チラッと陛下に目をやると、ちょうど口を開こうとしていた。

ルーシーの断罪を終わらせるため、陛下が声をあげる——けれど、その声はルーシーの声にかき消された。

「お待ちください、陛下！　経緯がどうであれ、私はこの国の聖女です！　この国になくてはならない存在です！　そのことを踏まえた上で、今一度お考え直しください！」

……はいっ？

◇◆◇◆

『王廷裁判』の場で異議を申し立てる私——ルーシーの声に、国王陛下が僅《わず》かに目を見開く。

陛下は訳がわからないとばかりに私を凝視《ぎょうし》していた。

正直、自分でも何を言っているのか、よくわからない。

ただ助かりたい一心で口にした言葉がこれだった。

自分でも、もっと他にあっただろうと思うけれど、口にしてしまった以上、後戻りはできない。

だって、本当にお姉様が聖女として国を守っていたなんて、知らなかった。

私はただ、お姉様から奪いたかっただけ。

こんな罪に問われるってわかっていたら、あんなことしなかったのに……

国王陛下は私の発言に面食らったあと、顎《あご》に手を当てて考え込む。

あ、あれ……？

「何、馬鹿なことを言っている！」と一刀両断《いっとうりょうだん》されるかと思ったのに……

国王陛下は宰相と、一言二言《ひとことふたこと》言葉を交《か》わすと、すぐに私と視線を合わせた。

「では、こうしよう。ルーシー嬢、君が本当に聖女に相応《ふさわ》しい人物なら、此度《こたび》の件、見逃してやってもよい。あぁ、もちろん国の復興に尽力してもらうことが条件だが……。どうだ？　悪くない話だろう？」

国王陛下が提示した妥協案は、私にとって甘美《かんび》な誘惑だった。

それって、私が聖女に相応《ふさわ》しい人物だと証明できたら、無罪放免にしてくれるってことよね……？

でも、どうやって証明すればいいの……？　その方法は？

そんな私の疑問を解消するように、会場の出入口から大きな桶《おけ》を持った衛兵が現れた。

その衛兵は真《ま》っ直《す》ぐこちらに向かってくる。

な、何……？

このタイミングで現れたってことは、私に関係があることなのよね……？

突然現れた衛兵はコッコッと足音を鳴らして、私の前まで来ると、手に持っていた桶《おけ》を何も言わずに置いた。

嫌悪感《けんおかん》を覚える刺激臭が、ムワッと漂《ただよ》う。

な、何これ……!?　この桶《おけ》から、ものすごい臭《にお》いが……！

桶《おけ》の中には茶色の液体が入っていた。

私は反射的に、ドレスの袖で鼻を覆《おお》う。

この液体は一体なんなの……!?

糞尿《ふんにょう》と生臭《なまぐさ》さが入り混じったような臭《にお》いがするのだけれど……!?

まさか体に害のあるものじゃないわよね……!?

あまりの刺激臭に、思わず顔を顰《しか》める私だったが、これはほんの序《じょ》の口《くち》に過ぎなかった。

国王陛下は、戸惑《とまど》う私を感情が読めない瞳で見下ろしている。

「ルーシー嬢、自分が聖女に相応《ふさわ》しいと言い張るのなら——この水を清《きよ》め、真水に変えてみよ」

国王陛下はシワシワの手で私の前に置かれた桶《おけ》を指さし、ハッキリそう言った。

突然の無茶振りに、私はエメラルドの目を大きく見開く。

この茶色に変色した液体を清《きよ》めて、真水に変えろですって……!?

こ、こんな汚い水を真水に変えるなんて……！　そんなことっ！

「できるわけがな……」

「できない？　君は教会のシスターでもできることができないのか？　水の洗浄など、初歩中の初歩だぞ？　聖魔法の基礎と言ってもよい。まさか、君は聖魔法の基礎すらできないのに、この国になくてはならない存在だと言ったのか？」

「そ、それは……！」

「言っておくが、優秀な聖女であったノーラ嬢なら、こんな水、触《ふ》れるだけで浄化できたぞ？　ノーラ嬢は歴代で最も優秀な聖女だったからな」

「っ……！」

『優秀』という言葉をやけに強調する国王陛下は、お姉様と私の差を示すように、お姉様の才能や実力を手放しで褒《ほ》め称《たた》えた。

それがどうしても気に食わない……

何よ……何よ何よ何よ何よ、何よっ!?

お姉様が優秀!?　そんなこと知ってるわよ！　とっくの昔から！

この外見と愛想のよさしか取り柄《とえ》のない私と違って、お姉様はあらゆる分野で秀《ひい》でた能力を持っていた！

魔法、勉学、研究、音楽、ダンスなどなど……お姉様は多くの才能を持っていたわ……！

私みたいな凡人じゃ到達できない領域まで、お姉様は達していた……！

子供の頃はいつだって、姉は優秀なのに妹は馬鹿だと言われてきた。

侮蔑《ぶべつ》された私の気持ちがわかる!?

優秀な姉と比べられて後ろ指をさされる、この惨《みじ》めさがあなたたちに理解できるの!?

いつもいつも、お姉様お姉様お姉様！

みんな、そればっかり！

だから、奪ってやったのよ！

自分の数少ない取り柄《とえ》を使って！　お姉様の全てを！

別にいいじゃない！　お姉様には誰にも奪えない、才能という名の財産があるんだから！

なのに……なのに、なんなのよ!?

私は『ちょうだい？』ってお姉様に強請《ねだ》っただけじゃない！

なのに、なんでこんな目に遭《あ》わないといけないのよ!?

姉との差を見せつけられて、頭に血が上った私は完全に冷静さを失っていた。

聖魔法はおろか、魔法全般が苦手なことは、自分が一番わかっている。

けれど、怒《いか》りでいっぱいになった私は、愚《おろ》かにも桶《おけ》に張られた茶色い水に手を伸ばす。

ドレスが汚れることも気にせず、チャポンと水に手を浸《つ》けた。

この場に立ち込める刺激臭が嫌悪感《けんおかん》を煽《あお》るけれど、今の私はそれどころじゃなかった。

私は無能じゃない！

私はみんなに愛される高嶺《たかね》の花なのよ!?

これくらいできるわよ!?　やってやるわよ!?

「ほらっ！　綺麗になりなさいよ！　綺麗になりなさいってば！　私の命令が聞けないの!?」

聖魔法の詠唱《えいしょう》や魔法陣など知らない私は、意味もなく茶色い水を怒鳴りつける。

「私はこの国の聖女なのよ!?　なんで私の言うことが聞けないの!?　さっさと浄化されなさいよ！　汚い水の分際で私の命令を無視するなんて、何様のつもりよ!?」

桶《おけ》の底をバシバシ叩きながら文句を言うと、水の表面が波立ち、桶《おけ》から液体が零《こぼ》れ出《で》る。

汚れた床を見て「ひっ……！」と、お母様が小さな悲鳴をあげた。

お父様も小さな声で「やめなさい！　ここは王家所有の建物。伯爵家の娘ごときが汚すわけには……！」と言っている。

でも、興奮状態の私にそれを聞く余裕はない。

私の耳に届くのはバシャバシャと揺れる水の音と、怒《いか》りに震える自分の声だけだった。

なんで!?　なんでよ!?　なんで綺麗にならないの!?

お姉様にできることが、なんで妹の私にはできないのよ!?

「いいから、早く綺麗になりなさ……」

「──もうよい。もう十分だ。ルーシー嬢もこれでわかっただろう？　君に……聖女としての才能が一切ないことが」

「っ……！」

怒鳴りつけようが喚《わめ》き散《ち》らそうが、全く変化を見せない水を前に、国王陛下はハッキリ言い切った。

私に聖女としての才能が一切ないことを。

確かに告げられた事実に、私は思わず手を止めた。

激しく波立っていた水の表面が、徐々に静かになっていくのと同時に、私の心も冷えきっていく。

――そして、やっと気づいた。

これが国王陛下の狙いだったことに……

少し考えればわかることだった。

国王陛下は最初から私を聖女として認める気がないことが……

もしも、本当に聖女として認める気があるのなら、初歩の初歩だというテストを用意するはずがないもの。

このテストの狙いは――私に公衆の面前で恥をかかせること。

山のように高い私のプライドを、一気に切り崩すためだったんだ。

私には聖女としての才能が一切ない。

それは、誰にも変えられない明確な事実。

どんなに可愛くても愛想がよくても、才能がなくては聖女にはなれない。

そう――私では聖女になれないのだ……

お姉様がなれたものに、私はなれない。
私にはその資格も才能もない……
そんなこと、最初からわかっていたはずなのに……
なのに、どうしてこんなに悲しいんだろう？　虚《むな》しく感じるんだろう？
嗚呼《ああ》、そうか。私は、どうしても欲しかったんだ……この聖女という称号が。
お姉様が唯一、大切にしていたものが……どうしても欲しかったの。
ただそれだけ。
でも、それによる代償《だいしょう》は、思ったより大きかった。
聖女が――お姉様が何をしてきたのかも知らず、ただ自分の無能を晒《さら》されただけ……
――私にも才能があれば、お姉様みたいになれただろうか？

◇◆◇◆

私は、精霊城の一室で、首を傾げた。
さっきまでバシャバシャと水を掻《か》き混《ま》ぜて騒いでいたルーシーが、急に静かになった。
どこか暗い面持《おもも》ちで、じっと床を見つめている。

自分に聖女としての才能がないとわかり、落ち込んでいるのかしら？

でも、あのルーシーよ？　その程度のことで、ここまで落ち込むかしら？

というか、あの子はいつまで汚い水に手を浸《つ》けておくつもり？

「ルーシー嬢、その汚水から早く手を出したほうがいい」

「あ、はい……」

国王陛下に促《うなが》されても、ルーシーは淡白な反応を返すだけだった。

感情の読めない表情で国王陛下を見上げ、一拍遅れて汚水から手を出す。

よくも悪くも感情的なルーシーにしては、珍しい反応だった。

プライドの高いルーシーのことだから、また激怒するかと思ったのに……

一体どういう心境なのかしら？

感情が読み取れない無表情のまま、自分の手元を見つめるルーシーは、外見のよさも相まって、お人形《にんぎょう》のようだった。

普段のルーシーはニコニコと愛らしい笑みを浮かべているため、一層違和感を覚える。

「ルーシーのあんな顔、初めて見たわ……あの子はいついかなるときも、笑顔を絶やさなかったから……」

私が思わず呟《つぶや》くと、ベヒモスとジンはハッとする。

「イワレテミレバ……」

「あの女はいっつも笑顔で、ノーラの大切なものを奪っていってたもんねー」

「笑顔、ねぇ……」

精霊王様も、何やら難しい顔をしていた。

私たちは顔を見合わせると、魔道具に映る高嶺《たかね》の花を食い入るようにじっと見つめる。

今のルーシーは可愛いという言葉より、綺麗という言葉のほうが似合っていた。

ルーシーとは生まれたときからずっと一緒だったけど、私はあの子のことなんて少しも理解していなかったのね……

だって、ルーシーが今何を思っているのか、全くわからない。

彼女の笑顔の裏に隠された感情を、私は知らない……

今さら彼女を理解しようとは思わないけれど、今のルーシーは、なんだか見ていられなかった。

ルーシーから目を背《そむ》けるように俯《うつむ》くと、タイミングを見計らったように国王陛下が告げる。

「被告人ルーシー・オルティス伯爵令嬢を内乱罪の実行犯とし、公開死刑に処す。なお、処刑の日程については未定とする」

国王陛下が下した判決に、私はこれでもかというほど目を見開いた。

心臓がうるさいくらい脈打つ中、私は震える手をギュッと握り締める。

内乱罪はいかなる理由があろうと、死刑を免《まぬか》れない。

内乱罪が立証された時点で、ルーシーにはもう『生き続ける』という選択肢は残されていなかった。

そんなことは少し考えればわかったはずなのに……

私はその可能性を、心のどこかで否定していた……

否定なんて土台無理な話なのに……だって――

「――私がルーシーからのいじめを理由に国を去った時点で、死刑は確定していたのよね……」

独り言のようにボソッと呟《つぶや》いた台詞《せりふ》は、沈黙が流れる空間に嫌というほど響いた。

この場にいる三人の精霊が、ピクリと反応を示す。

けれどジンもベヒモスも……そして精霊王様も、私の独り言に答えることはなかった。

みんな、どこか迷うように……躊躇《ためら》うように、口を開けたり閉じたりしている。

なんとも言えない気まずい空気が流れる中、魔道具の向こうにいる国王陛下がこの沈黙を破った。

「牢屋《ろうや》に連れていけ」

ルーシーは抵抗することなく、大人しく衛兵に連れられて会場を出ていく。

その背中はとても寂しく感じられた。

パタンと扉が閉まる音とともに、再びこの場に沈黙が降りる。

私は会場に残った二人の罪人に、目を向けた。

身を寄せ合って、怯《おび》えと恐怖を露《あら》わにする男女。

圧倒的な存在感を放ち、堂々としていたルーシーとは大違いだった。

そんな彼らにも容赦《ようしゃ》なく、国王陛下は冷たく言う。

「アンドレア・オルティス伯爵並びにカロリーナ・オルティス伯爵夫人、前へ」

「は、はい……」

実の娘に死刑が下ったせいか、両親は酷《ひど》く怯《おび》えた様子で一歩前へ出る。

仮にも王の御前《おんまえ》だというのに、彼らは互いに離れようとしなかった。

身を寄せ合った状態で、国王陛下の前に出てきた愚《おろ》か者《もの》たち。

成人した大人だというのに……本当に情けない。

「オルティス夫妻、君たちにはルーシー嬢の教育不足について責任をとってもらう。子の不始末は親の責任だ。その上、ルーシー嬢は……」

「お、お待ちください！　陛下！　あれはルーシーが勝手にやったことで……！」

「そうです！　私たちは何も関係ありません！」

陛下の言葉に被《かぶ》せるように声を発したのは、お父様だった。

王の話を遮《さえぎ》るなど言語道断《ごんごどうだん》だけれど、彼らはそれを知らな……いや、忘れているらしい。

感情的になると周りが見えなくなるところは、ルーシーとそっくりだ。

はぁ……陛下の話を遮《さえぎ》るのも問題だけど、それ以上に問題なのは、彼らのお粗末《そまつ》な言い分ね。

ルーシーが勝手にやったことだから自分たちは関係ない……と言い張っているようだけど、それは違うわ。

さっき国王陛下も言った通り、子の不始末は親の責任よ。

たとえ、子が起こした問題に直接関係がなくても……

前々から思ってはいたけど、お父様もお母様も勉強不足のようね。

だから聖女であった私の役割もわかっておらず、ルーシーを甘やかしていたのでしょうけれど……

もう一度、この国の法律を学び直したほうがいいと思うわ。

私が呆《あき》れている間にも、両親は喚《わめ》き続《つづ》ける。

「ルーシーが勝手にやっただけです！　私たちは今回の件と無関係です！」

「そもそも、私たちはルーシーがあんな子だとは知りませんでした！　ですから っ……！」

「静粛《せいしゅく》に！」

陛下は礼儀とマナーがなっていない私の両親の声を遮《さえぎ》り、ガンガンと小槌《こづち》で大きな音を立てる。

ギャーギャーと騒いでいた彼らは、慌《あわ》てて口を噤《つぐ》んだ。

彼らはここでようやく自分たちの失態に気づいたようで、サァーッと青ざめる。

お母様は口元を手で覆《おお》い隠《かく》して、お父様に抱きついた。

お母様……そういうことは家でやってください。

陛下の前で夫婦仲を見せつけても意味ありませんよ……まあ、わざとじゃないんでしょうが……。

私は両親の変わらぬ態度に、思わず「はぁ……」と溜め息を零《こぼ》す。

国王陛下は見ていられないとばかりに、目元に手を当てた。

「……次、私の許可なく発言すれば、ダニエル・シュバルツと同じように猿轡《さるぐつわ》を噛ませる。心に留めておくように」

陛下がそう言った途端、先程までの勢いが嘘だったかのようにお父様とお母様は身を縮め、真《ま》っ青《さお》な顔でコクコクと頷く。

「は、はい……。申し訳ございませんでした」

「陛下の寛大《かんだい》なお心に感謝いたします」

彼らの態度に関してはもう目を瞑《つぶ》ることにしたのか、陛下は随分《ずいぶん》と寛大《かんだい》な処置をした。

ひとまずこれで、両親の勝手な発言を抑制することができるでしょう。

裁判も大分《だいぶ》スムーズに進むはずね。

陛下は手にした小槌《こづち》を机の上に置きながら、産まれたての子鹿のように足をガクガクさせる我が両親と向き合った。

「君たち二人は大きな勘違いをしているようだから、言わせてもらうが……未成年者の不始末は保護者にも責任が課せられる。そう法律で決まっているんだ。ルーシー嬢が十八歳になり、成人していれば話は別だが、彼女はまだ十六歳。教育不足という名目で君たちは裁かれる。たとえ、今回の件に君たちが直接関わっていなくても、だ」

「な……なっ!?」

「う、嘘よ……そんなっ……！」

陛下が懇切《こんせつ》丁寧に説明すると、彼らは驚愕《きょうがく》を露《あら》わにした。

どうやら、本当にこの法律を知らなかったらしい。

きちんと勉強していれば知っているはずだけれど……

何故なら、この法律は、貴族の家に致命的なダメージを与えるものだから。

貴族の親が子供に厳しく接し、英才教育を施《ほどこ》すのもこれが理由の一つだ。

中途半端に優しく育てれば、ルーシーのような愚者《ぐしゃ》に育ってしまう。

子供の不始末に対する責任はなんらかの形で必ずとる。それが親というものだ。

だから、どれだけ「自分たちは今回の件に関係ない」と主張しても無駄なのだ。

この法律がある限り、罰《ばっ》は免《まぬか》れない。

私はどこまでも無責任な両親に嫌気が差しながらも、身を寄せ合う二人を瞳に映した。

最初から最後までルーシーを気遣《きづか》う素振《そぶ》りすら見せなかった夫婦が、私の目には異常に見える。

結局のところ、この人たちは自分たちのことしか考えていなかったのね……

ルーシーのことだって、本気で愛していたわけではなかった……

きっと、ルーシーは愛玩動物《あいがんどうぶつ》のような存在だったのでしょう。

陛下は震え上がる二人の男女に判決を下す。

「オルティス夫妻への罰《ばつ》は、爵位の剥奪《はくだつ》と賠償金《ばいしょうきん》の請求とする」

両親への判決が出たことで、『王廷裁判』の終了はすぐそこまで迫っていた。

場内にお開きムードが流れる中、国王陛下が「ふぅ……」と一息つく。

一度に四人もの愚者《ぐしゃ》を裁いたため、疲れが溜まっているのだろう。

あとは閉廷の宣言を待つだけ……

長いようで短い裁判がもうすぐ終わるのね。

ほっとする私だったが——裁判はまだ終わらなかった。

「お、お待ちください！　陛下！」

「ルーシーのことは勘当《かんどう》扱いにします！　ですから、どうか……どうかっ！　もう一度お考え直しください！」

「賠償金《ばいしょうきん》はいくらでも構いませんので、爵位の剥奪《はくだつ》だけはご容赦《ようしゃ》願えませんか……!?」

「どうかお願いします！」

閉廷の準備を始めた会場内で、父と母は愚《おろ》かにも処罰の見直しを申し立てた。

この二人の浅はかさは呆《あき》れを通り越し、いっそ清々《すがすが》しい。

……お父様とお母様には、親心というものがないのかしら？　仮にも自分の娘でしょう？

自分たちさえよければ、他はどうなってもいいってわけですか？　私はルーシーを甘やかしてきた両親に、辟易《へきえき》してはいたけれど……まさか私だけでなくルーシーにまで、そんなことをするなんて。

さすがに私が呆然としていると、精霊王様も溜め息をついた。

「はぁ……これはさすがに不快だね。別に美しい親子愛を見たかったわけじゃないけど、実の娘を売るなんて……正気じゃない」

精霊王様に同意しながら、ジンとベヒモスも怒《いか》りを露《あら》わにする。

「今まで散々ルーシーのことを可愛がってきたくせに、この手のひら返しはなんなのー!?」

「コノ……ウラギリ……ハ……キブン……ガ……ワルイ……」

父と母の言動に怒《いか》りを覚えたのは私たちだけではなかったようで、魔道具に映る国王陛下や傍聴席に座る他の貴族たちも顔を顰《しか》めている。

精霊や貴族たちはさておき、裁判長として中立であろうとしているはずの国王陛下や、冷静沈着《れいせいちんちゃく》な宰相閣下がここまで感情を表《おもて》に出すなんて、珍しいわね……。

減刑を願い出た我が両親は、懇願《こんがん》するような目で国王陛下を見上げている。

自分たちだけでもなんとか助かろうとする愚《おろ》かな男女の姿に、陛下は呆《あき》れながら、辛《つら》い現実を彼らに突きつけた。

「――ルーシー嬢を勘当《かんどう》し、多額の賠償金《ばいしょうきん》を支払おうとも減刑はできない」

「そんなっ……!? どうしてですか!?」

「全ての元凶であるルーシーを勘当《かんどう》し、多額の賠償金《ばいしょうきん》を支払うのですよ!?」

両親は噛みつかんばかりの勢いで国王陛下に言葉を返す。

どうやら、この二人は我が子を見捨てるクズな上、頭も悪いらしい。

この程度のことなら、子供でも知っているというのに……

まず、事件後にルーシーを勘当《かんどう》したとしても、意味はない。

事件前に勘当《かんどう》していたなら、ルーシーに関する事件で罪に問われることはないけれど、事件後なら別。

問題はルーシーが事件を引き起こした当時、彼女がまだ両親の子供だったかどうかなのだから。

次に賠償金《ばいしょうきん》についてだけれど、必要以上の賠償金《ばいしょうきん》の請求は違法になる。

父と母にそんなつもりはないかもしれないけれど、彼らの言い分を極端に解釈すると『賄賂《わいろ》を渡すから、減刑してくれ』という意味にとれる。

最低限の教養がある貴族なら、彼らが取った行動を奇行だと罵《ののし》るだろう。

案《あん》の定《じょう》、傍聴席に座る貴族たちは思い切り顔を顰《しか》めて、罪人夫婦を見下ろしていた。

けれど、愚《おろ》かにも、国王陛下に喚《わめ》き散《ち》らす両親は、強気な表情で意見している。

その意見にどれだけ穴があるかも知らずに……

やっぱり、無知とは恐ろしいものね。

無知を晒《さら》す愚《おろ》かな両親に、陛下はゆっくりと、でも淡々と事実を告げる。

「法律上、勘当《かんどう》後の事件や騒動の責任については問われることはないが、勘当《かんどう》前の事件や騒動については保護者が責任をとることが義務づけられている。だから、今さらルーシー嬢を勘当《かんどう》したところでこの判決が覆《くつがえ》ることはない」

「そ、んな……」

「ルーシーを勘当《かんどう》しても意味がないなんて……」

さすがに反論できないのか、さっきまで吠《ほ》えていた彼らが静かになる。

ショックを受けたように項垂《うなだ》れる両親に、陛下はトドメを刺した。

「また賠償金《ばいしょうきん》についてだが、必要以上の金額を請求することは違法にあたる。つまり、国王たる私に法律を破れと言ったのと同じだ。まあ、要するに君たちが放った言葉は、国王である私を貶《けな》す発言だということだ」

「なっ⁉　私たちはそんなつもりじゃ……！」

「ただ爵位の剥奪《はくだつ》は勘弁していただきたかっただけでっ……！」

自分たちの発言が国王を侮辱《ぶじょく》するものだと判明するなり、両親は顔を青くして弁解を口にした。

そんな彼らを前にして、国王陛下はやれやれと肩をすくめる。

「そんなことはわかっている。私もそこまで鬼ではないからな……先程の発言は水に流そう。ただし、次はない」

「あ、ありがとうございます！　陛下……！」

「陛下の寛大《かんだい》なお心に感謝いたします！」

その様子を見ながら、私は「ふぅ……」と息をつく。

陛下が寛大《かんだい》な方でよかったわね。

今回のことについては、不敬罪で訴えられてもおかしくなかったわ。

これでは先が思いやられるわね……

この人たちが平民落ちしたら、すぐに死んでしまいそうだもの。

私が危なっかしい両親の言動に不安を抱《いだ》いていると、国王陛下が告げた。

「減刑の余地はないと説明したところで、改めて宣言する。オルティス夫妻の処罰を爵位剥奪《はくだつ》と賠償金《ばいしょうきん》の請求とする――異論はないな？」

法律の話を持ち出されてもなお、卑《いや》しく……そして、浅ましく爵位剝奪《はくだつ》の取り下げを狙う愚《おろ》かな両親に、陛下は釘を刺す。

視線を右往左往《うおうさおう》させながら、次の手を考えていた父と母だったけれど、威圧感たっぷりの陛下の言葉に為《な》す術《すべ》なく頷いた。

首振り人形《にんぎょう》のようにコクコクと頷く姿は、実に無様《ぶざま》だわ。

結局この人たちは、最初から最後までクズだったわね。

こう言うのもなんだけど、あの人たちと同じ血が自分に流れているのかと思うと、ゾッとする。

私が両親に軽蔑《けいべつ》の視線を送る中、スクリーンの向こうにいる陛下は小槌《こづち》を握り直す。

「閉廷を宣言する前に、一つ皆に言っておくことがある。今ここで裁いたのはノーラ嬢に深く関わった人物だけだ。ルーシー嬢に手を貸した一部の貴族にも罰《ばつ》は用意してある。心当たりのある者は覚悟しておくように。言いたいことは以上だ——これにて、閉廷！」

声高らかに閉廷を宣言した陛下は、カンカンッと小槌《こづち》を鳴らし、裁判の終わりを告げた。

——その瞬間、プツリと魔道具のスイッチが切れる。

スクリーンの映像が途切れ、魔道具はただの白い紙のようなものへと戻った。

『王廷裁判』が終わった……

私を苦しめてきた人たちは法の下《もと》、きちんと裁かれた。

元婚約者のダニエル様も、実の両親も、そして——妹のルーシーも……

愚《おろ》かな者たちが裁かれていく様《さま》は、確かに爽快感があった。

なのに、どうしてだろう?

胸に後味の悪さが残っているのは……

私はこの裁判の結果を喜ぶべきなのに、全然喜べない……

私は歓喜とは程遠い感情を抱《いだ》きながら、現実から目を背《そむ》けるように俯《うつむ》き、全てを曖昧《あいまい》にした。

第五章

複雑な気持ちのまま終わってしまった『王廷裁判』から一週間が経過した頃、私はもう精霊国の暮らしに順応しつつあった。

といっても、毎日お菓子作りをしているだけなのだけれど……

もちろん、他の料理もするけれど、ジンやベヒモスが「ご飯よりもお菓子！」とせがんでくるため、お菓子作りをしていることのほうが多い。

他の家事については魔法である程度対応できるので、大変ではなかった。

今日も今日とて、お菓子作りに勤《いそ》しむ私は真《ま》っ赤《か》な苺《いちご》をスライスしながら、ふと一週間前の出来事を振り返る。

ルーシーや祖国のみんなは、今頃どうしているかしら……？

ルーシーは……私の妹は、もう処刑されてしまったのかしら……？

花のように愛らしい容姿をしたルーシーが真《ま》っ赤《か》な血に染まる光景を思い浮かべ、私は手を震わせた。

それに合わせて包丁の刃先もカタカタと震える。

自分のせいで誰かが死ぬという事実を突きつけられ、恐怖を感じる。

たとえ、それが――自分を虐《しいた》げ続けた人間であろうとも。

今さらだけれど、無責任に自分の役割を放棄《ほうき》して、国を出てきてよかったのだろうかと、考えてしまう。

ただの令嬢ならまだしも、私は国の守護を担《にな》う聖女だ。

そう簡単に役目を放棄《ほうき》していいわけがない。

それなのに私は……国を捨てた。

あのとき、迷いや躊躇《ためら》いなどは一切なかったと思う。

だって、私……全く後悔していないんだもの。

ここに移住してきたことや、国を捨てたことを……

少し申し訳なさはあるけれど、祖国への未練を感じたことは、一度もない。

だから……私の選択は間違ってなかったと思う。

もし、あのまま国に残っていても、ルーシーから聖女の座はいずれ返ってきただろう。

あの子は聖女として、十分な働きができないから。

でも、私は誕生日パーティーでの屈辱《くつじょく》を忘れられないし、ルーシーに奪われ続ける生活に疲れ果てていた。

国を捨て、精霊国に移住したおかげで、私は誰からも蔑《さげす》まれることなく、自由に生きていられる。

私は今、ものすごく幸せ。

でも――やっぱり、ルーシーの処刑が胸に引っかかる。

結局、私はルーシーをどうしたかったのだろう？

彼女に……何を望んでいたんだろう……？

ただ単に、謝ってほしかったのだろうか？

それとも、自分と同じくらい苦しんでほしかったのだろうか？

そう自分に問いかけるけれど、答えは返ってこない。

この答えを探すとき、私の頭の中はいつも真っ白になる。

私は震えが止まった自分の手を見下ろし、「はぁ……」と溜め息を零《こぼ》す。

モヤモヤとした気持ちを抱《かか》えながら、苺《いちご》のスライスを再開した。

とりあえず、今はフルーツサンド作りに専念しましょう。

今日はジンたちとピクニックに行く予定なんだから。

ずっと家の中にこもっていては気が滅入《めい》るとジンが主張したので、今日は少し遠出することにした。

せっかくのピクニックだもの、ちゃんと楽しまなきゃ。

暗い気持ちになっちゃダメだ。

そう自分に言い聞かせ、頭に浮かんだ疑問とルーシーの死刑宣告を思考から追い出す。

頭の中を空《から》っぽにするように、私はフルーツサンド作りに没頭した。


それから、無事フルーツサンドを作り終えた私は、ベヒモスの背に跨《また》がり、木漏《こ》れ日《も》が心地よい静かな森を進んでいた。

土や草などの自然の香りが、鼻を掠《かす》める。

やっぱり、自然の香りはいいわね。甘ったるい匂いの香水より、ずっと好きだわ。

私はベヒモスの背の上で「すぅー……はぁー……」と深呼吸を繰り返す。実に清々《すがすが》しい気分だ。

最近ずっと家にこもっていたこともあり、久しぶりの自然の香りや音が私の心を癒《いや》してくれる。

ざわざわと揺れる木々に合わせるように、私の黒に近い茶髪もゆらゆら揺れた。

思わず笑みを零《こぼ》す私に、ジンとベヒモスが話しかける。

「ノーラ、もうすぐ目的地に着くよー！　着いたら、すぐにお昼にしようねー」

「ハヤク……フルーツサンド……タベタイ……」

「ふふっ。そうね。到着したら、すぐにお昼にしましょう」

二人の視線の先にはフルーツサンドが入ったバスケットがある。

私はそれを落とさないよう、しっかり両手で抱《かか》えながら、ニッコリ微笑んだ。

ふふっ。本当に精霊は甘いもの好きね。

今朝《けさ》ホットケーキをたくさん食べたのに、もう胃袋に余裕ができるなんて。

甘いものは別腹と言うけれど、この子たちは別腹どころじゃないのよね。

この子たちの胃袋は、甘いもの限定で無限なんだもの。

ジンたちは目の前のお菓子が尽きるまで食べ続けるため、正直、どれくらいで満腹になるのかよくわからない。

だから、今日も早起きして、フルーツサンドを大量に作った。

少しでもジンたちを満足させてあげられればいいのだけれど……

と、考え込む私だったが、目の前を横切った紫色の花びらに思わず顔を上げた。

「!?」

そして、目の前に広がる光景にハッと息を呑む。

一面紫色に染まったそこは、花畑だった。

これは……なんというか、すごいわね……！

私はこの胸に広がる高揚感をなんと言い表せばいいのかわからず、この光景に圧倒された。

天に向かって真《ま》っ直《す》ぐ伸びる茎《くき》、空を見上げるようにパッと咲く花、ゆらゆらと風に揺れる花びら。

まるで、花が青空に恋をしているようだ。

決して天に届かぬと知りながらも必死に茎《くき》を伸ばし、空に笑いかけている。

散りゆく花びらさえも利用して、なんとか天に昇ろうとしているように感じられて、その光景は私に感動とともに切なさを運んできた。

ただ真《ま》っ直《す》ぐに空に恋するこの花たちが、どこまでも尊く感じる。

気持ちが曖昧《あいまい》で、迷ってばかりの私とは違う……真《ま》っ直《す》ぐで、迷いなんか微塵《みじん》も感じられない、清《きよ》らかな花……

それが、心底羨《うらや》ましい……

私もこの花たちくらい真《ま》っ直《す》ぐだったら、ルーシーのことで迷ったり悩んだりすることはなかったのかしら……？

そう思いながら、私はゆっくり口を開く。

「すごく綺麗な花畑ね。一面紫色で、お花の絨毯《じゅうたん》みたい」

「でしょでしょー!?　ここは天恋華《てんれんか》の花畑で、今がちょうど見頃なんだよー！　昨日ベヒモスと相談して、ここに決めたんだー！」

感嘆の溜め息を零《こぼ》しながら花畑を絶賛すると、ジンはいつものように明るく、花畑の説明を始めた。私が喜んでいることが余程嬉しいらしい。ニコニコと上機嫌《きげん》に笑っている。

この花は、天恋華っていうのね。

「聞いたこともみたこともない花だけれど……特別な花なのかしら？」

私が尋ねると、ジンが得意げに答える。

「天恋華は精霊国にしか咲かない花で、別名『嘘嫌いの花』って呼ばれてるんだー！　天恋華の傍《そば》で嘘をつくと、花びらの色が紫から赤に変わるんだよー！　だから、真実の愛を確かめたい恋人や夫婦なんかがよく来るんだー！」

「ソノセイデ……ワカレルコトモ……アルカラ……ケツベツノハナバタケ……ッテ……ヨバレルコトモ……アル……」

け、決別の花畑……？

私はベヒモスの補足に、思わず頬を引《ひ》き攣《つ》らせた。

「へ、へぇ～……」

嘘嫌いの花で、決別の花畑って……それって要するに、恋人や夫婦が破局するってことでしょ？

いい雰囲気の言葉でまとめられているけれど、この花畑、タチが悪いのではないかしら？

「ロマンチックだよねー！」と楽しそうに呟《つぶや》くジンに、私は愛想笑いを浮かべた。

確かにこの花のおかげで真実の愛を確かめることができれば、ロマンチックな展開になるかもしれないけれど……そうじゃない場合もあるんでしょう？

真実の愛を確かめることができなかった場合、かなりの修羅場《しゅらば》になると思うけれど……

とりあえず、この花畑の中では嘘をつかないようにしましょう……といっても、嘘をつかなければいけない場面なんて、ないだろうけれど。

ジンとベヒモスには隠しごとなんて、一切していないもの。

「ねぇねぇ！　ノーラ！　早くフルーツサンド食べよー！　お昼にしよー！」

「タベタイ……フルーツサンド……ハヤク……」

しばらく花畑の景色を眺めていた私たちだったけれど、ジンとベヒモスはこの素晴らしい景色よりもフルーツサンドのほうが大事らしい。

「早く食べたい！」と涎《よだれ》を垂らしている。

二人とも、本当お菓子に目がないわね。

この素晴らしい景色よりもお菓子だなんて……

でも、それだけ私のお菓子を気に入ってくれてるってことよね。

そう考えると、なんだかすごく嬉しい。

私は緩む頬をバスケットで隠しながら、ベヒモスの長い鼻を借りて、彼の背から花畑に下り立った。

ふわりと紫色の花びらが宙《ちゅう》に舞う。

「さてと……じゃあ、少し早いけど、昼食にしましょうか」

そう声をかけると、「やったー！」と二人が大喜びする。

私は足元に咲《さ》き誇《ほこ》る花たちを踏まないよう気をつけながら、花畑の端っこに移動すると、そこに腰を下ろした。

キャキャッと大喜びしているジンとベヒモスを手招き、バスケットの蓋《ふた》を開ける。

生クリームが溶けないよう、氷結魔法で冷やしておいたフルーツサンドは、ひんやりしていた。

私たちは、それをそれぞれ手に取ると、口に含んだ。

「んー！　美味《おい》しー！　さっすがノーラ！」

「フルーツサンド……オイシイ……」

バスケットから取り出したフルーツサンドにかぶりつくジンとベヒモス。

「ふふっ。気に入ったようでよかったわ」

彼らの口元には、生クリームがついていた。けれど、二人は気にせずフルーツサンドをどんどん食べていく。

二人の食べ方のせいか、生クリームをびっしり詰め込みすぎたのかはわからないけれど、フルーツサンドが減っていくごとに、二人の口元についた生クリームの量はどんどん増えていく。

ジンもベヒモスも、もう少し落ち着いて食べればいいのに。

そう焦《あせ》らなくても、フルーツサンドは逃げないわよ？

それに、今日は私も含めて三人しかいないから、人数が少ない分、食べられる量は増えているはずよ？

私は苦笑を浮かべつつ、ハンカチを取り出す。

「二人とも、口元に生クリームがついているわよ」

「えっ⁉　本当ー⁉」

「……ハズカシイ」

私は彼らの口元についた生クリームを順番に拭き取りながら、クスリと笑みを漏らす。

「ふふふっ。落ち着いて食べないからよ」

なんだかこうしていると、私たちって親子みたいね。手のかかる子供が二人いる母親の心境だわ。

もしも、ダニエル様とあのまま結婚していたら、私にも子供ができていたのかしら……？

手のかかる……でも、すごく可愛い子供が私の傍《そば》に……

ダニエル様と……ううん、誰かと結婚して愛を育《はぐく》んでいたら、私にも子供ができていたのだろうか？

私のことを『母』と呼んでくれる我が子に……出会えたのだろうか？

「……まあ、今となっては叶わぬ願いだけれど……」

ポツリと呟《つぶや》いた私の本音には、諦《あきら》めが滲《にじ》んでいた。

けれど、その本音を聞いた者はこの場にいない。

ジンとベヒモスはフルーツサンドに夢中で、私の呟《つぶや》きに気づかなかったみたいだから。

よかった。本音を口にする癖は、近いうちに直さないとダメね。

二人に余計な心配をかけたくないもの。

ホッと息を吐き出す私だったけれど……

「――ノーラ。是非、僕にその叶わぬ願いとやらを教えてほしいな。僕に叶えられる範囲内のことなら、なんでも叶えてあげるよ?」

突然、真後ろから優しいテノールボイスが聞こえた。

私はすっかり忘れていた。

とても鼻がいい、神出鬼没《しんしゅつきぼつ》なこの人のことを……

恐る恐る後ろを振り返ると、そこには案の定《あんのじょう》、精霊王タリア様の姿があった。

艶《つや》やかな銀髪を風に靡《なび》かせて微笑む彼は、相も変わらず美しい。

「醜《みにく》い」と罵《ののし》られてきた私の容姿とは大違いだ。

「精霊王様……」

「やあ、ノーラ。ジンとベヒモスも。甘い匂いが移動してると思ったら、こんなところにいたんだね」

柔和《にゅうわ》な笑みを浮かべながら、精霊王様は私の隣に腰を下ろす。

やけに距離が近い気がするけれど、今はそれどころじゃない。

き、聞かれてた……!?　あの呟《つぶや》きを!?　精霊王様に!?　う、嘘っ……!?

誰にも聞かれていないと安心しきっていた私にとって、精霊王様の登場は予想外のものだった。

戸惑《とまど》いを隠しきれない私に銀髪赤眼の美青年は笑みを深める。

どこか含みのある笑みに、私は狼狽《うろた》えた。

ど、どうしましょう……?　どうやって誤魔化《ごまか》せば……!?

さすがに、正直に「子供が欲しいんです」とは言えない。

恥ずかしいという気持ちもあるけれど、それ以上に、精霊王様やジンたちを困らせる気がするから。

精霊と人間の間に子供ができる確率はかなり低い。

その理由は、精霊と人間の外見の違いにある。

精霊はジンのように小さかったり、ベヒモスのように動物に近い姿をしていることが多い。

人間に近い姿をしている精霊は、ごく稀《まれ》なのだ。

外見が違うということは……要するに、子供を産むための行為がそもそもできないということ。

当たり前だけれど、精霊国には私しか人間がいない。

私が今後も精霊国に住むのであれば、恋愛するにしろ結婚するにしろ、出産は望めないだろう。

せっかく精霊王様の厚意で居住を許してもらっているのに、そんなワガママを言ったら、困らせてしまうはず。

どうしても子供が産みたいなら、精霊国を出て、人族の誰かと恋に落ちるしかない。

でも、今の私にはそんな度胸《どきょう》も勇気もない。

……とりあえず、精霊王様にあれこれ聞かれる前に話を逸《そ》らしましょう。

「こんにちは、精霊王様。今日はジンとベヒモスと、ピクニックに来ていたんです。ずっと家にこもっていると気が滅入《めい》るから、と……」

「なるほど。確かにずっと家に引きこもるのはよくないね。たまには外に出て、気分を変えないと。でも、悲しいなぁ……ピクニックなら、僕も誘ってくれればよかったのに」

シュンと眉尻を下げる精霊王様に、私は思わず乾いた笑い声をあげてしまう。

「あ、あははは……でも、精霊王様は仕事で忙しいのではないですか？」

「それなら大丈夫さ。ノーラのためなら、いくらでも城を抜け出すから」

「い、いいえ、あの……仕事はきちんとしてください……」

「ふふふっ。ノーラは真面目だね？」

これは、真面目とか不真面目とか、そういう問題ではないと思うのですが……

仕事は義務に近いものですから、しっかりこなすのが当然だと思いますよ……？

精霊王様はニコニコと不気味なくらい笑顔だったけれど、頬を引き攣《ひつ》らせる私を前に、

徐々にその笑みを消していった。

どこか真剣味を帯びた彼の瞳は、私を真っ直《ますぐ》ぐに見つめる。

さっきまでのおちゃらけた雰囲気はどこにもなくなっていた。

な、何……!?

なんか、今日の精霊王様は……すごく変だわ。

彼の本音や真意が読み取れない。煙《けむり》を掴むみたいで、すごく難しい……

こちらをじっと見つめてくる真《ま》っ赤《か》な瞳が、今は何故だか少しだけ怖かった。

けれどずっと黙り込んでいるわけにもいかず、私は恐る恐る口を開く。

「あ、の……精霊王さ……」

「ねえ、ノーラ……君は何を諦《あきら》めたの？」

「っ……!?」

話題をうまくすり替えることができたと密《ひそ》かに安堵《あんど》していたけれど、彼はそんなに甘

くなかった。

……精霊王様は、意地悪ですね。

私は真っ直《ます》ぐにこちらを見つめる柘榴《ざくろ》の瞳から目を逸《そ》らすと、黙っているジンとベヒモスに視線を移した。

二人はこの場の空気を読んで、フルーツサンドをバスケットの中に戻している。

彼らはじっと私を見つめているけれど、何か言葉を発することはなかった。

二人に助け舟を望むことは無理そうね……。

私は固く口を閉ざす契約精霊を一瞥《いちべつ》し、再び柘榴《ざくろ》の瞳と向き合う。

どこまでも深い赤を宿す瞳は、私を見つめたまま……。

とりあえず、適当に誤魔化《ごまか》してしまおう。

「何もありませんよ？　別に私は何も諦《あきら》めてなんか……」

「嘘だね」

「えっ？」

私の言葉を遮《さえぎ》り、そう断言した精霊王様の表情は険《けわ》しい。

でも、その険《けわ》しさの中に焦《あせ》りが滲《にじ》んでいるように見えた。

な、なんで嘘だってわかるの……!?

なるべく平静を装《よそお》って、嘘をついたはずなのに……！

動揺を露《あら》わにする私に、精霊王様は私の足元を指さした。

「天恋華が紫から赤に変色してる。嘘をついてる証拠だよ」

「!?」

精霊王様の白くて長い指に導かれるまま、自分の足元を見ると、私の周りに咲く天恋華だけ赤色に変わっていた。

嘘をついた私を責めたてるように、血のような赤に染まっている。

そ、そうだったわ！　天恋華は嘘を見破る花！

ここで嘘をついても、意味はない！

『嘘嫌いの花』と呼ばれる天恋華の特性が頭からすっぽり抜け落ちていた私は、真《ま》っ赤《か》に染まる足元の花に、思わず眉を顰《ひそ》めた。

ここでは下手《へた》な嘘や誤魔化《ごまか》しは通用しない……

そうなると、選択肢は二つに絞《しぼ》られる。

腹を括《くく》って正直に話すか、開き直って黙秘《もくひ》を貫《つらぬ》き通《とお》すか……

どちらの選択が最善なのか思考を巡らせていると、私の耳に弱々しい声が届く。

「……やっぱり、ノーラは人族の国での暮らしのほうがいいのかい？」

それは、精霊王様の声だった。

予想外の言葉に、私は驚いてしまう。

「えっ？　あの……？　それって、どういう……？」

「隠さなくていいよ、ノーラ。精霊国に来たこと、後悔しているんだろう？」

「……はいっ!?」

寂しげな面持《おももち》ちで何を言うのかと思えば……私が精霊国に来たことを後悔している!?

そんなわけないじゃないですか！

何をどうしたら、そんな考えに行き着くのです!?

ポカンと口を開ける私を見て、銀髪美人はコテンと首を傾げる。

「精霊国に来たことを後悔しているから、『今となっては叶わぬ願い』って言ったんじゃないのかい？」

「全っ然、違いますよ！　精霊国に来たことを後悔なんて……！　絶対ありえません！心から精霊国に移住できてよかったと感謝しています！」

ブンブンと首を左右に振って、精霊王様の言葉を全力で否定する私に、彼は僅《わず》かに目を見開いた。

どうやら本当に、私が精霊国に来たことを後悔していると思い込んでいたらしい。

だから、あんなに怖い雰囲気を放っていたのね……

せっかくいろいろ手配したのに、来なければよかったなんて思われていたら、ショックだものね。

ふぅ……これでやっと謎が解けたわ。

私はホッと胸を撫で下ろすと、目を見開いたまま固まっている精霊王様に向き直る。

「紛《まぎ》らわしい発言をしてしまい、申し訳ありませんでした。先程も言った通り、私は精霊国に来たことを後悔していません。むしろ、感謝しています。精霊王様にいただいた恩を蔑《ないがし》ろにするつもりはありませんので、ご安心ください」

「えっ……？　あ、あぁ……」

精霊王様は心ここにあらずといった様子だけれど、ひとまず誤解を解くことはできたらしい。

「なーんだ！　タリア様の勘違いかー！」

「カンチガイ……ハズカシイ……」

途端にジンとベヒモスがからかうような口調で言う。

張りつめていた緊張の糸がプツンと切れ、再び賑《にぎ》やかになった。

精霊王様が笑みを消したときはかなり焦《あせ》ったけれど、とりあえず丸く収まってよかったわ。

再び生クリームたっぷりのフルーツサンドを頬張るジンとベヒモスを眺めながら、私もフルーツサンドに手を伸ばした。

「……すまない、ノーラ。僕の勘違いだったみたいだ……」

果物《くだもの》と生クリームがたっぷり入ったフルーツサンドを一口《ひとくち》含むと、精霊王様が私の隣で謝罪してくる。

申し訳なさそうに眉尻を下げる美青年は、早とちりをした数分前の自分を責めているようだった。

そこまで思い詰めなくても、大丈夫ですよ。

全然気にしていませんし、むしろ、精霊国に移住してきたことに対するお礼を改めて伝えることができて、よかったです。

内心でそう思いながら、親に叱《しか》られた子供のように落ち込んでいる精霊王様に、緩く首を横に振る。

「謝らないでください。元はといえば、私の紛《まぎ》らわしい発言が原因なんですから。精霊王様は何も悪くありませんよ」

「いや、謝らせてくれ。早とちりして、迷惑をかけたのは僕なんだから」

「いえいえ、そんな……」

「本当にすまなかったと思ってる。事実確認も行《おこな》わず、一人で勝手に暴走した僕のせいだ。本当にすまない」

一国民に過ぎない私にペコッと頭を下げる精霊王様。

そこに王としての威厳やプライドは感じられなかった。

「精霊王様！　顔を上げてください！　もう本当に気にしていませんから！　謝罪も不要です！　何度も言うように紛《まぎ》らわしい発言をした私が悪いんですから！」

そう言っても頭を下げた状態から動いてくれない精霊王様に痺《しび》れを切らし、私は無礼を承知で彼の両頬を両手で包み込んだ。

手触りのいい滑《なめ》らかな肌を傷つけないよう気をつけながら、それでも力任せにグイッと上を向かせる。

彫刻《ちょうこく》のように美しい顔がすぐそこにあった。

珍しく……というか、初めて強引な手段に出た私に、精霊王様は目を大きく見開く。

宝石のように美しい深紅《しんく》の瞳は私を凝視《ぎょうし》していた。

もうっ！　精霊王様はもう少し王としての自覚を持ってください！

王の言動は国の意向そのものなんですから！

一国民に過ぎない私にも真摯《しんし》に接してくださるのは嬉しいですが、もう少し立場をですね……

なんて考えていると、突然、精霊王様は微笑んだ。

「やっぱり、ノーラはいいね……うん、すごくいい。君は特別……」

「えっと……？　それって、どういう……？」

私が首を傾げると、彼はとぼけたような顔をする。

「ん？　あぁ、気にしなくていいよ。こっちの話だから。それより、ノーラ。結局あの台詞《せりふ》の意味はなんだったんだい？」

「えっ……」

完全に油断しきっていたので、先程の話を掘り返してきた精霊王様になんて返答すべきか、迷ってしまう。

ど、どうしよう……？　適当に誤魔化《ごまか》す？

でも、ここは天恋華の花畑よ……？　嘘は通用しないわ。

それに……さっきみたいに変な勘違いや誤解を生《う》みかねない。

ここはやはり、正直に言うべきよね。

でも……子供が欲しいなんて言えるわけないじゃない！

カァッと顔を熱くする私に対し、精霊王様はキョトンとしている。

事情を知らない精霊王様からすれば、私の反応は不思議でしかないはず。首を傾げるのも無理はない。

も、もう勢いに任せて言ってしまったほうがいいのでは……でも、異性に打ち明けるのは抵抗が……！

だって、なんだかプロポーズみたいじゃない……！

私が精霊王様にプロポーズなんて、恐れ多いにもほどがあるわ！

いえ、そもそも精霊王様のことをそんな目で見たことは……って、そうではなくて！

言うか言わぬかの瀬戸際《せとぎわ》に立たされた私は、葛藤《かっとう》を繰り広げる。

コロコロと表情を変える私を見て、精霊王様は楽しげに笑った。

「ふふふっ。ノーラは本当に面白いね。見ていて飽《あ》きないよ」

そんなことを言われたのは初めてで、私は素《す》っ頓狂《とんきょう》な声をあげてしまう。

「えっ!? 私って、面白いのですか!? 自分では普通のつもりなのですが……」

「んー……確かにノーラは常識人で普通なんだけど、面白いんだよね。うまく言えないけど、とにかく面白い」

「そ、そうですか……」

「うん。それより、さっきの発言の詳細を教えてよ。僕に叶えられる範囲内のことなら、なんでも叶えるから」

ニコニコと上機嫌《きげん》に笑う銀髪美人は、再び話題を元に戻す。

何がなんでもあの台詞《せりふ》の詳細を聞き出したいらしい……。

はぁ……わかりましたよ。言います！　言いますよ！　言えばいいんでしょう⁉

私はヤケクソだとばかりに、重い口を開いた。

「わ、私はただ……自分の子供が欲しかっただけです！」

顔を熱くしてそう叫んだあと、恥ずかしさを誤魔化《ごまか》すようにドレスの裾《すそ》をギュッと握り締める。

若干涙目になる私をよそに、真相を聞いた精霊王様とジンたちは、固まっていた。

うう……こうなるから、言いたくなかったのよ……！

嗚呼《ああ》、もうっ！　穴があったら、入りたい……！

誰もが固く口を閉ざす中、なんとも言えない空気を和《なご》ませるように、ざわざわと揺れる草木が音を立てる。

柔らかい風が、熱を冷ますように私の頬を撫でた。

そして、一番最初に口を開いたのは、お調子者のジンだった。

「……えっ？　ノーラ、赤ちゃん欲しいのー？　誰か好きな人でもいるのー？」

「い、いや、そういうわけじゃ……」

「ジャア……ナンデ……コドモ……ホシイノ……？」

「え、えっと……ただ単純に自分の子供が欲しいから……かしら？　ほ、ほら！　子供って、可愛いじゃない!?」

ジンとベヒモスに追及され、私がしどろもどろになっていると、ジンは大きな声で笑い始める。

「ははははっ！　必死になって説明しなくても大丈夫だよー！　ノーラが嘘をついていないことは、天恋華が証明してくれてるからー！」

「えっ？　あっ！　そ、そうね……！」

再び頭から抜け落ちていた天恋華の存在を思い出し、私は慌《あわ》てて頷く。

二回も同じミスをするなんて……それもこの短時間で。不覚だわ……！

いつもは気をつけているのに……！

私は思わず自分を責めたけれど、これだけ動揺していたら、頭が回らないのも、仕方がないわよね……？

私が心の中で反省していると、ジンが無邪気な声をあげる。

「それにしても、赤ちゃんかー！　人族のノーラが精霊国で……というか、精霊と子作りするのは厳しいだろうねー。精霊国内では子作りが難しいから、『今となっては叶わぬ願い』って言ったんだねー！」

「え、ええ、まあ……」

理解が早くて助かるけど、あまり堂々と子作りとか言わないでもらえるかしら⁉　さすがに恥ずかしいわ……！

それにその言い方だと、まるで私が子作りしたいみたいじゃない！

いや、間違いではないけれど、そうじゃないのよ！

『子作り』を連呼するジンに狼狽《うろた》えながらも、なんとか平静を装《よそお》うとする。

けれど次の瞬間、今まで沈黙を守ってきた精霊王様が、衝撃的なことを言った。

「じゃあ、ノーラ――僕と子作りするかい？」

「……はいっ？」

何をおっしゃっているのですか⁉

いつもと同じ優しげな笑みを浮かべて言うものだから、本気なのか冗談なのかいまいちわからないわ。

というか、これってどういう反応を返せばいいのですか⁉

私は精霊王様の爆弾発言に動揺を隠しきれず、一重瞼《ひとえまぶた》の小さな目をカッと見開いた。

「あのっ！　えっと……その……」

けれど、まだ思考がまとまっていない段階で口を開いたせいか、何一つ言葉が出てこない。

動揺するあまり醜態《しゅうたい》を晒《さら》す私に対し、精霊王様は実に愉快《ゆかい》そうに笑みを深めていた。

「ふふふっ。僕はノーラとなら、してもいいよ？　子作り……。幸い、僕の外見は人間と非常に近い形をしているし。人間に近い外見をした僕なら、ノーラと子作りできると思うよ？」

「た、確かにそうかもしれませんが……」

楽しげに言う精霊王様に戸惑《とまど》っていると、彼は眉を顰《ひそ》めた。

「もしかして……僕じゃ、不満かい？」

「えっと、そういうわけではなくて……」

「なら、なんで？　僕なら、ちゃんとノーラも生まれた子供も愛すよ？　もちろん、責任をとって結婚もす……」

「あのっ……か、からかうのはやめてください！」

息をするように甘い言葉を吐く精霊王様に耐えきれず、私は彼の言葉を遮《さえぎ》る。

王の言葉を遮《さえぎ》るなど、人族では考えられない行為だけれど、今はそれどころではなかった。

せ、精霊王様みたいな美形の男性にそんな甘い言葉を囁《ささや》かれたら、さすがの私も鼓動が……

だ、大体！　子作りとか結婚とか、軽々しく口にするものじゃありません！

私みたいなブスならともかく、精霊王様みたいな美形がそれを口にしたら、勘違いする女性が現れるかもしれませんよ!?

わ、私だって一瞬勘違いしそうになりましたし……！

と、とにかく、女性に軽々しく甘い言葉を吐いてはいけません！

私は脳内で激しくツッコミを入れ続ける。

熱くなった頬を手で覆《おお》い隠《かく》す私の隣で、私の発言に面食らっていたらしい精霊王様は、ハッと意識を取り戻した。

「あー……なるほどね。さすがに急すぎたかな？」

「そうだよー急すぎだよー！　鈍感《どんかん》なノーラにストレートに気持ちを伝える方法はアリだけど、子作りや結婚はさすがに急すぎー！」

「ジュンジョ……マモラナキャ……ダメ……」

「うーん……恋愛って、なかなか難しいね」

「まあ、相手があの初心《うぶ》で鈍感《どんかん》なノーラなら、尚更ねー」

「ガンバレ……タリアサマ……」

精霊たちが交《か》わす会話がどこか遠く聞こえる。

混乱状態の私は、ただ綺麗な紫の花を見つめることしかできなかった。

◇◆◇◆

『王廷裁判』から一週間が経過した日の夜。

私——国王は目の下に黒い隈《くま》を作りつつ、寝る間も惜《お》しんで働いていた。

輸出の規制。食料輸入の増量。逃亡を画策《かくさく》する貴族の取り締まり。王国騎士団の配置や報告処理……

ここ一週間、ほとんど休まず働いているというのに、まだまだ仕事は山積みだ。

減るどころか、どんどん増えていく一方である。

だが、それは貴族や平民も同じだ。

苦しいのは私だけじゃない。

国民みんなが朝から晩まで働いている。

まともに休息を取れている者など、一人もいないだろう。

――だが、そのおかげで最悪の事態は避けられた。

風の大精霊ジンが数日おきに降らせていた雨の代わりに、我々は大量の真水を生み出すことに成功した。

水属性に適性がある者たちに水を生産させ、聖属性に適性がある者たちには汚れた水を清《きよ》めさせた。

水の生産に携《たずさ》わった魔導師の腕がよかったのか、はたまた汚水を再利用する考えがよかったのかはわからないが、とりあえず水不足は解決できた。

といっても、これはその場凌《しの》ぎにしかならない。

正直、この方法がいつまで持つかわからないのだ。

人間は魔道具や機械とは違う。

疲れもするし、病気にもかかる。

この状況に耐えられず、精神が病《や》んでいく者もいるだろう。

現状ではなんとか水不足を回避できているが、今、水の生産や再利用に携《たずさ》わっている魔導師が数人倒れれば、あっさり状況は傾く。

それくらいギリギリなのだ。

だから、魔導師たちの限界がくる前に、水問題を本当の意味で解決しなければならない。

次に土問題だが……これはダニエル・シュバルツを中心とする土魔法の使い手が、土地の砂漠化をなんとか食い止めている。

さすがに土の大精霊であるベヒモスが作り出す土には敵《かな》わないが……

以前に比べて、土の質は格段に落ちた。

それは枯れた作物を見れば、一目瞭然《いちもくりょうぜん》である。

それを育ててくれた農民には悪いが、枯れた作物は全て廃棄《はいき》処分にした。

残念だが、今の土質でこれまでと同じように作物を育てるのは不可能だ。

廃棄《はいき》処分にした野菜や果物《くだもの》は全て、ベヒモスが作り出した良質な土だから育ったものである。

我々凡人に大精霊の代わりは務まらない。

土問題については現状維持を目指し、作物は新しいものに植え替える予定である。

今はこの時期からでも育てられる作物を選定中だ。

最後に国を覆《おお》っていた聖結界が消えてからの、国防について。

これについては教会のシスターや神父に協力してもらい、ノーラ嬢の代わりに聖結界を張ってもらった。

もちろん、万が一、魔物や敵国からの襲撃があった場合に備えて、国境には王国騎士団の大隊を配置してある。

教会のシスターや神父が展開する聖結界はまだ不安定で、ときどき結界の表面が揺らぐため、教会側に国防を一任するわけにはいかなかったのだ。

複数人で聖結界を展開しているとはいえ、天才聖女と呼ばれたノーラ嬢の代わりは厳しいようだった。

教会側からは汚水の再利用に必要な人材も貸してもらっている。

それゆえに、結界を展開させる人数が圧倒的に足りないのだ。

だからといって、国防の要《かなめ》である聖結界を解くわけにはいかない。

王国騎士団に国防を任せられるほどの余裕があれば話は別だが、こちらも人手不足が激しい。

大隊を国境に送る決断をしたときだって、最後まで反対者が出たくらいだ。

この国は現在、緊急事態の真っただ中。

教会や王国騎士団に限らず、全体的に人手が足りないのだ。

猫の手も借りたいほどの忙しさとは、まさにこのこと。

ノーラ嬢や守護精霊の代わりをこなす大変さを痛感するたび、彼らのありがたみがよくわかった。

私は執務室の机に広げた書類に目を通しながら、「ふぅ……」と息をつく。

カーテンの隙間から差し込む月明かりが、私の目元を優しく照らした。

まるで「頑張って」と私を励《はげ》ましてくれるようだ。

「……宰相も貴族も平民も騎士も頑張っている。王である私が、彼らより先に休むわけにはいくまい」

自分に言い聞かせるようにそう呟《つぶや》くと、私は再びペンをとった。

——全てはこの国の民と未来のために。

第六章

子作り騒動から数日が経過した、ある日。

私はベヒモスのリクエストで、ドーナツ作りに挑戦していた。

ドーナツって、なかなか難しいのね……

生地をリング状に整える作業が特に……

私にお菓子作りを教えてくれたメイドの話によると、棒のように細長く伸ばした生地の端と端を合わせてリング状にする方法と、丸くまとめた生地の真ん中に穴をあけてリング状にする方法があるらしい。

どちらの方法でもリング状にすることはできるけれど、真ん中にあく穴の大きさが違うみたい。

今回、私が選んだのは、後者の方法である。

こっちのほうが綺麗なリングになるからだ。

前者の方法だと、端と端の繋ぎ目《つなめ》が目立ってしまうから。

手のひらサイズくらいの生地を切り分けて手に取ると、丸くなるように捏《こ》ねる。

その生地の真ん中に親指を突き刺して穴をあけ、人差し指をクルクルと回して穴を大きくした。

発酵《はっこう》などの下準備は、魔法を応用して終わらせたから、この形作りさえ終われば、あとは油で揚げるだけね。

私はリング状になったドーナツを皿の上に並べながら、もう一方の手で次の生地を取る。

この作業を繰り返しながら、味見を企《たくら》むジンに気を配っていると——コンコンと不意に扉をノックする音が聞こえた。

来客かしら？　でも、こんな場所に？

この家には、無口な精霊たちと精霊王様しか訪ねてこない。

彼らは家の扉をノックなんてしたことがない。

無口な精霊たちは窓から、精霊王様は転移魔法で、いつも我が家にやってきている。

ということは、私と交流のある人物ではなさそうね。

わざわざ家の扉をノックするってことは、彼らではないみたいだけど……ジンやベヒモスの知り合いかしら？

なんて思いながら、私は作業の手を止めた。

洗浄魔法で素早《すばや》く手の汚れを落とす。

「今行きます！」

扉の向こうで待っているであろう人物にそう声をかけ、私はジンとベヒモスを連れて玄関へ向かった。

扉の前で軽く身嗜《みだしな》みを確認してから、ドアノブに手をかける。

「お待たせしま……えっ？」

扉を開けた先に立っていた人物に、私は思わず素《す》っ頓狂《とんきょう》な声をあげた。

初対面の人物相手にかなり失礼な態度だが、今回だけはどうか許してほしい。

だって——私の目の前にいる人物が精霊王様と瓜二《うりふた》つだったのだから。

でも、髪色は銀じゃなくて金だし……

それに、雰囲気も全然違う。普段の精霊王様がまとっている穏やかなオーラが、この人からは微塵《みじん》も感じられなかった。

どちらかといえば、正反対……キリッとした凛々《りり》しい雰囲気を感じる。

顔の作りは精霊王様とそっくりだけれど、精霊王様とは別人であることがすぐにわかった。

もしかして……精霊王様のご兄弟？

僅《わず》かに目を見開いて固まる私をよそに、目の前の人物は胸に手を当てて、スッと頭を下げた。

「突然お宅に押しかけてしまい、申し訳ありません。私は現精霊王タリアの弟、シェイドと申します。以後お見知りおきを」

幼さを感じる声が、耳に届く。

スッと耳に入ってくる声は精霊王様の優しいテノールボイスより、少し高く感じた。

私は精霊王様の弟だという、彼の顔をじっと見つめる。

ハニーブロンドのさっぱりとした短髪に、精霊王様と同じ赤い瞳。

吊り目がちな彼の目は鋭《するど》く、気難しい印象を覚える。

中性的な顔立ちは精霊王様とそっくりだけれど、表情が硬いからか、少し怒っているように見えた。

……どうして精霊王様の弟君がこんなところに？　私に何か用かしら？

私が首を捻《ひね》っていると、ジンが明るく声をあげた。

「シェイド様、久しぶりー！　タリア様を捜しに来たのー？」

シェイド様の気難しそうな雰囲気に圧倒されることなく、気軽に話しかけるジン。

終わった。

ジンの砕《くだ》けた口調に怒るんじゃないかと少しハラハラしたけれど、その心配は杞憂《きゆう》に終わった。

シェイド様は顔色一つ変えることなく、ジンに答える。

「まあ、そんなところです。最近……ノーラ様が精霊国に移住してきてから、頻繁《ひんぱん》に姿をくらますようになったので、ここに来ているのではないかと……」

「確かにタリア様は最近よくここに来るけど、今日はまだ来てないよー？」

「そうですか……」

ジンの返答に、シェイド様は溜め息を零《こぼ》す。

二人の会話を聞くに、どうやらこれが普段の調子らしい。

というか、よく考えてみれば、ジンはあの精霊王様にも敬語を使わないものね。

精霊王様の弟君であるシェイド様に、敬語を使うわけがない。

それにしても、なんとなくそうなんじゃないかと思っていたけれど、まさか精霊王様が本当に城を抜け出していたとは……

精霊王様、城を空《あ》けるときはせめて弟君に一言《ひとこと》断ってからにしてください……

シェイド様が心配されていますから……

そう思いつつ、私はシェイド様に視線を向けた。

ここに精霊王様がいないと知り、ガクッと肩を落とすシェイド様に、ジンは慌《あわ》てて言う。

「あっ、でも！　ここにいれば、そのうち来ると思うよー！　いつもノーラがお菓子を完成させたタイミングで、転移してきてるからー！　ここで待《ま》ち伏《ぶ》せすれば確実にタリア様を捕まえられるんじゃないかなー！」

「なっ……!?　それは本当ですか!?」

目を見開くシェイド様に、ジンは大きく頷いた。

「うん！　ノーラがお菓子作りをするようになってから、タリア様は毎日ここに通ってるからー！　可能性は十分あると思うよー！」

「なるほど……待《ま》ち伏《ぶ》せですか。いいですね。やりましょう！」

ジンが提案した待《ま》ち伏《ぶ》せ作戦にシェイド様は勢いよく頷いた。

どうやら、この作戦に乗り気らしい。

心なしか、柘榴《ざくろ》の瞳がキラキラ輝いて見える。

その瞳は、悪戯《いたずら》を思いついた幼い子供のようだ。

あ、あれ……？　シェイド様って、こんなお顔もなさるのね。

真面目な印象だったから、ちょっと意外だわ。

まあ、何はともあれ精霊王様捕獲作戦の内容が決まったみたいで、よかっ……

「──ということで、ノーラ。ドーナツ作り、巻きでお願いねー？」

私の思考を遮《さえぎ》るように、今までシェイド様と話し込んでいたジンが、こちらを振り返って、ニッコリ笑った。

「えっ……？」

その笑みが黒く見えたのは、きっと私の気のせいではないはず……。

ど、どうしてドーナツ作りを急ぐ必要があるのかしら……!?

ドーナツ作りに精霊王様捕獲作戦は関係ないんじゃ……。

混乱する私の心情を察したかのように、ジンが説明を付け足す。

「さっきも言ったけど、タリア様が転移してくるタイミングはノーラがお菓子を完成させたときが、一番多いんだよー。それはノーラも知ってるでしょー？」

「うっ……まあ、確かに……」

私が言葉を詰まらせると、ジンはパッと顔を輝かせる。

「でしょでしょー？　だから、早くタリア様を捕まえるためには、ノーラの協力が必要不可欠なんだよー！　てことで、ドーナツ作り急いでねー」

「……わ、わかったわ……」

一瞬、ジンの申し出を断ろうかと考えたけれど、シェイド様の落ち込みようを思い出した途端、その考えは泡となって消えた。

仕方なく頷く私に対し、シェイド様は安堵《あんど》の表情を浮かべる。

本当は自分のペースでゆっくり作りたかったのだけれど……

大切なお兄様が急にいなくなって心配しているでしょうし、今回は私が折れましょう。

――こうして、私は精霊王様捕獲作戦による被害を受けてしまった。


それから、ジンに急《せ》かされるままドーナツ作りを終えた私は、皿に盛りつけたドーナツをテーブルに運んだ。

テーブルの周りではドーナツの完成を心待ちにしていた三人の精霊が、お行儀よく『待て』をしている。

オルティス伯爵家で何度かメイドが作ったドーナツを食べたことがあるジンとベヒモスは慣れた様子だけれど、シェイド様は興味津々《きょうみしんしん》といった風でそれを眺めていた。

ドーナツを初めて見るような反応ね。

精霊国にはドーナツがないのかしら？

前々から思っていたけれど、精霊って甘いものが好きな割に、精霊国ではお菓子の種類が少ないみたいなのよね。

魔法や魔道具の技術は最先端なのに、食文化はあまり進んでいないように思える。

私はシェイド様の反応を観察しつつ、魔法を使ってお湯を沸《わ》かした。

……さて、いつもならこの辺《あた》りで精霊王様が姿を現すはずだけれど……

ソワソワする自分を落ち着けながら、私はいつものように紅茶を淹《い》れる。

カップを五つ用意し、順番にお茶を注《そそ》いでいると――

「――おや？　僕の分もあるみたいだね。いつもは僕が来てから、淹《い》れてくれるのに」

「!?」

背後から突然、精霊王様の声が聞こえた。

「兄上！」

「やっぱり、来たねー！　タリア様ー！」

「タリアサマ……ホカク……」

私が精霊王様に気づいた瞬間、ここでずっと彼を待ち伏《まぶ》せていたシェイド様、ジン、ベヒモスが声をあげる。

その声は心なしか明るい。

シェイド様に関しては、声だけでなく、表情も明るかった。

お兄様が見つかって、よっぽど嬉しかったのね。

よかったわね、シェイド様。

シェイド様の表情を見て、満足する私だったけれど、捕獲対象である精霊王様はそうもいかない。

自分と瓜二つ《うりふた》の弟を目にして、明らかに動揺していた。

「あ、あれ～？　なんでシェイドがここに？」

「兄上が来るのを待ってたんですよ！　それより、ほら！　城へ戻りますよ！　兄上が途中でいなくなったせいで、会議がまだ終わっていないんですから！」

私は、思わず目を見開く。

精霊王様……それはいけません……

私が呆《あき》れにも似た苦笑を浮かべる中、当の精霊王様は、思い切り顔を顰《しか》めていた。

「えー……やだよ、面倒臭い。大体あの報告会議は、無駄が多いんだよね。わざわざ人を集めてやる意味ないと思うんだけど」

「定期的な情報共有は必要なことです！　それに、文書でのやり取りではなく、会議にしようと言い出したのは兄上でしょう！」

大きな声をあげるシェイド様に、精霊王様は気まずそうに目を逸《そ》らす。

「あ、あれ～？　そうだったっけ？」

「そうですよ！　いちいち報告書を読むのが面倒臭いとかなんとか言って、会議に切り替えたじゃないですか！」

「あー……そういえば、そうだったね。よし！　じゃあ、文書でのやり取りに戻そうか」

「あーにーうーえー！　そんな勝手が許されるとお思いですか！」

私は兄弟間の言い合いに苦笑を漏らした。

精霊王様の仕事嫌いは筋金入《すじがね》りね……。おまけにかなり自分勝手だし……文書でのやり取りが面倒臭いから会議形式にしたのに、今になってそれを元に戻すなんて……苦情が殺到してもおかしくない案件だわ。

私はシェイド様に同情しながら、淹《い》れたての紅茶を一口《ひとくち》含んだ。

花が咲いたみたいに、紅茶の香りがふわりと漂《ただよ》う。

これは精霊王様からいただいた茶葉なのだけれど、すごく美味《おい》しいのよね。

ミルクやお砂糖を入れても全然香りが悪くならないし。

正直、今まで飲んできたどの紅茶よりも美味《おい》しい。

香りのいい紅茶に癒《いや》されながら、私は引き続き精霊王様とシェイド様のやり取りを見守る。

その傍《かたわ》らでジンとベヒモスはドーナツを食していた。

私はまだ食べていいとは言っていないのだけれど……どうやら我慢できなかったらしい。

作り手の許可なく、出来上がった料理やお菓子を食べるのはマナー違反だけれど……仕方ないわね。

精霊王様とシェイド様の口論のせいで、なかなか声をかけられなかったから、今回は見逃しましょう。

私がそう考えていると、シェイド様は一層声を荒らげた。

「とにかく！　城に戻りますよ！　話なら、そこで聞きます！」

「悪いけど、それは無理なお願いだ。僕はノーラと優雅《ゆうが》なティータイムを過ごす予定だからね」

シェイド様の言い分を、平然と突っぱねる精霊王様。

そんな彼に、シェイド様は激しく首を横に振った。

「そんな勝手は許されません！　兄上が会議を放棄《ほうき》したせいで参加者全員が帰れずにいるんです！　せめて、会議には参加してください！」

「そんなに会議が大事なら、シェイドが僕の代理として参加すればいい」

「でーすーかーらー！」

精霊王様の自分勝手な言い分にシェイド様は額《ひたい》を押さえる。

一歩も引かない精霊王様の態度に、早くもシェイド様のほうが音《ね》を上げそうだった。

これはさすがにシェイド様が可哀想ね。

明らかに悪いのは精霊王様なのに、己《おのれ》の非を認めるどころか開き直ってるし……

私は真後ろに立つ精霊王様を振り返ると、下から覗《のぞ》き込《こ》むように彼の赤い瞳を見上げた。

こちらの様子に気がついた精霊王様と、視線が交《まじ》わる。

本当は私みたいな身分の低い者が、王に対してあれこれ言うべきじゃないのだろうけど……あまりにもシェイド様が不憫《ふびん》だわ。

「精霊王様。私とのティータイムを大切に思ってくださるのは大変嬉しいのですが、弟君であるシェイド様を困らせるのはいけませんわ。それに、会議に参加している方々にも迷惑がかかっています。ドーナツは包んで差し上げますので、今日のところはお城に戻ってください。ねっ……？」

幼い子供を諭《さと》すように優しく言い聞かせると、銀髪美人はその宝石のように美しい瞳を僅《わず》かに見開いた。

そしてすぐに、嬉しそうに笑う。

普段の穏やかな笑みとは違う、艶《あで》やかな笑み。

――ドキッと、胸が嫌な音を奏《かな》でた。

っ……！　ダメね、私ったら……！

子作り騒動から、精霊王様のことを変に意識してしまう……！

上気する頬を隠すように俯《うつむ》く私の頭上から、クスッと小さい笑い声が落ちてきた。

「ふふっ。わかったよ。ノーラがそこまで言うなら、今日は城に戻るとしよう」

精霊王様は微笑みながら、私の言葉に頷いたのだった。


その後、精霊王様は私が包んだドーナツを持って、シェイド様とともにお城へ帰っていった。

それと入れ替わるように無口な精霊たちが、我が家を訪ねてきた。

最近知ったのだけれど、無口な精霊たちは『シルフ』という種族らしい。

シルフとは、主《おも》に風を扱う精霊。元々は、ジンもシルフの一族だったとか。

なんでも、ジンは数代前の精霊王様に実力を認められ、シルフという種族から風の大精霊に格上げされたのだそう。

ほとんどの精霊は、固有の名を持たない。

けれど大精霊は種族名の代わりに、名前を与えられる。

ジンとベヒモスのように名前を持っている精霊はごく少数だ。

そんなすごい精霊が私と契約しているなんて、未だに信じられないけれど……

そもそも、そんなすごい精霊が人族の国を守ってくれていたこと自体驚きだ。

私はシルフたちと仲良くドーナツを食べるジンとベヒモスを観察しながら、冷えきってしまった紅茶を魔法で少し温めた。

残りのドーナツをあとから来たシルフたちに分け与えたジンとベヒモスは、お喋《しゃべ》りを始める。

「いやぁ、それにしても……タリア様って本当ノーラには弱いよねー！　実の弟にあれだけ言われても頑として動かなかったのに、ノーラにちょーっと注意されただけで、あれだよ。僕、思わず『タリア様、ちょろ～！』って言っちゃうところだったもーん」

「タリアサマ……ノーラニハ……ジュウジュン……」

同意するベヒモスに、ジンはさらに続ける。

「だよねー！　あの怠惰《たいだ》な王様が重い腰をあんなにあっさり上げるなんてー！　本当驚きー！」

「ノーラニハ……アマイ……」

お喋《しゃべ》り自体は別に構わないのだけれど、その話題はやめてほしい……

精霊王様の名前を出されると、さっきの笑みを思い出してしまうから。

いつもの穏やかな笑みとは違う、艶《あで》やかで美しい笑みを……

私はなんとなく気恥ずかしくなりながら、自分の胸をぎゅっと押さえる。

うぅ……あの笑みはずるいと思うわ！

だって、あの笑みは無邪気で……嬉しそうで……とても綺麗で……とにかくずるいと思うの！

誰だって、あんな綺麗な笑みをなんの前触《まえぶ》れもなく見せられれば、ドキドキしちゃうわ！

だから、この胸の高鳴りは当然のことなのよ！

そう！　きっとそうよ！

上気する頬と比例するように高鳴る胸をそう決めつける。

それから熱を持つ頬と速くなる鼓動を誤魔化《ごまか》すように、私は紅茶を一気に飲み干した。

滑《なめ》らかな舌触りのそれが、喉《のど》を潤《うるお》す。

「わ、私！　ちょっとお昼寝してくるから、食べ終わった食器はキッチンに置いておいてちょうだい」

緊張と羞恥心《しゅうちしん》で上擦《うわず》る声で私はそう言い残すと、ジンとベヒモスの返事も聞かずに席を立った。

そして、そそくさと自室に戻る。

うぅ……今日の私、とっても格好悪いわ……

一度一人になって、頭を冷やしましょう。

パタンと扉を閉め、私は自室の壁に寄りかかった。

そのままズルズルとしゃがみ込んでしまう。

「……美形の笑顔に耐えられる精神力が欲しいわ……」

自分以外誰もいない部屋でボソッと呟《つぶや》かれた言葉は誰の耳にも入ることなく、空気に溶け込んでいった。

◇◆◇◆

ノーラという娘の家から兄上とともに精霊城へ戻った私――シェイドは、報告会議を早々に切り上げ、執務室にこもっていた。

夜の帳《とばり》が下り、辺《あた》りは真っ暗闇《やみ》に包まれ、星々が己《おのれ》を主張している。

闇《やみ》の精霊である私にとって、夜は至高《しこう》の一時《ひととき》だった——はずなのだが……

今日は夜空を見上げても、気分が晴れない。

モヤモヤとした何かが胸の中に渦巻《うずま》いている。

仕事嫌いで、マイペースで、自由奔放《じゆうほんぽう》な兄上が……小娘一人の説得に応じただと……？

今まで誰の指図《さしず》も受けなかった兄上が……？

兄上は温厚で優しい王だが、誰の指図《さしず》も受けない暴君のような一面がある。

特に仕事となるとその一面が強く出て、実の弟であり側近である私も、手を焼いていた。

それなのに……あのノーラという娘は、仕事嫌いの兄上を一瞬で従わせた。

私がどんなに怒鳴ろうが、泣《な》き喚《わめ》こうが一切言うことを聞かなかった兄上が……その娘に一度注意されただけで言うことを聞いたのだ。

今日ほど、我が兄の心情を理解できないと思ったことはないだろう。

兄上は何故あの娘の言うことを聞いたんだ？

彼女が作った『ドーナツ』というお菓子が原因か？

菓子を振る舞えば、兄上は仕事をしてくれるんだろうか？

……いや、そんなわけないか。

兄上がそんな単純な方法で動いてくれるなら、苦労しない。

私は脳内に浮かんだ考えを振り払うように手元の書類に視線を落とした。

今、私の手元にある書類は全て、役人からの嘆願書だった。

会議を途中で放棄《ほうき》した兄上に対する文句がほとんどだが、中には『一ヶ月前に提出した書類がまだ戻ってきていない』『採寸するときは動かないでほしい』『朝、きちんと起きてください』などの小言も含まれていた。

これだけ見れば、我が兄はダメな王に思えるかもしれないが、これでも結構民には慕《した》われているのだ。

兄上は確かに仕事嫌いで有名だが、お人好《ひとよ》しで優しい一面もあるため、民に受け入れられてきた。

もしも、兄上が本当にただの暴君だったなら、彼は早々に王の座から引《ひ》き摺《ず》り下ろされていたことだろう。

そうならなかったのは、ひとえに人柄《ひとがら》のよさゆえだった。

仕事が絡むと途端に暴君になるが、それ以外の場面では優しい。

泥遊びで汚れた子供にペタペタ触られようと、全く気にしないくらいには。

だからこそ、惜《お》しく感じる……！

仕事さえきちんとやってくれれば、完璧《かんぺき》なのに！　と……

兄上は別に仕事ができないわけではない。ただやるのが面倒臭いだけなのだ！

仕事自体は文官の頂点に立つ私よりもできる。

まあ、早い話が『できるのにやらない怠け者《なま》』なのである。

兄上に足りないのは仕事に対するやる気と周りの声に耳を傾ける努力だ。

それさえあれば、文句なしの王なのに……実に残念である。

全ての嘆願書に目を通した私は、特に重要な項目を選《え》り抜《ぬ》いて、手帳に書き留めた。

とりあえず、明日は兄上の書類を整理して、古い書類から片付けるよう言わなくては……

その後、定期報告の手段について話し合って……

それから、会議の参加メンバーに謝罪文を送るよう進言しなくては！

私は明日の予定を手帳に書き出したあと、思ったより詰まってしまったスケジュールに頬を引《ひ》き攣《つ》らせた。

こ、これは……確実に逃げられる……

恐らく、このスケジュールを読み上げた時点で脱走を図《はか》るだろう……

でも、だからといって予定を変更すると、あとに響くし……

ああでもないこうでもないと考え込む私だったが、脳裏《のうり》にある人物の顔が浮かび上がった。

今日初めて会った暗い茶髪の少女……

「ノーラ・オルティス……。兄上を従わせたこの娘なら、兄上のやる気を引き出す方法がわかるかもしれませんね……」

確信を滲《にじ》ませた私の声は、暗闇の中に消えた。

第七章

精霊王様の弟君であるシェイド様と出会った、その次の日——

何故か、今日もその金髪赤眼の美青年が我が家を訪れていた。

それも、日が昇り始めた早朝に……

ジンとベヒモスがまだ眠っている時間帯に、彼は突然現れた。

「連日家に上がり込んでしまって、申し訳ありません。あなたにどうしてもお聞きしたいことがありまして……」

テーブルの向こう側に腰掛けるシェイド様は、申し訳なさそうに眉尻を下げ、ティーカップの縁《ふち》を撫でた。

厳しい印象を持たせる吊り目が控えめになった影響で、昨日より物腰が柔らかく感じる。

こんな朝早くから、我が家を訪ねてくるなんて……一体どうしたのかしら？

私に聞きたいことがあるみたいだけど……もしかして、私の祖国の状況について知りたいとか？

精霊国は閉鎖した国だから、各国の国内情勢に疎《うと》そうだものね。

でも、私が知っている情報なんて、大したことないと思うけれど……

私はシェイド様の知りたいという情報を持っている自信がないので、彼の申し出に控えめに応じることにした。

「お力になれるかどうかわかりませんが、なんでも聞いてください。私が答えられることなら、お答えします」

「ありがとうございます」

彼は安堵《あんど》にも似た、柔和《にゅうわ》な笑みを浮かべる。

彼の硬い表情が、僅《わず》かに緩んだ。

笑っているシェイド様って、本当に精霊王様にそっくりよね。

こう……穏やかな印象が強くなって、より精霊王様に似ているというか……

柔らかい表情を見せるシェイド様に、精霊王様の姿を重ねながら思考を巡らせていると、紅茶を飲み終えたシェイド様がおもむろに口を開く。

「では、早速《さっそく》質問させていただきます」

「は、はい！」

私はゴクリと唾《つば》を呑み、シェイド様の言葉を待ちかまえる。

「質問なんですが……兄上のやる気の引き出し方をご存じですか？」

「……はいっ？」

予想していた質問内容とは全く違うそれに、私は思わず素《す》っ頓狂《とんきょう》な声をあげてしまった。

真剣な表情と気迫のこもった声で、何を言うのかと思えば……精霊王様のやる気の引き出し方？

なんですか？　それ……

私の反応に、シェイド様が僅《わず》かに表情を曇《くも》らせる。

私の間抜けな様子を見て、なんの収穫もないことを察したらしい。

シェイド様、わざわざ我が家に足を運んでもらったのに申し訳ないですが、今回はあなたのお力になれそうもありません……

精霊王様のやる気の引き出し方なんて、知りませんもの。

そもそも、精霊王様のことを、私はほとんど知りませんし……

精霊王様にご兄弟がいたことすら、知ったばかりなのですよ？

そんな私が精霊王様のやる気の引き出し方なんて、知っているわけがありませんわ。

私は内心そう思いながら、既《すで》にガクッと肩を落としているシェイド様に苦笑を浮かべた。

「申し訳ありませんが、精霊王様のやる気の引き出し方については、存じ上げておりません。精霊王様とは最近知り合ったばかりですし、毎日フラッと現れてはすぐに消えてしまいますので……なので、精霊王様のことは、ご兄弟であるシェイド様のほうがずっと詳しいと思います。お力になれず、申し訳ありません……」

「い、いえ……気にしないでください。こちらこそ、朝早くからお邪魔してしまい、申し訳ありませんでした」

酷《ひど》く落ち込んだ様子のシェイド様だったけれど、こちらが謝罪を口にすると、慌《あわ》てて表情を取《と》り繕《つくろ》う。

シェイド様は笑みを浮かべてはいるものの、失望しているのが滲《にじ》み出《で》ている……。

昨日の様子を見る限り、精霊王様の扱いにかなり手を焼いているようだし、僅《わず》かな期待と希望を抱《いだ》いてここに来たのかもしれないわね。

勝手に期待されていたとはいえ、ここまで落ち込まれると、申し訳ない気持ちでいっぱいになる。

残念そうに肩を落とすシェイド様に、何か自分にできることはないかと思考を巡らせた。

人族である私がシェイド様にできること……

魔法は……力になれないわよね。

『シェイド』という名前を持っている彼は、間違いなく力のある精霊。魔法関係で力になれるわけがない。

じゃあ、魔道具作りとか……？

でも、精霊国の魔道具技術は明らかに人族より進んでいるし……そうしたら、私にできることなんて何もない……

せめて、元気づけてあげられたらいいのだけれど……

そう考えたとき。

私の脳内にある単語が浮かんだ。

それは――お菓子。

そうだわ！　お菓子！

お菓子作りなら、恐らくどの精霊たちにも負けない！

誰だって美味《おい》しいものを食べれば、元気になるはずよ！

祖国にいたときは、『誰かに自分を認めてほしい』『褒《ほ》められたい』という思いばかりを抱《かか》えていた。

けれど、精霊国に移住してきてから、純粋に『誰かの役に立ちたい』『誰かの力になりたい』という気持ちが強くなっている。

私はガタッと音を立てて、席を立った。

座っていた椅子を後ろに倒さんばかりの勢いで立ち上がった私に、シェイド様は困惑を示す。

いつも穏やかに笑っている精霊王様とは違い、シェイド様は表情がコロコロ変わる。

「えっと……いきなり、どうされ……」

「十分だけ、待っていてもらえませんか!?」

シェイド様を元気づけたいという気持ちの勢いのまま、私は彼の言葉を遮《さえぎ》る。

「えっ……？」

私の申し出に、シェイド様は大きく目を見開いた。

宝石のように美しい柘榴《ざくろ》の瞳が、キラリと光る。

昨日の様子を見る限り、シェイド様は私の手作りお菓子に興味を持っている可能性が高い。

彼の口に合うかどうかはわからないけれど、甘党の精霊に嫌がられる確率は低いだろう。

私は、じっと赤い瞳を見つめた。

私のただならぬ雰囲気に、シェイド様は若干押され気味である。

「わ、わかりました。十分だけ待ちましょう」

きっちりした口調とは裏腹に、意外と流されやすい性格なのか、私の気迫に押されるまま、彼は了承の意を示したのだった。


それから、私は大急ぎで、昨日余ったドーナツの生地を一口《ひとくち》サイズに丸めた。

それらを高温の油で揚げ、お皿に盛りつける。

普通にやれば三十分はかかる作業だけれど、魔法をたくさん使って、なんとか十分以内に作り上げることができた。

お菓子は丁寧に作りたいから、あまり魔法は使いすぎないようにしているのだけれど……今回は特別。

それでも、十分はかなりギリギリだったけれど……

昨日以上に急いで作ったから、ちょっと疲れたわね……

でも、中途半端に余ったドーナツの生地を消費できてよかったわ。

実は昨日……精霊王様捕獲作戦で忙しかったせいで、まだリング状に整えていなかった生地をそのままにしていたのだ。

今日の朝食にでも使おうと思っていたのだけれど、きちんと成形するには量が足りず、捨てるにはもったいないので、使い道に迷っていた。

だから、シェイド様がこの小さめサイズの穴なしドーナツをもらってくれるとすごく助かるわ。

私は皿に盛りつけたそれを、シェイド様の目の前に置く。

出来立てホカホカのそれは、熱気を発していた。

「これは昨日作ったドーナツというお菓子です。見た目は昨日のものと異なりますが、味は同じです。よければ食べてみてください」

「ど、ドーナツ……」

「はい、ドーナツです」

目の前に置かれたそれを、シェイド様は昨日と同様、興味深そうに観察している。

味見よりも先に匂いや見た目を楽しみたいタイプなのか、ジンたちのようにがっつく素振《そぶ》りは見せない。こういうところは、精霊王様とそっくりだ。

穴なしドーナツをじーっと見つめるシェイド様の真剣な姿に、ちょっとした後悔が私の胸に渦《うず》を巻く。

昨日と違って、生地に穴をあける余裕がなかったから、ただの丸いドーナツになってしまったけれど……大丈夫かしら？

こんなにじっくり観察されるなら、多少無理をしてでも穴をあけるべきだったかしら……？

そう思っていたとき、シェイド様が口を開いた。

「これは……素手《すで》で食べるものですか？」

「あ、はい！　ドーナツは基本素手《すで》で食べるものです。人によっては、手が汚れるのを嫌って、紙で包んで食べる方もいますが……もしも汚れが気になるようでしたら、紙をご用意しましょうか？」

「いえ、大丈夫です。お心遣い感謝します」

ドーナツの油が気になるのかと思ったけれど、そうではないらしい。

シェイド様は私の申し出に緩く首を横に振ると、その白くて美しい手をゆっくりと皿に伸ばした。

その長い指先が、真ん丸としたそれに触《ふ》れる。

シェイド様はまだ熱を持ったドーナツを、平気な顔で持ち上げた。

一口《ひとくち》サイズのドーナツが、彼の人差し指と親指の間に挟まれている。

な、なんでしょう？　この感じ……

不安と緊張で速まる鼓動は前にもあった気がするわ……

シルフたちに煮林檎《にりんご》を振る舞ったときと、状況が少し似ているからかしら？

なんて思いながら、シェイド様の様子を窺《うかが》っていると、彼は手にしたドーナツを恐る恐る口に入れた。

一口《ひとくち》サイズのそれは、シェイド様の口内におさまる。

私の中にある不安と緊張が一気に跳ね上がった。

だ、大丈夫かしら!?　シェイド様のお口に合ったかしら!?

やっぱり、高貴な身分にあるシェイド様には、ケーキとかマカロンとかのほうがよかったんじゃ……

ピンッと張りつめた雰囲気の室内に沈黙が降りる中、私の不安は爆発寸前だった。

ギュッとエプロンの裾《すそ》を握り締める。

不安な私をよそに、無言のままドーナツを咀嚼《そしゃく》していたシェイド様は、やがてゴクンと呑み込んだ。

「こ、これは……どうやって作っているんですか!?　レシピはなんですか!?　今まで食

べたどの菓子よりも美味《おい》しく感じたのですが、何か特別なことでもしたんでしょうか⁉差《さ》し支《つか》えなければ教えてください！」

さっきまで無言だったとは思えないほど、ものすごい勢いで質問を繰り出すシェイド様。

その頬は僅《わず》かに紅潮《こうちょう》しており、彼が興奮しているのがわかる。

キラキラと輝く瞳は、まるで子供のようだ。

「このドーナツというお菓子は素晴らしいです！　表面は少しザラザラしているのに中はふわふわで、ケーキのスポンジとはまた違う食感です！　そして、何よりこの味！　食べたときに感じる甘さと舌に残る甘さが微妙に違うんです！　きっと紅茶やコーヒーに合いますよ！」

「あっ、えっ……？　はい……」

具体的な味の感想を述べるシェイド様の勢いに押されるまま、私は曖昧《あいまい》な返事をする。

熱心に語るシェイド様は、さっきまでとはまるで別人だった。

熱くなると周りが見えなくなる方なのかしら……？

ま、まあ、気に入ってもらえて何よりだけど……

でも、これはちょっと、騒ぎすぎかしら？

今はまだ早朝だ。

お日様が顔を出したばかり。

この近くには精霊たちの集落や家はないから、近所迷惑の心配はないけれど……同居人であるジンとベヒモスの睡眠は妨害《ぼうがい》してしまったみたい。

私はドタバタと騒がしくなった隣室に苦笑を漏らしながら、シェイド様の話に相槌《あいづち》を打った。

金髪赤眼の美青年は隣の部屋から聞こえる物音に気づいていないのか、まだドーナツについて熱く語っている。

「で、あるからして……このドーナツというお菓子は非常に素晴らしく……」

「――うわっ!? なんでシェイド様がここにいるのー!? っていうか、それお菓子!? ずるい! 僕も食べたーい!」

「シェイドサマ……ヒトリダケ……ズルイ……」

ガタン! と勢いよく扉を開けて、リビングに侵入してきたジンとベヒモスは、シェイド様と彼の前に置かれたドーナツに注目する。

どうやら、目覚めたと同時に甘い匂いを感じて、飛び起きたらしい。

さすがは精霊というべきか、寝起きでもその嗅覚《きゅうかく》のよさは変わらないみたい。特に甘いものに対しては。

やっぱり、二人とも起きちゃったのね。

甘い匂いにつられて起床した彼らに半《なか》ば呆《あき》れつつ、私はそっと席を立った。

そして、作り置きしておいたクッキーを棚《たな》から出すと、紅茶を淹《い》れ直《なお》して、私もちょっと早い朝食……いや、ティータイムを過ごすことにする。

今は、ジンがシェイド様の悩みを聞いているところだ。

「なーるほどー！　タリア様のやる気の引き出し方を聞きに来たんだー」

「はい。兄上には王として……皆の手本として仕事に取り組んでもらわなければなりませんから。サボりなんて言語道断《ごんごどうだん》です！」

「タリアサマ……サボリグセ……ツイテル……」

同意を示すベヒモスに、シェイド様は身を乗り出した。

「そうなんですよ！　そこが問題なんです！　兄上にはサボり癖がついてしまったんですよ！　特に最近は酷《ひど》くて……」

「まあ、最近は毎日のようにここに来てるからねー」

ジンとベヒモスは、クッキーを食べながらうんうんと頷く。

ときどきドーナツを眺めているけれど、それに手を伸ばすことはなかった。

お客様にお出しした菓子に手を伸ばすほど、彼らは卑《いや》しくない。

その辺のマナーや礼儀は弁《わきま》えている。

私は彼らの会話を聞き流しながら、クッキーを堪能していた。

あっ、意外とこのクッキー美味《おい》しいわね。

時間とともに味が落ちるかと思ったけれど、その心配はなかったみたい。

数日経った今でも、普通に美味《おい》しい。

また作り置き用にクッキーを焼こうかしら？

結構長持ちしそうだし、保存方法も簡単で、手間がかからないから。

でも、時間が経った分、やっぱり硬くなってるわね……。

味自体は特に変わらないけど、この硬さはねぇ……。

私は平気だけど、歯が弱い子供やお年寄りにはちょっと危ないかもしれないわ。誰かに振る舞うのは避けましょう。

数日前に焼いたクッキーをもぐもぐと咀嚼《そしゃく》しながら、改善点を考える。

最近はお菓子作りばかりしているせいか、魔法や魔道具の研究よりもお菓子作りの研究が好きになりつつあった。

そんな私の傍《かたわ》らで、精霊三人は精霊王様のサボり癖について話し合っている。

「兄上のサボり癖には毎回悩まされていますが、このお菓子を食べるために城を抜け出したくなる気持ちは、少しわかります」

シェイド様がそう言うと、ジンとベヒモスは強く頷く。

「ノーラの手作りお菓子は世界一だからねー」

「ノーラノ……ツクル……オカシ……オイシイ……」

「確かにノーラさんの作るお菓子は、今まで食べたどの菓子よりも美味《おい》しく感じます。兄上が気に入るのも無理ありません」

納得した様子のシェイド様に対し、ジンとベヒモスは何故か複雑そうな顔をした。

「んー……タリア様が気に入っているのは、別にお菓子だけじゃないんだけどねー」

「オカシダケノタメニ……マイニチハ……コナイ」

シェイド様の見解に異を唱《とな》えるジンとベヒモス。

あっという間に作り置きのクッキーを平らげた二人は、首を傾げるシェイド様に目を向けた。

困惑気味に揺れるレッドアンバーの瞳が、二人の視線を受け止める。

「兄上がここに足を運ぶ理由がノーラさんのお菓子だけではない……？　その理由を詳しくお聞かせ願えませんか？　兄上がここに足を運ぶ理由がわかれば、それを利用して仕事のやる気を引き出せるかもしれませんし！」

「んー？　教えるのは別にいいけど、変に利用したら、多分タリア様が怒るよー？　利用の仕方によっては、僕らも精霊城に乗り込むしー」

「アクヨウ……ダメ……」

シェイド様は二人の言葉に眉を顰《ひそ》める。

「えっと……？　おっしゃる意味がよくわかりませんが……とりあえず承知しました。利用はしません。お約束します。なので、兄上がここに足を運ぶ理由を教えてください」

ジンとベヒモスの言葉から、シェイド様はその何かを利用するのは不可能と判断したようだ。精霊王様の側近の彼でも、精霊王様と大精霊二人を敵に回すのは避けたいらしい。己《おのれ》の発言に嘘はないことを証明するように姿勢を正したシェイド様は、ジンとベヒモスの返事を待った。

二人は顔を見合わせ頷き合うと、代表してジンが口を開く。

「いいよー。そこまで言うなら、教えてあげるー。でも、今考えごとしてるノーラには秘密ねー」

クッキーの保存方法について真剣に考え込んでいる私の目の前で、ジンはそう前置きする。

なんだか私の名前が話題に上っているみたいだけど……私はさらに思考を深めている
ため、それどころではなくなる。

魔法で保存するとしたら、やっぱり氷結魔法かしら？

でも、あれは野菜や魚の鮮度を保《たも》つためのものだし……

じゃあ、やっぱり時間停止魔法とか……？

でも、時間停止魔法は世界の理《ことわり》に背《そむ》く魔法。かなりの実力と魔力がなければ実現できない。

一応知識として、時間停止魔法の魔法陣や詠唱《えいしょう》は覚えているけれど、今まで使う場面がなかったから試したことがなかった。

それに正直……クッキーのためだけにそんな大魔法は使いたくない。

時間停止魔法は確かに状態保存には持ってこいの魔法だけれど、難度が高すぎる……

魔力量についてはそれなりに自信があるけれど、時間停止魔法は私の最大魔力量を上回る魔力が必要になるかもしれない。

仮に私一人の魔力で足りたとしても、かなりギリギリになるのは間違いないわ。

そもそも、時間停止魔法の適性が私にあるかどうかもわからないし……

……やっぱり、他の方法を考えるのが妥当《だとう》ね。

脳内に浮かんだ案を追い払うと、私は次の案を考え始めた。

視界の端に、三人の姿が映る。

「ノーラさんにそのことを告げ口するつもりはありませんが……今のノーラさんは我々の会話を聞いておられないいんですか？」

「うん！　全く聞いてないよー！　考えごとしてるときのノーラって、周りの音とか声とか全然聞こえてないからー」

「カラダヲ……ユスッタリ……タタイタリ……シナイト……キヅカナイ……」

ジンとベヒモスの言葉に、シェイド様は驚いたように目を見開いた。

「そうなんですか。凄《すさ》まじい集中力ですね」

「まあねー。でも、考えすぎてたまに熱出しちゃうから、目が離せないけどー。……それで、タリア様がここに来る理由だったよねー？」

ジンが改めて問うと、シェイド様は身を乗り出す。

「あっ、はい！　兄上がここに足を運ぶ理由が、どうしても知りたいんです！　他言しないと誓いますので、教えてください！」

グッと拳《こぶし》を握り締めるシェイド様は、その赤く染まる瞳を爛々《らんらん》と輝かせた。

少年の心を忘れていないらしい金髪赤眼の美青年はワクワクした様子で、ジンの返答を待つ。

「いいよー！　そこまで言うなら、教えてあげるー！　タリア様がここに毎日足を運ぶ理由はねー……ノーラに――」

ジンは、シェイド様の耳元でこっそり囁《ささや》く。

精霊王様が毎日ここに通う理由を聞いたシェイド様は――これでもかというほど目を見開いた。

「は……はぁぁぁぁぁぁぁああ⁉」

突然私の耳に、シェイド様の大声が響く。

耳がキーンとするほど大きい声が私の脳内を駆け回る。

エコーがかかったように、シェイド様の叫び声が反響した。

み、耳が痛い……。あと、すごく心臓に悪いわ……

なんの前触《まえぶ》れもなく、いきなり大声をあげるものだから、私の心臓はドクドクと激しく脈打ってしまう。

普段は全く聞こえない心臓の音が、今はハッキリと聞こえた。

口から心臓が飛び出るかと思ったわ……。突然の大声は反則よ。

私は動揺しながらも、なんとか表情を取《と》り繕《つくろ》う。

相手は精霊国の王たるタリア様の弟。それも名前を持った精霊だ。

そんな彼の前で、不機嫌《きげん》な態度を取るのはさすがにまずい。

さすがにここであからさまに顔を顰《しか》めるわけにはいかなかった。

私は口の両端を吊り上げると、柔らかい物腰でシェイド様に問いかける。

「どうしたんですか？　いきなり大声なんて出して……何か問題でも？」

視線を右往左往《うおうさおう》させ、動揺を露《あら》わにするシェイド様は、私の声を聞くなり、ビクッと肩を震わせる。

悪戯《いたずら》がバレた子供のように、ばつが悪そうな顔をしている。

な、何……？　本当にどうしたんですか？

私の顔に何かついてます？

というか、なんでそんなに動揺しているんですか？

ジンたちと一緒に精霊王様のサボり癖について話し合っていたみたいですが、何か驚くような新事実でも発見したんですか？

愛想笑いを浮かべた状態でコテンと首を傾げると、ジンとベヒモスが私たちの会話に割って入ってくる。

「特に問題はないよー！　ただ、タリア様のサボりスポットについて話してただけー！

シェイド様はタリア様の意外な隠れ場所に驚いていただけだよー！　まあ、あれは驚きすぎだと思うけどねー！」

「ジンノ……イウトオリ……」

「そ、そう……」

私は二人の言い分に頷いた。

精霊王様の意外な隠れ場所に驚いていただけなのね。

いきなり大声をあげるから、何事かと思ったわ。

ジンの説明に納得する私とは対照的に、ソワソワと落ち着きのない金髪の青年。

何か言いたげな顔でこちらをチラチラと見つめているけれど、彼がその薄い唇を開くことはなかった。

ものすごく動揺しているわね。

そんなに精霊王様の隠れ場所が意外だったのかしら？

シェイド様に対し、冷静沈着《れいせいちんちゃく》なイメージを抱《いだ》いていた私は、冷静さを失った彼の様子に多少の違和感を覚える。

けれど、その違和感について深く考えることはなかった。

そんなにシェイド様が驚くような場所なら、私も知りたいわ。

そう思った私は、ジンに尋ねる。

「ねぇ、ジン。精霊王様の意外な隠れ場所って、どこだったの？　私も気になるわ。よければ教えてくれない？」

「え？　えーっとねー……それは……秘密ー！」

ジンは何故か、明らかに狼狽《うろた》えている。

私はそんな彼の様子に首を傾げた。

「ええ？　いいじゃない。私にも教えてちょうだいよ。私だけ仲間外れなんて悲しいわ」

「ダメなものはダメー！」

「え〜！」

一人だけ仲間外れにされ、私は唇を尖《とが》らせる。

それでも、ジンは「ダメ」の一点張りだった。

助けを求めるようにベヒモスに視線を送るが、そろ〜っと目を逸《そ》らされる。

二人とも口を割るつもりはないらしい。

なんだか、傷つくわね。

まあ、私に聞かれたくないようだから、これ以上追及する気はないけれど……

精霊国に移住してきてから、こうやって仲間外れにされたことがなかったため、私は久々の感覚に肩を落とす。

ジンたちに悪意がないのはわかっているから、まだ耐えられるけれど……それでも辛《つら》いものがある。

あまり交流のない人たちからされる、悪意のこもった仲間外れも辛《つら》いけど、仲の良い友人にされる仲間外れにはまた違う辛《つら》さがある。

やっぱり、少し寂しい。

私からの追及を恐れてか、私と目を合わせようとしない友人の姿に、さらにその気持ちは強くなる。

痛む胸を誤魔化《ごまか》すように、私は口元に笑みをたたえた。

嗚呼《ああ》、私はいつからこんなに……寂しがり屋になったのかしら……？

そう思った瞬間――

「――こらこら、君たち。僕の大切な姫君に意地悪は感心しないな？」

「!?」

最近ではもう聞き慣れた優しいテノールボイスが、私の鼓膜《こまく》を揺らした。

真後ろから気配を感じて、慌《あわ》てて振り返る。

そこには案《あん》の定《じょう》、精霊王タリア様の姿があった。

「……兄上⁉」

「タリアサマ……オハヨウ……」

「おはよう、タリア様ー！　っていうか、別に僕らはノーラのことといじめてないからー！」

精霊王様は三者三様の反応を示すシェイド様、ベヒモス、ジンに軽く頷きながら、慣れた様子で私の隣に腰掛けた。

長い足を組み、テーブルに肘《ひじ》をつく。

ここにシェイド様がいることにも特に驚いた様子はなく、平然としていた。

精霊王様は相変わらず、神出鬼没《しんしゅつきぼつ》ですね……

ドーナツが完成したタイミングでは現れなかったので、まだ寝ているのかと思っていました。

突然の精霊王様の乱入により、私は一瞬、落ち込んでいたことを忘れる。

「あ、ああああああ、兄上ぇぇぇぇぇ！　朝、ちゃんと起きられたんですね！」

「まあね。今朝《けさ》はシェイドがいないって、城中大騒ぎだったから、嫌でも目が覚めたよ」

感激の声をあげたシェイド様は、精霊王様の言葉にピシリと固まった。

「……えっ？」

「城仕《しろづか》えの者たち……特に文官が騒いでたよ？　『いつもどこかに行くときは書き置き

れてるんじゃないかな？」

や連絡を忘れないシェイド様がいないー！』ってね。今頃、シェイドの捜索隊が結成さ

「ええ……!?」

顔を青ざめさせるシェイド様に、畳《たた》みかけるように精霊王様は続ける。

「まさか、シェイドがノーラのところにいるとは思わなかったけど、とりあえず……急いで城に戻ったほうがいいよ？　僕がいなくなるのと、シェイドがいなくなるのとでは訳が違うから。これ以上大事《おおごと》になる前に戻ったほうがいい」

「……」

シェイド様は震える手で、懐《ふところ》から懐中時計を取り出し、現在の時刻を確認する。

……あっ、顔がさらに青くなりましたね……。

そういえば、シェイド様が我が家を訪れてから結構時間が経つものね。

お日様も、もうかなり高い位置にいるし。

時刻で表すと、八時か九時くらいかしら？

なんて冷静に状況を考える私だったけれど、それはあくまで他人事《ひとごと》だから。

当事者からすれば、この状況はかなりまずいでしょう。

特に、シェイド様みたいに真面目な人にとっては……

「わ、私はこれで失礼します！　ドーナツ、ありがとうございました！」

シェイド様は慌《あわ》てて立ち上がると、こちらの返事も聞かずに転移のための魔法陣を展開した。

彼の髪色と同じ金色に光る魔法陣が、彼を連れて消えていく。

……よく考えてみれば、私が引き留めたのが原因よね？

ただ元気を出してほしかっただけなのだけれど、余計なことをしちゃったみたい。

少なくとも、あのまま城へ帰していれば、こんなことにはならなかったでしょう。

顔を青くしていたシェイド様と、その彼を捜し回る城仕《しろづか》えの方たちに罪悪感が生まれる。

ごめんなさい、シェイド様……。このお詫《わ》びは必ずします。

金髪赤眼の美青年が消えた室内で、私は密《ひそ》かにそう誓った。

◇◆◇◆

『王廷裁判』から早二週間が経とうとしていた頃、私――ルーシーは、まだこの地で息をしていた。

公開処刑を宣言した以上、私をここで殺すわけにはいかないのだろう。

だから、ご飯もお風呂も厠《かわや》も用意されていた。

といっても、家の爵位が剥奪《はくだつ》された私の扱いは、底辺だけれど……

ご飯は美味《おい》しくないし、湯浴《ゆあ》みは時間制の上、男女共用。

もちろん、男性と一緒になることはないけれど、男性が使ったあとに湯浴《ゆあ》みをすることはある。

家族や友人ならまだしも、名前も顔も知らない男性のあとなんて……最悪としか言いようがない。

極めつきは厠《かわや》。

厠《かわや》は牢屋《ろうや》にそれぞれ備えられており、居住スペースを隔《へだ》てる壁がない。

要するに丸見えなのだ。

厠《かわや》を個室にすると、その個室内でコソコソと脱走を企《くわだ》てる輩《やから》がいるみたいで、平民向けの牢屋《ろうや》は全て厠《かわや》が外から見える状態にしてある。

まあ、魔力が雀《すずめ》の涙ほどしかない私には、脱走なんて到底できないけど……

「はぁ……なんで私がこんな目に……」

薄汚れた自分の手を見下ろし、私は溜め息とともに愚痴《ぐち》を零《こぼ》す。

「なんで」なんてわざわざ聞かなくても、それは自分が一番わかってるのに……

それでも、私は問うことをやめられなかった。

私がお姉様から全てを奪ったせいで……私のせいで国が滅亡の危機に瀕《ひん》しているなんて……！

未だに信じられない。

だって、そうでしょう？

お姉様が精霊と契約していることはおろか、聖結界を国全体に展開しているなんて知らなかったんだから……

でも、これはもう知らなかったでは済まされない。無知で許される範囲ではない。

そんなことはわかってる……わかってるけどっ……！

なんで私なの!?

なんで私ばっかり、こんな酷《ひど》い目に遭《あ》わないといけないのよ……！

いいじゃない！　お姉様には才能があるんだから……！

私はギュッと拳《こぶし》を握り締め、顔を俯《うつむ》けた。

そして、過去に思いを馳《は》せる。

——私のお姉様は、一言《ひとこと》で表すと、『天才』だ。

小さい頃から、魔法学や文学を勉強し、八歳になる頃には大人顔負けの知識を身につけていた。

その上、お姉様は他を寄せつけない才能がある。

魔法に関する潜在能力値は過去の偉人たちを軽く凌《しの》ぎ、読解能力や記憶力は学者たちを超えていた。

極めつきは、知的好奇心と意欲の高さ。

大人さえも舌を巻く数々の才能を持ちながら、努力を惜《お》しまず、積極的に勉学や研究に励《はげ》むお姉様。

私のような凡人が敵《かな》うわけがなかった。

だって、私が魔法学の基礎を学んでいる間に、あの天才少女は魔法学をマスターし、次の分野へ進んでいるのだから。レベルの差は歴然。

同じ日に生まれ、同じ時を過ごし、同じ両親に育てられたのに、お姉様と私の間には決して埋《う》めることのできない差があった。

あらゆる才能を兼ね備える正真正銘《しょうしんしょうめい》の天才と、多少外見がいいだけの凡人。

小さい頃はよく「姉のノーラ様はできるのに、なんで妹のルーシー様はできないんだろう？」と、使用人や貴族たちに後ろ指をさされたものだ。

「なんで」なんて、こっちが聞きたいわよ……！

なんでお姉様にはできて、私にはできないの⁉

そう激怒したことは何度もある。

でも、そのたびにぶつかるのが『才能』という名の大きな壁。

お姉様が己《おのれ》の才能にあぐらをかいている人なら、まだ凡人の私にも彼女を超えるチャンスはあったけれど、残念ながらお姉様は努力を怠《おこた》らない謙虚《けんきょ》な人だ。

才能がある上、努力家だなんて……私みたいな凡人がいくらお姉様の背中を追いかけても、彼女より前に出ることはできない。

いつだって、私はお姉様の後ろ。背中しか見えないんだ……

そして、お姉様には絶対に敵《かな》わないと早々に悟った幼い頃の私は、その遥か遠くにある背中を――見なくなった。

だって、その背中を見るたび思い知らされるんだもの……

双子でありながら、明確にあらわれたお姉様と私の差を……

絶対に越えられない、天高く聳《そび》え立《た》つ大きな壁を……

だから、私は姉の背中を見なくなった。

学問も法律も魔法も、全て学ぶことをやめて、彼女と同じ土俵に上がるのを拒《こば》んだ。

多分それからだと思うわ――姉の全てが欲しくなった……いや、奪いたくなったのは。

だって、お姉様ばっかりずるいんだもの！

周りに褒《ほ》められて、認められて、尊敬されてっ……！

それ以上何を望むっていうの……!?

お姉様は私にないものを全部持ってる！

だから――奪ってやったのよ！

ちょっとくらい、いいじゃない！

腹の奥底から湧き上がる、お姉様への劣等感《れっとうかん》と嫉妬心《しっとしん》。

感情が導くまま、体はカッと熱くなる。燃えるように熱くなる体は、肌を赤く染め上げた。

でも……燃え上がる感情の中でも冷静な自分が、確かにいて……欲張りなのも自分勝手なのも、私自身だと言っていた。

結局のところ、私はお姉様が心底羨《うらや》ましいだけなのよね……

だって、才能は永遠に色褪《いろあ》せない、自分だけの財産だから。

私は高嶺《たかね》の花と言われ、持《も》て囃《はや》されているけれど、それは期限付きのもの。

永遠ではない。

どんなに美しい容姿をしていても、それは時間とともに色褪《いろあ》せて消えていく……

時間と老化に、美は敵《かな》わないのだ。

それに比べ、才能は絶対になくならない。

ずっと自分の中に存在し続ける。

お姉様は死ぬその瞬間まで誰かの役に立ち、これから多くの人に尊敬されるだろう。

本当に……憎《にく》いくらい羨《うらや》ましい。

「お姉様なんて――大嫌いだわ」

静寂《せいじゃく》が支配する牢屋《ろうや》内に、私の呟《つぶや》きが虚《むな》しく響いた。

◇◆◇◆

私――プネブマ王国の国王と宰相は、夕暮れに染まる空を窓の外に見ながら、今後の方針について話し合っていた。

私は思わず、渋い声を漏らす。

「ノーラ嬢が国を去って、たった二週間でこれか……」

「はい。もう貴族も平民も騎士も限界が近いです。これ以上の現状維持はかなり厳しいかと……」

テーブルを挟んだ向こう側に腰掛ける宰相が、表情を曇《くも》らせる。

最近はほとんど不眠不休で働いていたため、彼の顔は目も当てられないほど、憔悴《しょうすい》しきっていた。

私や宰相の想像以上に、民の疲弊《ひへい》が激しい……

ただ疲れているならまだよいが、中には体調を崩して寝込む者もいる。

手元の書類を見る限り、特に体調不良者が多いのは教会関係の人物だ。

教会には汚水の浄化と聖結界の維持を頼んでいるため、どうしても一人にかかる負担が大きくなってしまう。

教会側の負担を減らすため、水属性の魔法使いによる真水の生産量を増やしてはいるが、こっちもこっちで人手不足だ。

これ以上ノルマを増やせば、確実に死人が出る。

私にも一応聖属性と水属性に適性があるが、私には事務仕事があるため、魔法を行使することはできない。

下手《へた》に民の仕事を手伝って私が倒れれば、国内にさらなる混乱を生むことになる。

これ以上の混乱を防ぐためにも、私が出張るわけにはいかない。

できることが少なく、歯痒《はがゆ》い思いだ。

「せめて、どれか一つでも問題が解決すればな……」

水問題でも土問題でも国防問題でもなんでもいい。

どれか一つでも問題が解決すれば、その分の人員を他の分野に回せるというのに……

何か……何かないのか!? なんでもいいんだ！

この最悪な現状を変えられる何かがあれば……！

私にはこの国の王として、民を守り、導く義務がある……！

ここまできて……ここまでやってもらって！

国の復興は無理だなんて言えるわけがないっ！

第一、私はこの国の王として、諦《あきら》めるわけにはいかないのだ……！

国のトップである私が諦《あきら》めたら……この国の民は死んでしまう！

四方を砂漠で囲まれたこの国は、隣国へ行くのも一苦労だ。

十分な食料と水、それから優秀な護衛がいなければ、果てしなく続く砂漠を越えるのは難しい。

もしも、私が国の復興を諦《あきら》め、民たちに他国へ渡るよう言ったとしても、あの砂漠を越えられる者は全国民の半分にも満たないはずだ。

だから、絶対に諦《あきら》めるわけにはいかない。

国の復興を諦《あきら》めることは、民の命を見捨てることと同義だ。

ギュッとズボンを握り締めた私は、何かよい案がないかと思考を巡らせる。

そんな私の前で、宰相が重い口を開いた。

「……陛下、一つ提案があります」

「提案……？」

私が問うと、宰相は真剣な表情で頷いた。

「はい。実は今日の昼間にノーラ様の研究室《ラボ》を訪れたのですが、そこに……未完成のエネルギー変換装置がありました」

「エネルギー変換装置……？」

最近やけに予算申請の書類が多くくると思ったら、ノーラ嬢はそんなものを作っていたのか。

魔道具の研究や開発に興味を持っていたのは知っていたが、まさかそんな研究まで……

数年前、ノーラ嬢がアカデミーに在籍していた頃、王家が所有している研究室《ラボ》を一つ与え、研究に必要な予算を全額負担する代わりに、研究結果や開発した魔道具は国と共有する約束を取りつけていた。

本来ノーラ嬢が開発した魔道具や研究結果は、その家族であるオルティス夫妻の手に渡るのだが、ノーラ嬢は王家直属の研究員ということにしていたので、彼女の研究成果は全て私の手元にくる。

この契約を提案したのは、ノーラ嬢のほうだった。

なんでも、彼女の研究に必要な予算が自分では確保できないとのことで、私に頼み込んできたのだ。

当時の私は彼女の論文を読み、研究者としての才能を確信して、二つ返事でその契約を了承した。

今となってわかるのは、ノーラ嬢が予算を確保できなかった理由は、彼女が元オルティス伯爵に認められず、虐《しいた》げられており、金をかけてもらえなかったからだ。

彼女は家にいづらかったのか、暇があれば研究室に出入りしていたようだ。

思ったより最近の予算申請額は大きかったが、彼女はアカデミーを卒業したのちは国防の要《かなめ》である聖女になったため、容認してきた。

それがまさかこんな場面で話に出てくるとは……

宰相は手元にある書類を順番に机に並べ、暗かった表情に僅《わず》かな希望を滲《にじ》ませた。

「ノーラ様が開発していたエネルギー変換装置は、空気中の魔素《まそ》を魔力に変換するというものです。変換した魔力は保存が可能。そして、この装置本体に魔法陣を刻めば、その魔法の発動と維持が可能です。もちろん、その魔法陣を発動させる際は我々人間の力が必要ですが、魔法の維持に我々の力は必要ありません。要するに……水の生産や土質、聖結界の維持に活用可能ということです」

「!?」

私は最初は宰相の言いたいことがよくわからず、首を傾げていたが、彼の出した結論にカッと目を見開いた。

私は宰相が並べた研究資料を、慌《あわ》てて手に取る。

ど、どの辺だ!?　ノーラ嬢はどこまで完成させた!?　そのエネルギー変換装置を！

そのエネルギー変換装置さえあれば、一つどころか全ての問題が片付くぞ！

徹夜明けとは思えないほど頭が冴《さ》え渡《わた》った私は、手にした資料を片っ端から読《よ》み漁《あさ》る。

ふむ……なるほど……んっ？

「これは……もう、全ての工程をクリアしてるじゃないか！　何が『未完成』なんだ？」

資料を見る限り、魔素探知センサーも魔素吸収装置も、肝心のエネルギーの変換装置も、全てもう完成している。

なのに何故『未完成』なんだ……？

「陛下、八枚目の資料をご覧ください」

困惑する私に、宰相が言う。

私は首を傾げつつ、彼の指示に従った。

確か八枚目の資料はエネルギーの変換に関する、あらゆる数値が記録されていたはず……

数字がズラッと並んだそれを、さっきは無視して読み進めていたが、私は改めてそれをまじまじと見つめた。

そして、思わず声をあげる。

「!?　こ、これは……!?」

「お気づきになられましたか？　このエネルギー変換装置の効率の悪さに……」

宰相が放った言葉が、ストンと胸に落ちてくる。

エネルギー変換装置の効率……

そう——この装置は彼が言った通り、とてつもなく効率が悪かった。

一定の量の魔力を作るためには、その五倍の魔素を用意しなければならない。

これは生物の体内で行《おこな》われるエネルギー変換より、圧倒的に効率が悪い数字だ。

なるほど……だから、『未完成』なのか。

恐らくノーラ嬢は、この効率の悪さを改善してから、報告書を提出しようと思ったのだろう。

そうでなければ、彼女がこんなにすごい魔道具に関する報告を怠《おこた》るはずがない。

「それにしても五倍か……。さすがに水、土、聖結界の全てには活用できないな……」

魔素とは、空気中にある成分の一つで、生物はこれを取り込むことで魔力を体内で作ることができる。

そして取り込んだ魔素と同量の魔力を、体内で生み出すことができるとされている。

ただ、変換した魔力を体内に保有できる量は個体差があるため、たくさん魔力を持てる者とそうでない者がどうしても出てしまうという仕組みだ。

魔素は無限にあるわけではない。

魔素は酸素と同じく、生きていく上で必要な成分のため、過度に減らすわけにはいかない。

魔素の濃度が限界値を下回れば、体の弱いお年寄りや子供から体調を崩していく。

それでは全く意味がない。

私が唸《うな》っていると、宰相は頷く。

「私も陛下と同じ見解です。三つの問題全てにこれを活用することは不可能かと思われます。それに、このエネルギー変換装置が水の生産や土質、聖結界の維持に本当に使えるのかもわかりません。ノーラ嬢がこのエネルギー変換装置で試した魔法はどれも初級魔法で、中級以上の魔法は試していないようです」

「ふむ……この装置はまだ未知の部分が大きいか……。だが、利用する価値はある。今すぐ学者たちを集めて、このエネルギー変換装置の解析と実験を進めろ。変換効率の改善については後回しで構わない。とりあえず、このエネルギー変換装置が使えるのかどうか見極めるのだ」

「畏《かしこ》まりました。すぐに手配します」

宰相は私からの命令に「待ってました」とばかりに大きく頷くと、そのまま席を立った。それから優雅《ゆうが》に一礼して、退室する。

変換効率が悪いとはいえ、ノーラ嬢が作った装置だ。「使えない」ということはないだろう。

私は宰相がいなくなった室内で、改めて手元の資料を眺める。

そして、そこに記載された堅苦しい文章に、頬を緩めた。

ノーラ嬢は本当に真面目だな。

この手の書類はノーラ嬢自身しか見ないから、敬語でなくてもいいのだが……まあ、そこが彼女らしいともいえる……

「でも、そうか……エネルギー変換装置か……」

彼女はあの一件がなくても、いずれこの国を離れるつもりだったんだろうか……？

これを開発すれば、聖女も精霊も必要なく、国を守ることができる。

この研究はまるで……国を捨てる準備をしていたかのようだ。

自分がいなくなっても大丈夫なように代用品を置いていった。

……そんな感じがするのは何故だろうな……

単なる私の思い込みかもしれないが。

そもそも、この国を出たいと思わせるほど彼女が追いつめられていることに気づけなかったのは、私の失態でもある。

その後悔は消えない。

「ノーラ嬢、君は……どんな気持ちでこの研究をしていたんだい……？」

君がいなくなった今、その答えはわからないけれど、どうかこれだけは言わせてほしい。

――この国の未来のため、希望を作ってくれて、ありがとう。

第八章

シェイド様にドーナツを振る舞った、次の日のこと。

シルフたちが分けてくれたラズベリーでタルトを作った私は、いつものように紅茶の準備をしていた。

魔法で手際よくお茶を淹《い》れていたのだけれど……すぐ傍《そば》で瓜二《うりふた》つの顔をした男性二人が、こちらを凝視《ぎょうし》している。

毎日のようにお菓子を食べに来る精霊王様はさておき、どうして今日はシェイド様も一緒なのだろう……？

しかも、何故か私のことを凝視《ぎょうし》してくるし……

まだタルトを見るなら、わかる。

でも、なんで私なの……？

私は精霊王様のほんわかとした視線とシェイド様の猛烈な視線を一身に受け止める。

不思議だとしか言いようがないこの状況に対して、早々に思考を放棄《ほうき》した。

こういうのは深く考えても仕方ないわ。気楽に構えるのが一番。

私は、二人の視線に気づかないふりをする。

精霊国に来てから、だんだん神経が図太くなってきている気がするわ……

ティーポットでお茶をカップに注《そそ》ぎながら、銀髪と金髪の美青年を視界の端に追いやった。

そのとき、テーブルの上に座っている、ラズベリーを持ってきてくれたシルフたちが目に入る。

「シルフのみんな、ラズベリーを分けてくれてありがとう。タルトを作っている途中にちょっと味見したのだけれど、すごく美味《おい》しかったわ」

私がそう言うと、シルフたちは私の周りに集まってきて、それぞれ口を開く。

「なら、よかった」

「また持ってくる」

「とびきり甘いのプレゼントする」

「だから、またお菓子作って」

嬉しそうな彼らを見て、私は思わず笑みを零《こぼ》した。

「ふふっ。もちろんよ。でも、無理はしないでね？　あなたたちは私の大切な友人なんだから、プレゼントなんてなくても、いくらでもお菓子を振る舞うわ」

するとシルフたちは興奮した様子でパタパタと羽を動かした。

「友人……！」

「ノーラと友達！」

「嬉しい」

「絶対またラズベリー持ってくる」

普段は無表情を崩さない彼らが、嬉しそうに頬を緩めている。

ふふふっ。勝手に友人と言って怒られるかと思ったけれど、喜んでくれたみたいでよかったわ。

『お前なんて友達じゃない！』なんて言われたら、きっと私、泣いちゃっていたもの。

嬉しそうな彼らを眺めながら、私は淹《い》れたての紅茶をみんなに配った。

それから、テーブルの上にお菓子を並べる。

「タルトは一人一切れね。フルーツサンドはたくさんあるけれど、タルトは人数分しかないから。人の分は取っちゃダメよ」

「わかってるってー！　それより、早く食べよー！　僕、お腹ペコペコだよー！」

「ハヤク……タベタイ……」

堪《こら》えきれない様子のジンとベヒモスに、私は微笑んだ。

「ふふっ。わかったわ。たんと召し上がれ」

「わーい！」

二人に急《せ》かされるまま、私は彼らにお菓子を促《うなが》した。

すると、みんな一斉《いっせい》にフォークを手に持つ。

どうやら、先にタルトを食べるらしい。

早食い組のジンやシルフたちがタルトにフォークを突き刺す中、精霊王様とシェイド様はじっくりタルトを観察していた。

育った環境のせいなのか、この美形兄弟はいつも、まず見た目と匂いを楽しんでいる。

食べ方も綺麗で優雅《ゆうが》だし、きっと小さい頃にテーブルマナーや礼儀を叩き込まれたのね。

私は熱い視線が自分から外れたことに安堵《あんど》しながら、ティーカップを手に取った。

「そういえば、今日はシェイド様も一緒なんですね。お城のほうは大丈夫なんですか？」

質問するタイミングがなかなかなくて、聞きそびれていたけれど、なんでシェイド様がここにいるんだろう？

いいえ、別にいるのは構わないのだけれど、どうしてか気になって……

だって、精霊王様もシェイド様も城を離れたら、管理する人がいなくなってしまうでしょう？

私の疑問に、タルトから目を離したシェイド様が答える。

「あぁ、それは兄上を城へ連れ帰るためです。昨日仕事のことについて口論になったところ、兄上が『ノーラのところに毎日通ってもいいなら仕事するよ』とおっしゃったので……。兄上のことだから嘘をつくとは思えませんが、念のため私がついてきたんです」

「なるほど……って、えっ⁉」

私のもとへ毎日通うことを許す代わりに仕事をするですって⁉

別に、毎日来るのは構わない……というか、もはや習慣となりつつあるから気にしないけれど、そんな条件でいいんですか⁉

精霊王様って、仕事嫌いで有名なんですよね⁉

大嫌いな仕事を、たったそれだけの条件でするっていうのですか⁉

動揺する私とは対照的に、シェイド様は呑気《のんき》にタルトをフォークで細かく切り分けている。

昨日とは違い、今日のシェイド様はやけに落ち着いた様子だ。

「兄上も、ノーラさんのお菓子を気に入ったんだと思います。ノーラさんの作るお菓子はとても美味《おい》し……」

「『兄上も』ってことは、シェイド様もノーラのお菓子、気に入ってるんだー？　もしかして、タリア様についてきた理由って、ノーラのお菓子を食べるためだったりするー？」

ジンがシェイド様の言葉を遮《さえぎ》るように尋ねると、彼は明らかに目を泳がせる。

「えっ⁉　い、いや、まさか！　確かにノーラさんのお菓子は絶品ですが、私がそんな理由で城を離れるわけがないじゃないですか！　わ、私は兄上のお目付け役としてここに来たまでで……べ、別にノーラさんのお菓子を食べたいから来たわけじゃ……！」

「……ウソ……」

「い、いいいいいいい、いや！　嘘じゃありませんよ！　私が仕事に私情を挟むなんてありえませ……」

ベヒモスにじとっとした目で見られ、さらに動揺するシェイド様に、精霊王様が追いうちをかけるように口を開く。

「そういえば、昨日の夜中『またノーラさんのお菓子を食べるにはどうすればいいのか』って題目で作戦会議してたよね？　一人で」

「ええ⁉　兄上、見てたんですか⁉」

シェイド様の失言により、彼の嘘があっさり見破られる。

ジンは楽しげに声をあげた。

「はい、ダウトー！　シェイド様、嘘つきけってーい！」

「あああぁぁぁああ！　今のは違うんです！」

さっきまでの落ち着きが嘘のように、シェイド様は叫び続ける。

柘榴《ざくろ》の瞳を若干潤《うる》ませながら、「私は無実ですぅぅぅぅう！」と叫ぶシェイド様。

ジンたちは完全に彼で遊んでいた。

これはちょっと可哀想ね……

でも、シェイド様が私のお菓子をそこまで気に入ってくださっていたなんて……すごく嬉しいわ！

涙目で無実だと叫ぶシェイド様を横目で捉《とら》えつつ、クスクスと笑みを零《こぼ》す。

シェイド様が来たことによって、より一層賑《にぎ》やかになったお茶会は、とても楽しく感じた。

「あっ、そうだ。ノーラ、一週間後の予定、空《あ》けておいてね」

唐突に精霊王様に言われて、私は首を傾げる。

「一週間後、ですか……？　何かありましたっけ？」

「ん？　特に何もないよ？　ただ僕がノーラと出かけたいだけ……二人きりで」

『二人きりで』の部分を、うんと甘く囁《ささや》く精霊王様。

いつもの穏やかな笑みは、今にも蕩《とろ》けそうだ。

砂糖のように甘い雰囲気を放つ精霊王様は、柘榴《ざくろ》の目をうっとりと細めた。

そんな彼を見て、私の頬は急激に熱くなる。

ふ、二人きり……!?　精霊王様と私が……!?

そ、それってまるで……

「デートみたいだねー！」

「タリアサマ……セッキョクテキ……」

私の考えを読んだようにジンが言い、ベヒモスもそれを煽《あお》った。

すると、シェイド様は大声をあげる。

「あ、あああああ、兄上ぇぇええ！　そ、そういうことはもっと順番を……んぐっ!?」

「はいはい、シェイド様は黙っててねー。それより、なんで一週間後なのー？　明日にでも行けばいいじゃーん」

ジンは浮遊魔法でシェイド様の口にタルトを押し込み、彼を黙らせると、ニコニコと笑いながら精霊王様に質問を投げかける。

まだ二口程度しか食べていないタルトをそのまま口内に押し込まれたシェイド様は、目尻に涙を浮かべていた。

なんでしょう、ジンのシェイド様に対する態度……というか、扱いがすごく雑な気がするのだけれど……

人族と違って上下関係が緩いとはいえ、王の弟であるシェイド様にその態度は、さすがにどうなのだろうか……

そう思っている私をよそに、精霊王様はジンの問いに答える。

「あぁ、ノーラと二人きりで出かけるために、仕事を片付けなきゃいけないんだよ。予定を一日空《あ》けるためにいろいろやることがあるからね」

精霊王様の言葉に、ジンが目を見開く。

「へぇー。仕事嫌いなタリア様が、自ら仕事をねー。それもたった一日の予定を空《あ》けるためだけにー。いやぁ、タリア様も変わっ……」

「兄上ぇぇぇぇぇぇえ！　ついに仕事する気になったんですか⁉　というか、一週間じゃ終わりませんよ！　あんな量！　何ヶ月分溜まってると思ってるんですか！」

ジンを遮《さえぎ》って捲《まく》し立《た》てるシェイド様に、精霊王様は微笑んだ。

「大丈夫だよ。昨日ざっと目を通したけど、思ったより溜まってなかったし。一週間もあれば終わるよ」

シェイド様が『何ヶ月分』と表現した仕事を、たった一週間で片付ける気なんですか……？

私とのデート……じゃなくて！　私と出かけるためにそこまで……

自分のためにそこまでしてくれる精霊王様の気持ちに、じわりと胸が熱くなる。

どうしてそこまでして、私と出かけたいのかわからないけれど……一週間後の予定は空《あ》けておきましょう。

といっても、交友関係の狭い私に、予定なんてそうそう入らないけれど。

私は胸にじわじわと広がる温かさに頬を緩めながら、銀髪赤眼の美青年へチラリと視線を送る。

すると、あちらも私を見ていたようで、バッチリ目が合ってしまった。

深い赤を宿した瞳と、視線が交《まじ》わる。

「ノーラ、デート楽しみにしててね」

クスリと柔らかい笑みを零《こぼ》した銀髪美人は、賑《にぎ》やかな空間の中で、私にそう囁《ささや》いた。

それからあっという間に一週間が過ぎ、精霊王様とお出かけする日になった。

大丈夫かしら……？　溜まった仕事を一週間で片付けると言っていた割には、普通に我が家のティータイムに来ていたけれど……しかも、シェイド様も一緒に。

きちんと、溜まった仕事を終えることができたのかしら。

私はドレッサーの前で髪を整えながら、一抹《いちまつ》の不安を覚える。

けれど、まあ、精霊王様なら大丈夫よね。

私はその不安を頭の片隅へ追いやった。

それにしても、ドレスなんて久々に着たわね。最近はずっとワンピースばかり着ていたから……

ここはプネブマ王国と違って、頻繁《ひんぱん》に舞踏会やら茶会やらを開かないから、ドレスを着る機会が滅多《めった》にない。

そもそも、外出する機会も少ないので、ドレスとは疎遠《そえん》になっていた。

今日、私が着ているのは、胸元が開いた青のドレス。

ドレスの裾《すそ》にかけて紺から水色へのグラデーションが、とても綺麗だ。

私は黒に近い茶髪をハーフアップにしたあと、ドレスの上に白のケープを羽織る。

首元の留め具が赤い薔薇《ばら》になっているそれは、精霊王様からの贈り物だ。

昨日、いつものようにみんなでゆっくりティータイムを楽しんでいるときに、この青のドレスと白のケープを渡してくれた。

これらの服は特殊《とくしゅ》な素材でできていて、防御魔法が付与されているらしく、この世に一つしかない特注品だと聞かされた。

そんな貴重なものを私が着ていいのかわからないけれど……精霊王様からのせっかくの贈り物ですもの。着ないわけにはいかないわ。

私は鏡の前でくるりと一回転し、ふわりと舞うドレスの裾《すそ》に頬を緩める。

蝶《ちょう》の羽のようにひらひらと舞う様《さま》は大変可愛らしく、乙女心をくすぐられた。

こんなに可愛らしいドレスを着たのは、何年ぶりかしら？

祖国にいた頃は購入したドレスの大半をルーシーに奪われていたから、地味で暗い色のドレスしか着られなかったのよね。

もしも、この場にルーシーがいたなら、このドレスもケープも真っ先に奪われていたでしょうね。

それくらい、この服は素晴らしい。

本当に……私にはもったいないくらいの代物《しろもの》だわ。

私はドレスの膨らみ部分を軽く撫で、その滑《なめ》らかな手触りに感激する。鏡に映る私の顔はだらしなく緩みきっていた。

わ、私ってこんなに酷《ひど》い顔をしていたかしら……⁉

精霊王様が迎えに来る前に、表情を引き締めないと……！

こんなだらしない顔、見せられないわ！

約束した時間までもう十分もないし、急がないと！

顔を引き締めるように自分の両頬に手を添え、ムニムニとほっぺたを揉《も》んだ。

「——ノーラ！　タリア様、もう来てるよー！　準備終わったー？」

ほっぺたをムニムニしたり、引っ張ったりしていた私だったけれど、扉越しにジンに声をかけられ、慌《あわ》てて手を離す。

えっ⁉　もう⁉

精霊王様は時間にルーズだと聞いたから、約束の時間より早く来ることはないだろうと思っていたのに……！

シェイド様の話は嘘だったのかしら⁉

いえ、それよりも、早く支度《したく》を済ませないと！

精霊王様をお待たせするのは気が引けるもの！

私は扉の向こうにいるだろうジンに「わかったわ」と返事をし、ドレッサーの上にある化粧道具を手に取った。

精霊国にある化粧道具って、とっても可愛いわね。

いえ、祖国で私が持っていた化粧道具が地味だっただけかしら？

化粧道具はお洒落《しゃれ》好きなルーシーに特に狙われていたから、私は必要最低限のものしか持っていなかった。

口紅なんて、赤の一本しか持ってなかったし……

それに、貴族の人間は余程の拘《こだわ》りでもなければ、自分で化粧をすることはほとんどない。

いつも化粧を担当するメイドがいて、その人たちにやってもらっている。

……のだけれど、私の化粧を担当していたメイドがルーシーのことを妄信的に崇《あが》めていて……

ルーシーを女神か何かと勘違いしてるんじゃないかというくらい、彼女に懐《なつ》いていた。

それで、本当はルーシーの担当になりたかったという態度を顕著《けんちょ》にあらわされ……よく睨《にら》まれたものだわ。

仕事をきちんとこなしてくれただけありがたいけれど、それだって必要最低限。

ルーシーのせいで元々化粧道具が少ないこともあって、私の化粧は十分もかからずに終わっていた。

まあ、メイドに睨《にら》まれながら化粧されるわけだから、時間が短いのはある意味ありがたかったけれど……

祖国での苦い思い出を呼び起こしながら、私はドレッサーの上に綺麗に並べられた化粧道具を眺めた。

口紅だけでも二十種類以上ある……

他の化粧品も種類が豊富だし、嬉しいわ。

……って、感心してる場合じゃないわ！　早く化粧を終わらせないと！

本来の目的を思い出し、私は手にした化粧道具の蓋《ふた》を慌《あわ》てて開けた。

私は生まれてこの方、自分で化粧したことなど一度もない。

暗闇の中を手探りで進むのと等しい状態で、自らに化粧を施《ほどこ》した。

出来上がった自分の顔を、恐る恐る鏡で確認する。

「あ、あれ？　意外と……よくできている、かも……？」

鏡に映る自分の顔は別人のよう……とまではいかないものの、それなりに整って見える。

少なくとも、化粧する前よりはよくなった。

化粧道具がよかったのかしら？

それとも、一応知識として化粧の仕方を覚えておいたおかげ？

まあ、なんにせよ悲惨《ひさん》なことにならなくてよかったわ。

化粧のおかげで普段より明るく見える自分の顔は、少しだけルーシーに似ていた。

これなら、精霊王様の隣を歩いても失礼にならないわね！

あのものすごい美形と並んで歩くんですもの！

私も少しは可愛くならなくちゃ！

私は綺麗になった自分に口元を緩めつつ、そっと鏡に触《ふ》れた。

「……ルーシーの気持ちが、今は少しだけ理解できるわ。お洒落《しゃれ》って……綺麗になるのって、こんなに楽しいことだったのね」

研究ばかりに夢中になって、祖国にいた頃はおろそかにしていた、レディの嗜《たしな》み。

どの貴族の令嬢も、お洒落《しゃれ》には随分《ずいぶん》とお金をかけていた。

当時の私は、醜《みにく》いと罵《ののし》られる容姿のことは考えず、お洒落《しゃれ》なんてくだらないと思っていたわ。

でも、今こうして自分の意思でお洒落《しゃれ》をしてみて、やっとわかった。

お洒落《しゃれ》という魔法がどれだけ、女性を虜《とりこ》にするのか。

「こんなに綺麗になれるなら……もっと早くすればよかったわ」

化粧で華やかな印象になった自分にそう語りかけ、私はそっとドレッサーから離れた。ふわっとドレスの裾《すそ》が控えめに揺れる。

ルーシーも、本当は何もせずに可愛らしかったのではなく、お洒落《しゃれ》して努力して、可愛らしさを保っていたのかもしれない。

私も、ルーシーと違って自分は醜《みにく》いからと学問や研究だけに逃げずに、見た目にも気を遣っていれば……あんな風に奪われてばかりではなかったのかしら。

そう思うものの、今さらだと割り切って、化粧道具をドレッサーの上に戻した。

さて――行きましょうか。これ以上、精霊王様を待たせるわけにはいかないわ。

綺麗になった自分の姿にほんの少しだけ自信を持つことができた私は、緩む頬を押さえて部屋を出た。

ドクドクと脈打つ心臓を必死に宥《なだ》めながら、短い廊下を進む。

屋敷と呼ぶには小さいこの別荘は、奥の部屋からリビングまで十メートルも距離がない。

い、今さらだけどすごく緊張してきたわ……！

この化粧を見たみんなの反応も気になるけれど、今一番気にすべきなのは、やはり……精霊王様とのお出かけ、そのもの。

今まで精霊王様と二人きりでお出かけなんてしたことがないから、不安で……ちゃんと会話できるかとか、精霊王様を楽しませることができるかとか……とにかく、いろいろなことが気になる。

一緒に出かけようと誘ってきたのは精霊王様だし、私は気楽に構えていればいいのだろうけれど……相手が精霊王様だと思うと、どうもね……

私は胸に渦巻《うずま》く不安と緊張に苦笑を浮かべながら、リビングへ足を踏み入れた。

カツンと鳴るヒールの音が、やけに大きく聞こえる。

そこには――珍しく着飾った精霊王様の姿があった。

普段のゆったりとしたローブ姿ではない、キチッとした正装姿の精霊王様。

窓から入り込んだそよ風が、銀髪美人の白いマントを揺らす。

彼の服装には、私が着ているドレスやケープと同じ色が使われていた。

淡い青の上着に、黒に近い紺色の脚衣、そして金のラインが入った純白のマント。

青と白という爽《さわ》やかな組み合わせでありながら、品のよさを感じさせるデザイン。

上着の袖口や裾《すそ》には繊細《せんさい》で美しい刺繍《ししゅう》が施《ほどこ》されていた。

とても綺麗な服ね……

でも、一番すごいのは――それを完璧《かんぺき》に着こなす精霊王様の、ルックスのよさ。

普通の人なら、その美しい服に負けてしまいそうなものだけれど、精霊王様にはとてもよく似合っている。

むしろ、服が精霊王様を引き立てるためにあるように思える。

私が感心しながら眺めていると、こちらに気づいた銀髪美人が、深紅《しんく》の目を大きく見開いた。

彼は言葉を失ったように、ただ静かにこちらを見つめている。

その表情は今まで見てきた中で、一番間の抜けたものだった。

あ、あら……？　もしかして、変だったかしら!?　結構うまくいったと思ったのだけれど……

私を凝視《ぎょうし》した状態で固まる精霊王様に不安を覚える中、ジンとベヒモスが興奮したように私のもとへ近寄ってきた。

「ノーラ、すごく可愛いー！　その服もすっごく似合ってるー！」

「カワイイ……キレイ……」

「わかるわかるー！　なんか、今のノーラは可愛さと綺麗さを兼ね備えた、品のいい女性って感じなんだよねー！　いつもより、華やかっていうか……！　明るい感じ？」

「オトナノ……ジョセイ……」

私は今まで外見について褒《ほ》められた経験がなかったので、二人の褒《ほ》め言葉にだらしなく頬を緩める。

「そ、そうかしら……？　ありがとう」

可愛い、ね……

その言葉は、ルーシーのためにあるものだと思っていた。

私みたいな醜《みにく》い女には一生向けられない言葉だと思っていたの……

だから、素直に嬉しい。

二人が私を可愛いと言って褒《ほ》めてくれて……こんな私でも誰かに可愛いと思ってもらえるんだと、自信がついたわ。

笑みを堪《こら》えきれない私を、ベヒモスとジンはさらに褒《ほ》め続《つづ》ける。

「ノーラ……キレイ……ステキ……」

「ねー！　普段のノーラも清楚《せいそ》な感じでいいけど、華やかなノーラも好きだなー！

……っていうか、タリア様もなんか言えばー？　いつまで見惚《みと》れてるわけー？」

ジンはいつまで経っても正気に戻らない精霊王様に痺《しび》れを切らして、話しかける。

銀髪赤眼の美青年は、ジンに名前を呼ばれたことで、ハッと意識を取り戻した。

放心状態から帰ってきた精霊王様は、急いで表情を取《と》り繕《つくろ》う。

「ご、ごめんね？　ノーラ」

「あ、いえ！　気にしないでください！」

私が慌《あわ》てて首を横に振ると、精霊王様は真剣な面持ちでこちらを見つめる。

「いや、気にするよ。だって……君に見惚《みと》れていたせいで、君に一番に『可愛い』と言うことができなかったんだから」

「っ……！」

悔《くや》しそうに口をへの字に曲げる精霊王様は、甘さを含んだ声色《こわいろ》でそう私に囁《ささや》いた。

その甘い囁《ささや》きはやけに耳に残る。

私は熱くなった顔を隠すように、両頬に手を添えた。

そ、その言い方だと、まるで精霊王様が私のことを可愛いって思ってるように聞こえるわ……！

私の考えすぎかしら……!?　で、でも！　一番に私に可愛いって言いたかったって……！

内心で大混乱に陥《おちい》っている私をよそに、精霊王様は言葉を続ける。

「ジンとベヒモスに先を越されてしまったことが、悔《くや》しくてしょうがないよ。これは一生の不覚だね。それに、ノーラの前で間抜け面晒《づらさら》しちゃったし……」

精霊王様が肩を落とすと、ジンはからかうようにニヤニヤと笑う。

「タリア様のあの間抜け面《づら》は最高だったねー！　絵に描いて飾っておきたいくらい、間抜けな顔してたよー！」

「タリアサマ……カッコワルイ……」

ベヒモスもジンに同意したところで、精霊王様はじとっとした目で二人を見る。

「君たちは、僕のこといじめるの、大好きだね……」

「うんっ！」

「ウン……」

「憎《にく》たらしいほどいいお返事じゃないか。そこは嘘でも否定するところだよ。まあ、素直なのは嫌いじゃないけどね」

同時に頷いた二人に、精霊王様は怒《いか》りを通り越して呆《あき》れている様子だけれど、その目はやはり優しい。

精霊王様は夕凪《ゆうなぎ》のようにどこまでも穏やかな笑みを浮かべる。

それから、ギャーギャーと騒ぐジンとベヒモスを一瞥《いちべつ》し、その穏やかな赤い瞳に私を映し出した。

吸い込まれそうなほど、綺麗な瞳……

「ノーラ、ジンたちに先を越されてしまったけど、言わせてほしい。ノーラ、今の君は本当に……可愛いよ。もちろん、着飾っていない君も十分可愛いけどね」

「っ……！　ぁ、ありがとうございます……！」

銀髪赤眼の美青年は、熱を孕《はら》んだ甘い瞳で私を見つめる。

口元には緩やかな笑みがたたえられていた。

どこまでも甘く、魅惑的な笑みが私に向けられている。

面と向かって、可愛いと言われるのは、気恥ずかしい……というか、照れてしまうわ！

羞恥心《しゅうちしん》でいっぱいになり、体温が上がっていく。

私の頬は溶けてしまいそうなほどの熱を持っていた。

そんな私を見て、精霊王様は小さく笑い声をあげる。

「ふふふっ。林檎《りんご》みたいに真《ま》っ赤《か》だね。すごく可愛いよ。だから……もう行こうか？　こんな可愛い君を一人占めしたいんだ」

「っ～……！」

顔を熱くする私に精霊王様はさらに笑みを深めると、私のすぐ傍《そば》まで歩み寄ってきた。

そして、自然な動作で私に手を差し伸べる。

白くて大きな手が、すぐ目の前にあった。

そ、そうだわ！　これから、精霊王様と出かけるのよ……！

外見を褒《ほ》められたことに満足して、すっかり忘れていたわ！

私は慌《あわ》てて頬から手を離すと、躊躇《ためら》いながらもその大きな手を取る。

自分の手より遥かに大きいそれは、私の手をすっぽり包み込んだ。

私は速くなる鼓動に緊張しつつ、そっと彼の手を握り返す。

すると、僅《わず》かに目を見開いた精霊王様は、本当に嬉しそうに……心底幸せそうに微笑んだ。

「ジン、べヒモス。ノーラは借りていくよ」

「い、行ってくるわね！　ジン、べヒモス！」

「はいはーい！　行ってらっしゃーい！　楽しんできてねー！」

「イッテラッシャイ……キヲツケテネ……」

私はジンとべヒモスの見送りの言葉に小さく頷く。

それを見た精霊王様は、毎度お馴染みの転移魔法を展開させた。

白に近い銀色に光る魔法陣が、精霊王様の足元を中心にじわじわと広がっていく。

精霊王様は、私をどこに連れていってくれるのだろう？

精霊王様のことだから、きっと素敵な場所よね！　楽しみだわ！

ワクワクが止まらない私を連れていくために、銀色に輝く魔法陣は発動された。

眩《まばゆ》い光が、私と精霊王様を包み込む。

反射的に目を瞑《つぶ》った私は、繋《つな》いだ手をギュッと握り締めた。

瞼《まぶた》越しに感じていた眩《まばゆ》さが消え、代わりに柔らかい光を感じた。

先程までジンとベヒモスの声しか聞こえなかった耳に、人々の話し声や様々な物音が響く。喧騒《けんそう》にも似たそれに私は内心動揺しながら、恐る恐る目を開けた。

……もしかして、ここって……

「――精霊国一の大都市。城下町へようこそ、ノーラ」

銀髪赤眼の美青年は横から私の顔を覗《のぞ》き込《こ》むと、どこか嬉しそうに笑う。

喜ぶべきは城下町に連れてきてもらった私のほうなのに、精霊王様のほうが嬉しそうだった。

ここが精霊国一の大都市である城下町……！

街並みや売っている商品は人族の街とあまり変わらないけれど、行《ゆ》き交《か》う人々が全然違う。

手のひらサイズの小人や動物の姿をした精霊たちが、城下町を賑《にぎ》わしている。

街の住人以外で祖国と違うところといえば、魔道具を市場で取り引きしていることかしら？

人族の間でも魔道具を取り引きすることはあるけれど、それは貴族や王族といった特権階級の者だけ。

生活を多少便利にする程度の魔道具でも、一般人の間に流通することはない。

理由として挙げられるのは、二つ。

まず、魔道具の値段が、目玉が飛び出るほど高いこと。

次に、魔道具の数が極端に少ないことだ。

プネブマ王国に限らず、人間の国は精霊国と違い、魔道具技術がそこまで発展していないため、魔道具の量産や開発がとてつもなく難しい。

だから、魔道具は市場に流通していないのだ。

そういえば、祖国に未完成の魔道具とその資料を、いくつか置いてきていたわね。

あの未完成のまま放置してしまった魔道具は、今頃どうなってるかしら？

どれもかなりいい線までいったから、できれば研究を引き継いでほしいのだけれど……エネルギー変換装置は、特に。

あの装置は、効率の悪ささえ改善すれば使えるから、ゴミ箱行きにはしてほしくないわ。

開発途中の魔道具について思いを馳《は》せる私に、銀髪の美青年はコテンと首を傾げた。

「ノーラ、黙り込んでどうしたんだい？　もしかして、人混みは苦手？」

「えっ？　あっ！　いえ……！　全然大丈夫です！　ただ考えごとをしていただけですから！」

「考えごと……？」

「はい！　魔道具が市場で取り引きされているのが珍しくて……魔道具技術があまり進んでいない人間の国ではなかったことなので。それでついつい考えごとを……」

精霊王様は、合点《がてん》がいったと頷いた。

「あぁ、なるほど。魔道具か……。僕ら精霊は人族より歴史が長い上、争いごとがほとんどなかったからね。その分時間があったから、人族より魔道具技術が発展したんだと思うよ」

なるほど……歴史の長さと争いごとに割《さ》く時間の長さですか。

確かに、人族が治める国は、何度も戦争を繰り返している。

内乱を合わせれば、戦争の数はさらに跳ね上がるでしょう。

今も各国で戦争が起きているし……

まあ、プネブマ王国は四方を砂漠で囲まれているので、他国と戦争したことはあまりないけれど……

戦争をすることになると、必ずどちらかがあの灼熱《しゃくねつ》の砂漠を越えなければならない。燃えるような暑さと定期的に起きる砂嵐《すなあらし》の中を鎧《よろい》を着た状態で進むのは、想像するだけで地獄だ。

転移魔法が得意な大魔法使いでもいれば話は別だけれど、転移魔法は相当大きな魔力を持てる者しか使えない。

軍隊を敵国まで送れるほどの力を持った空間魔法使いなど、そうそういないということ。

だから祖国は他の人族の国に比べると、比較的平和になるのよね……

祖国と周辺国の戦争について思考を巡らせていると、不意に手を引かれた。

繋《つな》がれたままの手がギュッと強く握られる。

「――ノーラ、考えごともいいけど、今は僕との『デート』を楽しんでくれないかい？僕はあまり放置されるのが好きじゃないんだ。だから、僕との『デート』に集中して？ねっ……？」

そう言って首を傾げる銀髪美人は、少し拗《す》ねたように口先を尖《とが》らせる。

わ、私ったらまた考えごとを……！

精霊王様がせっかく城下町まで連れてきてくださったのに、私はなんてことを……！

すぐに考えごとをしてしまう癖、直さなきゃ！

私は不満を露《あら》わにする精霊王様に向き直り、眉尻を下げる。

「本当に申し訳ありません、精霊王様。以後気をつけます」

「ん。なら、いいよ」

素直に謝ると、銀髪の美青年はすぐに頷く。

私の謝罪を受け入れた精霊王様は、尖《とが》らせた口先を元に戻した。

ゆ、許してもらえたのね……

精霊王様がお優しい方で、本当によかった。

ホッと息を吐き出し、安堵《あんど》する私に、精霊王様はゆるりと口角を上げる。

「じゃあ、ノーラ。城下町を見て回ろうか。まずはそうだね……君が真っ先に興味を持った魔道具でも見に行くかい？」

そう言って、銀髪の美青年は私の手を引き、街中へ足を進める。

そうなると、必然的に私も街中へ入ることになるわけで……

心の準備もできぬまま、私は精霊国一の大都市へ足を踏み入れることになった。

わっ⁉　ちょっと待ってください！　精霊王様！

内心焦《あせ》る私を置いて、精霊王様は躊躇《ためら》うことなく魔道具の専門店へと入る。

お店の中には、大量の魔道具がびっしり並べられていた。

大小様々な魔道具が棚《たな》に並んでいるが、その中に一つとして、戦闘用の魔道具はない。

どれも生活に役立ちそうな魔道具ばかりだ。

例えば、中に水を入れるだけで自動的にお湯を沸《わ》かしてくれる湯沸《ゆわ》かし器とか、スイッチを入れるだけで部屋をお掃除してくれる洗浄機とか……

中には子供の遊び道具になりそうな人形《にんぎょう》型の魔道具なんかもある。

なんだか……本当に平和ね。

私が今まで見てきた魔道具って、武器の働きをするものが多かったから……

まあ、私が作った魔道具も使いようによっては武器にもなるけれど……

まだ開発途中だったエネルギー変換装置は、特にそう。

あれを使えば、自分の魔力を使わずに攻撃魔法を仕掛けたり、天候や重力を操る魔法を固定して、自分たちに有利な状況を作り出すこともできる。

もちろん、魔素の限界値を超えるまでは、だけれど……

でも、その点さえ除けば、あれは最強の兵器だ。

自分で作っておいてなんだけれど、結構規格外ね……

開発中の当時は、私が死去したあと、結界を維持する役割を担《にな》ってくれたらいいなと思っていただけなのだけれど……

今までの聖女は私より力が弱かったというから、次の聖女もそうだった場合、補助ができればと……

店内にある魔道具を眺めながらまた思考に耽《ふけ》っていると、隣に立つ美青年が上機嫌《きげん》に話しかけてくる。

「ふふっ。本当に魔道具が好きなんだね。今度、城内に保管されている魔道具も見せてあげようか？　歴代精霊王たちが手掛けた、斬新《ざんしん》で面白い魔道具がたくさんあるよ」

「えっ⁉　いいんですか⁉」

「もちろんだよ。ノーラが望むなら、魔道具くらいいくらでも見せてあげる。見て減るものでもないしね」

城内に保管されている魔道具……！

この前、見せてもらった白い紙のような魔道具の他にもあったのね！　きっとすごいものに違いないわ！

「わあっ！　ありがとうございます！　是非今度見せてください！」

キャッキャとはしゃぐ私に、精霊王様は僅《わず》かに目を細める。

宝石のように美しい柘榴《ざくろ》の瞳は穏やかに笑っていた。

そして、彼はポツリと呟《つぶや》く。

「……喜んでもらえて嬉しいけど、なんか妬《や》けちゃうなぁ……」

それはとても小さな声で、私は首を傾げる。

「精霊王様、今、何か言いましたか？」

「ううん、なんでもないよ。気にしないで？　それより、気に入るものはあったかい？

初デートの記念に買ってあげるよ？」

「は、初デー……!?」

私は頬を熱くして、俯《うつむ》いてしまう。

は、初デート記念って……！

そ、そそそそそ、それってなんだか恋人同士みたいではないですか！

そもそも、これはただのお出かけであってデートでは……！

いえ、でも……交際していない男女でも、二人で出かけたらデートだと呼ぶ人もいる……

ということは、これは本当にデートなの!?

わ、わわわわわわ、私なんかが、精霊王様とデート!?

私の頭は、もはやパンク寸前。

もうそろそろ、熱を出して倒れてしまいそう……

そんな私の脳内状況を知ってか知らずか、精霊王様が私の手を引いて、店を出る。

「欲しい魔道具については、またあとで聞くよ。今はゆっくり街を回ろう」

「は、はひ……！」

「ふふふっ。可愛いお返事だね」

精霊王様は私のおかしな返事に怒るでも呆《あき》れるでもなく、ただ笑う。

愉快《ゆかい》そうにクスクス笑う銀髪の美青年は、星のようにキラキラ輝いて見えた。

◇◆◇◆

ノーラ嬢が残してくれた我が国の希望——エネルギー変換装置を発見してから、約一週間が過ぎた頃。

「陛下、大変です！　西南方面から、魔物の軍勢が……！」

私——プネブマ王国の国王が今日も今日とて仕事に勤《いそ》しんでいると、突然執務室の扉が開けられた。

ノックもなしに乱暴に扉を開けたのは、我が右腕である宰相だ。

普段は礼儀やマナーにうるさい宰相がこんなに取り乱すことなど、まずない。

彼の慌《あわ》てようから、事態の深刻さが見て取れた。

西南方面から魔物の軍勢……？　一体どういうことだ？

「ご報告申し上げます！　西南方面から魔物の軍勢が我が国に向かって進行中！　数はおよそ五千体。地形や魔物の位置から考えるに、魔《ま》の森《もり》から来た魔物かと思われます。現在偵察隊を向かわせ、連絡を取っていますが、方向転換する様子は一切ないそうです。このまま行けば、魔物の軍勢が我が国に押し寄せることになるかと……」

状況がいまいち呑み込めず困惑する私に、宰相は矢継《やつ》ぎ早《ばや》に事の説明をした。

必死な彼の目は、若干血走っている。

私も、唖然とすることしかできない。

「……国の守護が不安定なこのタイミングで来るか……。いや、不安定だからこそ来たのか……？」

宰相は酷《ひど》く狼狽《うろた》えた顔で、首を縦に振る。

「魔物の生態は未だ不明ですが、国防の要《かなめ》である聖結界の揺らぎを感じて、今なら我が国に攻め入れると判断したのかもしれません……人間の肉は、魔物の大好物ですから……」

「なるほどな……」

宰相の説明と見解を聞き終えた私は「はぁ……」と深い溜め息を零《こぼ》す。

それにつられるように目の前の男も珍しく溜め息をついた。

四方を砂漠で囲まれたこの国を越えてすぐに、自然豊かな森がある。

一面緑に染まった草むら、美味《おい》しい実がなる木々、絶対に枯れない湖。

その森はこの砂漠に囲まれた国からすれば、まさに天国《オアシス》——と言いたいところだが、それは違う。

そこには、凶暴な魔物たちが住み着いているからだ。

それも、肉食の魔物が……

敵国に攻め入られる可能性がほとんどない我が国が聖結界を常時発動する理由は、その魔の森の魔物たちだ。

どうやら、魔物にとって我々人間の肉はとても美味《おい》しく感じるようで、聖女や聖結界がまだなかった時代は、魔物の被害が酷《ひど》かったらしい。

魔物の手によって殺された人間は少なくなかった。

そんな中、現れたのが——初代聖女だった。

彼女は美しく聡明《そうめい》で、優しい女性だったという。

心優しい初代聖女は魔物による被害で苦しむ人たちを見ていられず、研究に研究を重ねて聖結界を作り上げたらしい。

聖結界と普通の結界の違いは一つ。

魔を浄化できるか否《いな》か。

防御だけでなく、相手によっては攻撃もできる結界だ。

聖魔法の浄化と結界魔法の防御をうまく組み合わせた魔法といえた。

その聖結界を国全体に展開してからは魔物の被害が格段に減り……いや、なくなり、辺境に住む者たちをはじめとした多くの人々が安心して暮らせるようになったのだ。

そして、初代聖女は当時の国王と民たちに深く感謝され、『聖女』という地位を与えられた。

これが聖女誕生伝説の大まかな流れである。

それから、我が国では聖属性に優《すぐ》れた女性を聖女とし、国の守護を任せてきた……のだが、今の聖結界は非常に脆《もろ》い。

教会側の協力者が踏ん張ってくれているため、さすがに魔物の一体や二体ではビクともしないが、それが五千ともなれば話は違ってくる。

魔物の侵入を防ぎ、浄化するのにも魔力がいる。

ノーラ嬢は何食わぬ顔で魔物の侵入を防ぎ、浄化してきたが、それは誰にでもできることではなかった。

五千体もの魔物の軍勢が国に押し寄せれば、確実に今の聖結界は破壊される。

結界の維持だけでもかなり魔力を消費するのに、そこに五千体もの魔物の侵入防止と浄化なんて……

とてもではないが、無理だ。不可能に近い。

汚水の浄化にあたっているメンバー全員を、聖結界のほうに回すか？

いや、いっそ国内にいる聖魔法使いを全員聖結界の維持に……

だが、それでも足りるかどうか……

民たちが万全の状態ならまだしも、恐らく皆、連日の重労働で相当疲れが溜まっているはず……

そんな状態で、魔物の軍勢を相手にできるのか……？

「っ……！　くそっ……！　こんなとき、ノーラ嬢がいてくれれば……！　いや、エネルギー変換装置の研究と実験が進んでいれば……！」

私が思わず拳《こぶし》を握り締めると、モノクルを装着した宰相は、エネルギー変換装置の研究にあたっている学者たちから上がった報告書を読み始めた。

その表情は険《けわ》しい。

「エネルギー変換装置はまだ実用段階に到達していません。謎な部分も多いですし……。魔素の濃度を気にしながら実験を重ねているので、実用まではまだ時間がかかりそうです」

宰相の言う通り、エネルギー変換装置は実用段階に到達していない。

聖結界の魔力供給源として利用するわけにはいかなかった。

聖結界の維持や侵入防止、浄化で消費される具体的な魔力量もわからないため、エネルギー変換装置の利用に踏み切ることができない。

そもそも、聖結界とエネルギー変換装置をリンクさせることができるのかも怪しかった。

天才聖女であるノーラ嬢には頼れない。エネルギー変換装置も使えない。

国内にいる聖魔法使い全員を聖結界の維持に投入しても、魔物の軍勢を退《しりぞ》けられる保証はない。

まだ魔物の軍勢が我が国に攻め入る確証は得られていないが、可能性は否定できない。

今のうちに何かしら手を打つべきなんだろうが……

「……正直打つ手がないな。それこそ、腹を括《くく》って戦うくらいしか……」

――五千体の魔物を相手に？　疲れ果てた民や騎士の力で？

……無理だな……

魔物の種類や強さにもよるが、魔の森に生息する魔物は暑さに耐性を持っている上、それなりに強い種類ばかりだ。

それを五千体なんて……普通に考えて不可能である。

他国へ助けを求めるか……？　いや、それも不可能だ。今からじゃ、とても間に合わない……

我が国から一番近い位置にある人族の国セレスティア王国に行くのだって、何日もかかるんだぞ……？

その間、五千体もの魔物の軍勢を相手に持《も》ち堪《こた》えることができるのか……？

いや、できない。できるわけがない！

そうなると、やはり戦うしか……それとも、危険を承知で民を逃がすか……？　助かる可能性はかなり低いが、それでも魔物と戦うよりはマシなはずだ。

難民の受け入れを求める文書を民の何人かに持たせて、他国へ行くよう言えば……

魔物の足止め役として、私が残り、国の最期《さいご》を見届けるのも悪くないかもしれんな。

王は国とともにある存在。

国が滅ぶというのなら、王たる私も滅びるのが道理。

結局、私は最初から最後まで何もできなかった無力な存在だが、民のために一人で魔物に立ち向かうのも一興……

私はフッと自嘲《じちょう》にも似た笑みを零《こぼ》すと、突っ立ったまま動かない宰相に目を向けた。

「宰相、私は……」

「陛下！　諦《あきら》めるのはまだ早いです！　あなたは毎日のように私に言っていたでしょう⁉　自分が国の復興を諦《あきら》めるわけにはいかないと！　民を守り、国を再び栄えさせるのが自分の役目だと！　なのに何故諦《あきら》めようとしているんです⁉　民は……あなたが従える全国民はっ！　まだ国の復興を諦《あきら》めていないというのに……！」

「⁉」

目を見開く私に、宰相は言い《い》募《つの》る。

「よく考えてみてください！　何故、民が毎日文句も言わずに働くのか……何故、反乱が起きないのか……何故、逃亡者がこんなにも少ないのか……何故誰も、無力だったあなたを恨《うら》まないのか……！　民はノーラ様に何もしてあげられなかったあなたを恨《うら》まなかった……これが明確な答えでしょう？」

珍しく、怒《いか》りを露《あら》わにする我が右腕は、声を荒らげつつも、サッとその場で膝を折った。

「我らが王よ、我々にただ一言《ひとこと》『戦え』とお命じください。今はそれだけで十分です」

跪《ひざまず》いた状態で頭《こうべ》を垂れる宰相は、私にそう要求した。

……戦えと命じろ、か……

本当に、貴様は愚《おろ》かだな……

だが――その言葉に心揺らいだ私は、もっと愚《おろ》かだ。

「策はあるのか？　勝算のない戦いなんぞに、民を巻き込む気はないぞ」

「はい、わかっています」

意志の強い瞳で見てくる宰相に、私は頷いた。

「ならば、その策を申してみよ」

「はっ！　では、僭越《せんえつ》ながら、私が考えた策をご説明させていただきます。――まず、大罪人ルーシーをはじめとした死刑囚を国境の壁の外に並べ、攻め込んできた魔物たちの『餌《えさ》』になってもらいます。きっと魔物たちはここに来るまで何も食べていないと思うので、何も考えずに食いつくでしょう。そこを外壁の上から弓矢や魔法で攻撃するのです。もちろん、これで魔物が全滅するとは思っていませんが、普通に戦うより、国に侵入する魔物の頭数は減ります」

なるほど。囮《おとり》作戦か。

単純且《か》つわかりやすい作戦だが、理性よりも本能が先に働く傾向にある魔物になら、通じるだろう。

その作戦が不発になる可能性は低いといえる。だが……

「その程度の作戦で、魔物の殲滅《せんめつ》は難しい……。囮《おとり》作戦は魔物相手に有効な手段だが、それが通じるのは一度だけだ。その作戦で魔物をほとんど片付けられれば話は別だが、相手は五千……さすがにそれだけでは……」

「わかっています。他にもいくつか策を用意しております」

「だが……」

私が言葉に詰まっていると、宰相はさらに真剣な顔になる。

「――陛下。我々は人間です。考えることのできる種族です。ならば――人間らしく、ずる賢《がしこ》く汚い策で勝ちましょう。囮《おとり》やトラップ、地形さえも利用して、獣《けもの》たちを蹴散《けち》らしてやりましょう。幸い、我々は攻め入られる側です。砂漠に囲まれたこの国は、辿《たど》り着くまでに敵を疲弊《ひへい》させる……ゆえに、歴史上、我が国が敵に攻め入られて負けたことは一度もありません！　同じ人間である敵国の兵士に比べたら、魔物など……恐るるに足りません！」

「！」

私の目を真《ま》っ直《す》ぐ見てハッキリと断言した宰相に、迷いや躊躇《ためら》いは感じられなかった。

不敵な笑みを浮かべる彼の頭に『不可能』の文字はないのだろう。

フッ……全く、お前は本当に困った奴だ。

お前がそんな顔をするから……そんな自信満々に言ってのけるから……諦《あきら》められなくなったじゃないか。

せっかく最高の死に場に巡り会えたと思ったんだがなぁ……さすがにまだ、死ぬわけにはいかないか。

私は頑固で、嫌というほど真《ま》っ直《す》ぐな男を前に、呆《あき》れにも似た苦笑いを浮かべる。

「よかろう。お前がそこまで言うなら、私も腹を括《くく》ろう。だから……私のもとに必ず勝利を持ってこい！　あの魔物たちを蹴散《けち》らし、この国と民を守り抜け！　持てるもの全てを使って、戦うのだ！」

緩んだ表情を引き締め、戦闘命令を下す私に、宰相は笑みを深めて、応じた。

「我が君の仰《おお》せのままに」

第九章

朝から始めた精霊王様とのお出かけだけれど、気づけばもう夕暮れ時になっていた。
私は精霊王様と一緒に城下町を存分に見て回ったあと、天恋華の花畑を訪れていた。
一面紫色に染まるこの花畑は、以前来たときと変わらない。
ただ、もう満開シーズンが終わりそうなのか、花畑の一部が紫から緑に変わっていた。
もうすぐ全部枯れちゃうのかしら？
また来年も、ここに来られるといいわね……
私は来年の今頃、何をやっているのかしら？
相変わらず、お菓子を作っていそうね。
なんて未来のことを考えながら、天恋華の花畑を眺める。
相変わらず綺麗なそれは、私の心を躍《おど》らせた。
「やっぱり、綺麗ですね！　天恋華のお花畑は！」
「ふふっ。そうだね。僕も天恋華の花自体は好きだよ」

どこか含みのある言い方をした精霊王様は、風魔法を駆使して、近くの天恋華にとまっていたハチを追い払った。

私が初めて精霊城を訪れたときのように、混乱して火炎魔法を発動させることはない。

さすがにこの見事な花畑を焼け野原に変えるのはまずいと判断したみたいね。

まあ、精霊王様の顔色は少し悪いけれど……

精霊王様は虫が大の苦手ですものね。

虫が寄ってこないように、お城周辺には花を植えていないと聞きましたし……

ん？　それじゃあ、どうして精霊王様はここに……？

今もピクニックのときも、どうして精霊王様は苦手な虫がいる花畑に来たのでしょう？

私は脳内に浮上する疑問に首を傾げつつ、隣に佇《たたず》む銀髪の美青年を見上げた。

夕日に照らされた精霊王様の横顔は美しく、どこか幻想的に見える。

「……精霊王様はどうして、苦手な虫がいる花畑に私を連れてきてくれたんですか？」

精霊国の全てを知っているわけではないけれど、花畑以外にも楽しめる場所はたくさんあるはずだ。

なのに、精霊王様はあえてこの場所を選択した。

自分が苦手な虫がいるかもしれないのに……

何故苦手な虫がいると知っていながら、花畑を選択したのか……私はその理由が知りたい。

私の疑問に、銀髪の美青年は緩い笑みを浮かべる。

甘さを含んだその笑みは、夕陽を背に煌《きら》めいた。

「どうしてねぇ……そんなの決まってるよ。ここじゃないと、ノーラが僕の話を信じてくれないと思ったから」

「ここじゃないと、私が精霊王様の話を信じない……？」

精霊王様の言う意味がわからず問い返すと、彼は頷いた。

「うん。だって、ここでは嘘をついても意味がないからね。嘘が大嫌いな天恋華が嘘を暴《あば》いてしまう。でも、逆に言えば、天恋華の前で話す言葉は真実だとその目で理解してもらうことができる。だから、僕はここを選んだんだ」

つまり……精霊王様は私に大事な話があって、ここに来たってことですか……？

私にその話を信じてもらうために……

その説明は理解できるけれど、そうしてまで私に信じてもらいたい話って、一体何……？

精霊王様は、私に何を話そうとしているの……？

そんな私の疑問を解消するように、精霊王様が一歩私に近づいた。

「ねぇ、ノーラ。僕はね、なんとも思っていない者のために、面倒な仕事を片付けてまで一緒に出かけようと思わないんだ。その意味がわかるかい？」

「い、いえ……」

「ふふっ。まあ、そうだよね。ノーラってかなり鈍《にぶ》いから、回りくどい言い方じゃ伝わらないよね。この程度のアピールで僕の気持ちが伝わってるなら、こんなに苦労しないし」

精霊王様は首を傾げる私の反応に、予想通りだと頷く。

愉快《ゆかい》げに細められた柘榴《ざくろ》の目は、真《ま》っ赤《か》に染まる空によく似ていた。

私が鈍《にぶ》い……？　アピール……？　精霊王様の気持ち……？

一体何を言っているのだろう？　暗号か何かかしら？

解読不可能な精霊王様の発言に、私は困惑する。

「君はとてつもなく鈍《にぶ》いから、直球で言わせてもらうよ」

精霊王様はそう前置きすると、スッとその場で跪《ひざまず》く。

彼は繋《つな》いだままだった手を一旦離し、私の手を下から支えるように握り直した。

普段は自分より高い位置にある端整な顔が、今は私より下にある。

上目遣いでこちらを見上げる銀髪赤眼の美青年の姿に、私の鼓動は自然と速まった。

な、なんだかドキドキするわっ……！　顔も火照《ほて》ってきたし……！

夕日に照らされた私の顔は熱く、エメラルドの瞳は若干潤《うる》み始める。

そんな私の反応を見た精霊王様は僅《わず》かに目を見開いたあと、柔らかい笑みを浮かべた。

風に揺れていた草木が空気を読んだように静まり返り、静寂《せいじゃく》がこの場を支配した頃、ようやく彼の口が開かれる。

「ノーラ、僕は出会ったときから、君のことが……」

「──兄上！　大変です！」

突如《とつじょ》、精霊王様の言葉を遮《さえぎ》るようにガサッと草むらを揺らして現れたのは、彼の弟のシェイド様だった。

夕日に煌《きら》めく金髪を風に靡《なび》かせ、慌《あわ》てたようにこちらに駆け寄ってくる。

私の前で跪《ひざまず》く精霊王様は、横槍《よこやり》を入れてきたシェイド様に眉を顰《ひそ》めるけれど、いつもと違う彼の様子に何かを感じたのか、文句を言うことはなかった。

どうしたのだろう？　すごく慌《あわ》てているみたいだけど……

いえ、それより、なんでここにシェイド様が？　誰の気配も感じなかったのに、どこからともなく現れたけれど……。私の気配感知能力が落ちたのかしら……？

すると、不安になる私の隣に、また違う気配が二つ現れる。

「僕らもいるよー！」

「ズット……フタリノアトヲ……ツケテタ……」

「まあ、早い話が覗《のぞ》き見《み》だねー！」

姿を現したジンとベヒモスは、深刻そうな顔をするシェイド様とは違い、いつもの調子でふざけたように言った。

けれど、心なしか二人のまとう空気はピリピリしている。

でも私にはそれよりも先に考えることがあった。

「覗《のぞ》き見《み》……」

全っ然、気づかなかったわ……。覗《のぞ》き見《み》されているなんて、思いもしなかったし……

ジンもベヒモスも、家で私の帰りを大人しく待ってくれてるものかと……

いいえ、よくよく考えてみれば、落ち着きのないこの子たちが家でじっとしているなんて、ありえないわよね。暇潰しのために、何かするに決まってるわ。

私が呆然としていると、精霊王様は溜め息をついた。

「君たち三人が僕らのあとをつけてきてるのは知ってたけど、このタイミングで出てくるってことは、それなりの理由があるんだよね？　もしもくだらない理由だったら、久々に怒るよ？」

「えっ⁉　兄上、私が覗《のぞ》き見《み》しているのも気づいておられたんですか⁉　闇《やみ》に溶け込み、完全に気配を断ったと思いましたのに……！」

「そりゃあ、あれだけじっと見つめられていればね。嫌でも気づくよ。それより、なんの用なの？　早く用件を言ってくれる？　緊急事態か何かなんでしょ？」

呆《あき》れて肩をすくめながら言う精霊王様に、シェイド様は背筋を伸ばす。

「あっ、はい！　それが……プネブマ王国に魔物の軍勢が押し寄せているみたいなんです！　先程伝令役の精霊から、そう連絡がきました！」

「魔物の軍勢……？」

先程までとは一転、表情を険《けわ》しくした精霊王様に、シェイド様は頷く。

「はい！　その数、およそ五千体！　極めて凶暴性が高く、戦闘慣れした魔物たちです！」

精霊王様とシェイド様の間で交《か》わされた会話に、私はハッと息を呑む。

祖国に五千体もの魔物の軍勢が……？　そんなことって……！

国の守護は今、どうなっているの⁉　手練《てだ》れの魔物五千体なんて、私でも苦戦を強《し》いられるわ！

それを聖女も守護精霊も失った状態で迎《むか》え撃《う》つなんて……不可能に近い……！　いく

らなんでも無理がある！

ど、どうしましょう……!? 私のせいだわ！

私が勝手に聖女の役目を放棄《ほうき》して、国を捨てたからっ……！

国民は大変な思いをするだろうと思っていたけれど、猶予《ゆうよ》はまだあると勘違いしていた。

まさかこんなに早く、祖国が大変なことになるなんて……

私は柄《がら》にもなく大きく目を見開いて、全身を小刻みに震わせた。

過去の自分を責める私の前で、シェイド様はさらに言葉を重ねる。

「それで、王と宰相が立てた作戦が……ノーラさんの妹である、ルーシーさんをはじめとした、死刑囚を――魔物の餌《えさ》に利用した囮《おとり》作戦なんです……」

「!?」

シェイド様の言葉は、私の心を残酷《ざんこく》なまでに凍《こお》らせた。

ルーシーが魔物の餌《えさ》に……？ それって、死ぬってこと……よね？

死刑が決まっているとはいえ、それはあまりにもむごすぎる……！

シェイド様から告げられた現実を前に――私は考えるよりも先に行動に出ていた。

繋《つな》いだままだった精霊王様の手を離し、プネブマ王国へ行くために転移魔法の魔法陣を展開する。

そんな私を見て、精霊王様が慌《あわ》てたように声をあげた。

「⁉　待って！　ノーラ！　精霊国に出入りする際は普通の魔法陣じゃダメなんだ！」

「精霊門……えーっと、あのときの白い扉を通らないとダメなんだよー！　普通の転移魔法は大抵、精霊国全体に展開された結界に弾《はじ》かれるからー！」

精霊王様に続いて叫んだジンに、シェイド様も補足する。

「仮に結界を突き破って転移できたとしても、その反動が体にあらわれます！　お気持ちはわかりますが、今は落ち着いてください！」

「ノーラ……テンイ……ダメッ……！」

ベヒモスも、悲痛な声を出しながら私を見つめる。

みんなが心配してくれているのはわかる。

――でも、私がそれに耳を貸すことはない。

精霊王様もシェイド様もジンもベヒモスも……みんな、「祖国へ連れていってあげる」とは言ってくれないのですね……

いいえ、それは構いません。これは私の問題ですから。

私は「待って」「落ち着いて」と連呼する彼らにふわりと笑いかけた。

「大丈夫」と伝える代わりに浮かべた笑みは、どこまでも弱々しく……とても情けなくなってしまう。

それでも、これが今の私にできる精一杯の笑顔だった。

「ご心配いただき、ありがとうございます。でも――あの子は、私のたった一人の妹なんです」

そう――ルーシーは、私のたった一人の妹。

ずっと曖昧《あいまい》にしてきたルーシーへの感情が、だんだんはっきりしていく。

ルーシーが処刑されると聞いた『王廷裁判』の日から、ずっと誤魔化《ごまか》してきた感情が、大きく動き始めた。

別に、ルーシーのことが好きなわけじゃない。どちらかといえば嫌いだ。

さすがの私だって、あれだけのことをされれば傷つくし、嫌いにもなる。

でも――死んでほしいとは、どうしても思えなかった。

私から何もかも奪っていったあの子を好きになる日はきっとこない。

でも……憎《にく》んでいるわけじゃないっ……！

結局のところ、ルーシーは私の妹で、私はルーシーの姉なのだ。

死んでほしいなんて思えないし、憎《にく》むことだってできない。

自分でもうんざりするほどお人好《ひとよ》しだと思うけど、これが家族なのだ。

家族という名の呪《のろ》いは——ルーシーを憎《にく》むことを拒《こば》んだ。

この呪《のろ》いが解けない限り、私は一生ルーシーを憎《にく》めないだろう。

本当に、厄介《やっかい》な呪《のろ》いね。

私は目を見開いて固まる四人の精霊に「ごめんなさい」と言い残し、無理を承知で魔法陣を発動させた。

エメラルドグリーンの眩《まばゆ》い光が、私を包み込む。

最後に目に入ったのは——紫色のまま咲《さ》き誇《ほこ》る、天恋華の花たちだった。

◇◆◇◆

衛兵に連れられてきたのは、国を守る外壁の外。

そこで私——ルーシーは、現在磔《はりつけ》にされている。

私の他にも、同じ目に遭《あ》っている者が多くいた。

突然牢屋《ろうや》の前に大勢の兵士が現れたかと思ったら、これよ。

これから、一体何が始まるというの……？

まさか、処刑……？

でも、公開処刑の日程が決まったら、看守を通して事前に知らせるって言ってたはず……

それになんで、他の囚人たちも一緒なの……？

磔《はりつけ》にされた状態では周りの様子がいまいちわからないけれど、傍《そば》に見張りの兵士がいないことは辛《かろ》うじてわかる。

壁の外にいるのは、恐らく私を含めた囚人たちだけだった。

本当に何が始まるっていうの……!?　一体何がどうなってるのよ……!?

誰もこの状況を説明してくれないから、何がなんだかわからないわ！

「殺すのなら、そう言えばいいじゃない……！　なんでなんの説明もしな……んっ？

あれは……？」

私の怒《いか》りはピークに達し、思わず文句が漏れた。

そんな中、遠くのほうに黒い点々が多数見え始める。

あれは何かしら……？　どんどん、こちらに近づいてきているようだけれど……

突然現れた謎の黒い点々に意識が向き、怒《いか》りが緩和《かんわ》される。

私は遠くのほうに見えるそれを、目を凝《こ》らして見つめた。

ものすごいスピードでこっちに近づいてきているみたいだけど、あれは一体なんなの……？

まさか、敵国の兵士じゃないでしょうね……？

脳内に『敵兵』という言葉がチラつくが、それはすぐに否定された。

何故なら──こちらに向かって真《ま》っ直《す》ぐ近づいてくる黒い点々の正体は、人間じゃなかったからだ。

い、い、い、あれは『敵兵』なんて、生易《なまやさ》しいものじゃない。

あ、あれって、まさか──魔物!?

徐々に鮮明《せんめい》に見えてきた黒い点の正体は、魔物だった。

異形《いぎょう》の姿をしたそれらは、一心《いっしん》不乱《ふらん》に私たちのほうへ駆け寄ってくる。

その目は獲物《えもの》を狙う肉食動物のようにギラギラしており、まとうオーラは禍々《まがまが》しかった。

ここは一年中暑さに晒《さら》される砂漠地帯だというのに、私の指先は氷のように冷たい。

小刻みに震える体は、私の恐怖心を表していた。

な、なんで魔物がここに……!?

ま、まさか私たちがここに連れてこられた理由って、魔物の餌《えさ》にするためなんじゃ……!?

そう考えれば全て辻褄《つじつま》が合う。

突然国の外へ連れてこられたのも、殺されずに磔《はりつけ》にされたのも、私以外の囚人がここにいるのも……全部説明がついた。

私は……魔物の餌《えさ》にされるの……?

あの何百……いや、何千もの魔物たちに、私は食べられてしまうの……?

自分の手足に魔物たちの鋭《するど》い牙《きば》が食い込む感覚を想像し、私は恐怖のあまり目尻に涙を浮かべた。

やだ……やだっ！　死にたくない！

まだ生きていたい！　私はまだ……生きたいのっ！

そう願う私だったけれど、現実とは残酷《ざんこく》なもので、魔物の軍勢はすぐそこまで迫っていた。

先頭を走る狼《おおかみ》の形をした魔物――魔狼《まろう》たちに関しては、もう目と鼻の先である。

そのうちの一体が狙いを定めたように「グルルル」と低く唸《うな》り、私目がけて真《ま》っ直《す》ぐに突っ込んできた。

嫌……嫌っ！　死にたくない！　魔物の餌《えさ》なんて、嫌よ！

「――助けて！　お姉様！」

ギュッと強く目を瞑《つぶ》った私は、無意識のうちにそう叫んでいた。

散々虐《しいた》げてきた姉に……私は助けを求めたのだ。

呼んだところで、来るわけがないのに。

この叫びが届いたとしても、お姉様が私を助けてくれることは絶対にない。

それは私自身、嫌というほどよくわかっていた。

嗚呼《ああ》、私は今ここで、魔物たちに食べられて死ぬのね……

お姉様から人や物を奪うことしかできなかった、ちっぽけな人生が……終わる。

考えようによっては、これでよかったのかもしれない。

だって、これでもう、永遠に終わらない渇《かわ》きに苦しむことはないんだもの……

だから、ここで死ぬのも悪くないかもしれな……

「――全く、礼儀のなっていない犬ね。誰彼構わず噛みつく癖は、直したほうがいいわ」

突然、どこか凛々《りり》しさを感じるソプラノボイスが、私の耳を掠《かす》めた。

馴染みのあるそれは、私の知っている人物の声とよく似ている。

幻聴かしら……？　でも、幻聴にしてはやけにハッキリしてたわね……

疑いながらも、僅《わず》かな期待と希望を抱《いだ》き、私は恐る恐る目を開けた。

すると、そこには――突っ込んできた魔狼の首を掴み上げるお姉様の姿が……

質のいい青のドレスと白のケープを身にまとう彼女は、化粧をしているのか、普段より明るい印象だ。

別人とまではいかないものの、以前とは比べものにならないほど、綺麗になっている。

お姉様……？　本当にお姉様なの……!?　私の妄想や幻覚じゃなくて……!?

絶対に来ないと……もう二度と会えないと思っていた双子の片割れが現れたことに、私は心底驚いていた。

「お姉様、なんで……」

「『なんで』って、あなたが魔物たちの餌《えさ》にされると聞いて飛んできたのよ」

「!?」

お姉様の言葉に思わず目を見開くと、彼女は淡々と続ける。

「あぁ、勘違いしないでちょうだい。あなたのしたことを許したわけじゃないし、許すつもりもないから」

そう言って、掴み上げた魔狼を魔物の軍勢のほうへ投げ飛ばすお姉様。

投げ飛ばされた魔狼は仲間たちに受け止められることなく、地面に体を強く打ちつけた。「キャイン！」と、可愛らしい悲鳴をあげている。

さ、さすがお姉様……噂以上の強さね。

牛サイズの魔狼を片手で投げ飛ばす女性なんて、きっとお姉様以外いないわ。

いろんな意味で規格外な我が姉は「グルルル」と低く威嚇《いかく》する魔狼や他の魔物たちを前に、怖がる素振《そぶ》りを一切見せない。

堂々と彼らの前に立ち、キリッとした凛々《りり》しい表情を浮かべていた。

やっぱり、お姉様はすごいわね……。魔物の大群を前にしても一歩も引かない。

それどころか、睨《にら》むだけで魔物の軍勢を牽制《けんせい》していた。

嗚呼《ああ》、やっぱり……お姉様は私とは違う。

正真正銘《しょうしんしょうめい》の天才。絶対に敵《かな》わない人。

真《ま》っ直《す》ぐで、優しくて、お人好《ひとよ》しで、天才で、すごく綺麗で……嫉妬《しっと》しちゃうくらい、完璧《かんぺき》な人間。

私がどんなに手を伸ばしても得られなかったものを、彼女は持っている。

嗚呼《ああ》、嗚呼《ああ》――お姉様なんて、やっぱり大嫌いだ。

悔《くや》しさや情けなさを噛み締める私を、お姉様は横目で捉《とら》える。

私と同じエメラルドの瞳は涼《すず》しげで、生きるか死ぬかの瀬戸際《せとぎわ》に立たされていた私にはない、余裕があった。

お姉様は魔法陣もなしに指先を動かすだけで私の拘束《こうそく》を解くと、再び前を見据《みす》える。

「私ができるのはここまでよ。あとは逃げるなりまた牢屋《ろうや》へ行くなり、好きになさい。あぁ、言っておくけど――あなたを助けるのはこれが最初で最後だから。よく考えて行動することね」

お姉様はそれだけ言うと、手元に大きな魔法陣を呼び出した。

勉学を蔑《ないがし》ろにしていた私に、その魔法陣の効果や種類はわからないけれど、何かすごいものであるのは確かだ。

肌に感じるお姉様の魔力の高まりが、それを物語っている。

助けるのはこれが最初で最後……お姉様は私に逃げるためのチャンスを与えたってわけね。

あのまま私が処刑されるのは、後味が悪いから……

だから、お姉様は私に未来を選ぶ権利と機会を与えた。

そうすることで、自分を許したいのだろう。

なんだ、偽善じゃないの。

そうお姉様の行動を貶《けな》す反面、偽善のおかげで助かる機会を与えられたことに安堵《あんど》している。

今なら、この国からも処刑からも逃げることができる。果てしなく続く砂漠を越えることができれば、私は新しい地で一からやり直せるかもしれない。

絶対に生きられる保証はどこにもないけれど、ただ処刑を待つ日々よりはマシなはずだ。

私は縛られて赤くなった手首を擦《さす》りながら、魔物と対峙《たいじ》するお姉様を見つめる。

私の理想を具現化したようなこの女性は、もう私を見ようとしなかった。

お姉様はただ私を魔物から助けただけで、私を救おうとは思っていない。

彼女の言動から、本音が透《す》けて見えた。

でも、私が彼女にしてきたことを思えば当然の行《おこな》いといえた。

むしろ、助けに来てくれたことに感謝しなければならない。

私は夕日色に染まる空から目を背《そむ》けるように俯《うつむ》くと、くるりと身を翻《ひるがえ》した。

私たちの間に「ありがとう」や「ごめんなさい」といった言葉は存在しない。

だって、もう……そんなことを言い合える仲じゃないから。

だから、私は謝罪も感謝も言わないし、お姉様もまたそれについて何か言うことはない。

修復不可能な私たち双子の関係は、ここまで捻《ね》じ曲《ま》がっていた。

「……さようなら、お姉様」
私は独り言のようにそう呟《つぶや》くと、一度も振り返ることなく駆け出した。
夕日に照らされた、どこまでも続く砂漠を走り抜ける。
——もう二度と、会うことがないだろう姉のことを思いながら。
ねぇ、お姉様……私たちはどうすればよかったのかしら……？
どうすれば、私はあなたを……好きになれたんだろう？
答えのないこの自問自答《じもんじとう》は、恐らく永遠に終わることはない。

◇◆◇◆

私は遠くなっていく一つの気配を感じながら、目の前の魔物たちを睨《にら》みつける。
すると、数体の魔物がこの場から逃げ出した。
けれど、大半の魔物は残っている。
やっぱり、睨《にら》むだけじゃダメよね。きちんと戦わないと……！
そう意気込む私だったけれど、頭に走るピリッとした痛みに眉を顰《ひそ》めた。
さっきから……もっと正確に言うと、無理やりこっちに転移してきてから、熱を出したときとよく似た痛みが頭に走っている。

これがシェイド様の言っていた『無理やり転移したときの反動』かしら……？

だとしたら、結構厄介《やっかい》ね。

頭痛なんてかなり地味だけれど、続くと結構辛《つら》いのよ。

私はピリピリと電流が走ったように痛む頭に「はぁ……」と溜め息を零《こぼ》す。

万全の状態で戦いに臨《のぞ》めないのは残念だけれど、文句を言っている場合ではない。

我が祖国を守るためにも、この魔物の軍勢を退《しりぞ》けなければ——私一人で。

正直、これだけの強さを秘めた魔物を五千体も相手にするのは苦しい。

できないことはないけれど、無傷では終わらないだろう。

でも、ここで私が戦わなければ、祖国は確実に危険な目に遭《あ》う。

最悪、滅亡するかもしれない。

私は、国民を殺したかったわけではない。

だから、聖女としての役割を放棄《ほうき》したお詫《わ》びをするためにも、私はこの魔物たちを倒さなければならない。

これが——聖女としての最後の仕事だ。

この一件が終わったら、私はもう祖国に関わる気はない。

手を貸すことも顔を見せることもないだろう。

「だから――なんとしてでも最後の仕事を全《まっと》うさせてもらうわよ！」

私は言葉の通じない魔物たちに、意味もなくそう宣言すると、細かい調整を行《おこな》っていた魔法陣を空中に投げた。

宙《ちゅう》に浮かぶそれはじわじわと広がり、私と魔物の軍勢の上空を包み込む。

勘《かん》のいい魔物は弾《はじ》かれたように、魔法陣の下から飛《と》び退《の》いた。

まあ、全員を一度に片付けるのはやっぱり難しいわよね。

でも、それで構わないわ。

この魔法陣による広範囲魔法で、粗方《あらかた》片付けられれば。

私はパチンッと指を鳴らして、上空に展開した魔法陣を発動させる。

――すると、魔法陣の真下にいる魔物たちが、次々と浄化されていった。

白い粒子《りゅうし》となって消えていく魔物たちは慌《あわ》てたようにキャンキャン吠《ほ》えているけれど、それを回避する術《すべ》は持っていない。

己《おのれ》の体が徐々に光の粒子《りゅうし》となっていく様《さま》を、彼らはただ眺めることしかできなかった。

浄化魔法は魔物にとって、天敵そのもの。効果は抜群だ。

ふぅ……とりあえず、これで大半は片付いた。

といっても、まだ数百体は残っているのだけれど……

生き残った魔物たちにチラリと視線をやると、彼らはビクッと体を震わせる。

さすがに私のことは怖いようだ。

そりゃあ、仲間の大半を一瞬で倒したとなれば警戒するし、怖くもなるわよね。これで引いてくれたら、かなり助かるのだけれど……

「ガルルル」

「グギャアアア」

「シュルルル」

魔物たちは怯《おび》えながらも、威嚇《いかく》をやめようとはしない。

そうよね。引いてくれないわよね。わかってたわよ、こうなることは。

私は殺《や》る気に満《み》ち溢《あふ》れた魔物たちの表情と声に苦笑を浮かべる。

魔狼や、鶏《にわとり》と蛇《へび》を合わせたような姿のコカトリス、蛇《へび》の魔物であるサーペントといった魔物が、ジリジリと私との距離を詰め始めた。

さて、どうしましょうか……

さっきの浄化魔法のせいで三分の一の魔力を消費してしまった上、頭痛がさらに酷《ひど》くなっている。

ガンガンと内側から鈍器《どんき》で叩かれているような痛みが、頭に走っていた。

なるべく早く終わらせたいところだけど、あの浄化魔法を本能的に避けたってことは、かなりの手練《てだ》れである可能性が高い……。さっき片付けた魔物とは比べものにならないほど強く、厄介《やっかい》だろう。

はぁ……せめて、この頭痛がどうにかなれば……

いえ、それは言い訳ね。みんなの忠告を受けてもなお、行くと決めたのは私自身。甘えたことを言っていい立場じゃない。

私はそう自分に言い聞かせると、手元にいくつか魔法陣を呼び出した。

攻撃魔法を放つための魔法陣は私の瞳と同じエメラルドグリーンの光を放ち、輝いている。

ジリジリと近づいてくる魔物たちは、私が呼び出した魔法陣をかなり警戒していた。

ふふふっ。そんなに警戒しなくても大丈夫よ――どうせ死ぬときは一瞬なのだから。

私はニヤリと意地の悪い笑みを浮かべると、手元にある魔法陣を一つ、すぐそこまで来ているサーペントとコカトリスに投げつけた。

彼らは投げつけられた魔法陣に過剰《かじょう》反応し、弾《はじ》かれたようにその場から離れようとするけれど――もう遅い。

逃げるなら、投げつけられる前にするべきだったわね。

私は彼らがその場から離れる前にパチンッと指を鳴らし、その魔法陣を発動させる。

眩《まばゆ》い光を放ちながら発動した魔法陣は、周囲を巻き込む大爆発を引き起こした。

範囲と威力は、以前精霊王様がハチを殺すために使った魔法とあまり変わらない。

というか、あれを参考に魔法陣を組んだから、範囲や威力が似ているのは当たり前だった。

精霊王様があのとき使っていた魔法陣は無駄がなく、綺麗でとても繊細《せんさい》な作りをしていた。正直ハチを殺すために使うのがもったいないくらいよ。

私は巻き起こる砂埃《すなぼこり》と煙《けむり》を吸わぬよう鼻や口を手で覆《おお》い隠《かく》し、十分な視界を確保するため風魔法でそれらを払《はら》い除《の》ける。

鮮明《せんめい》になっていく視界の端に、こちらへ突っ込んでくる魔狼の姿が見えた。

灰色に近い濁《にご》った白の毛並み、口端から剥《む》き出《だ》された牙《きば》、手足から生《は》える長く鋭《するど》い爪《つめ》……この子は恐らくワーグね。

ワーグとは、砂漠などの暑く乾燥した地域にしか生息しない魔狼の一種だ。

ドラゴンのように口から炎《ほのお》を吐くのが最大の特徴。

まあ、ドラゴンほどの火力はないけれど……それでも、人一人を殺すには十分な熱量と威力ね。

火炎系の魔物であるワーグには、氷結魔法が効果的……一瞬で凍《こお》らせてしまいましょう。

瞬時にそう判断した私は、視界の端に見える魔狼に、手元にある魔法陣を一つプレゼントした。

行く手を阻《はば》むように突然目の前に現れた魔法陣に、ワーグは慌《あわ》てて急ブレーキをかける。

魔法陣そのものを警戒するワーグは、軽《かろ》やかな身のこなしで来た道を引き返そうとするけれど——私のほうが少し早かった。

眩《まばゆ》い光を放つ魔法陣は私が指を鳴らすとともに発動し、一瞬にしてワーグを氷漬けにしてしまう。

ムワッとした暑さの中で、冷気を放つそれは、異様な存在感を放っていた。

霧《きり》みたいに白い煙《けむり》が、この場に漂《ただよ》っている。

寒さに弱いワーグのことだから、即死だったでしょうね。

とりあえず、魔狼、コカトリス、サーペントは一体ずつ倒したけれど……まだまだ先は長いわね。

私は目の前にズラッと並ぶ数百体もの魔物の軍勢に、思わず溜め息を零《こぼ》しそうになる。

ギラギラと殺意のこもった目が、私を真《ま》っ直《す》ぐに見据《みす》えていた。

最初の五千体に比べれば、数百体なんて可愛いものだけれど、さすがにもうそろそろ苦しくなってきたわね……

広範囲にわたる浄化魔法に加え、火炎魔法と氷結魔法の連続使用……。頭痛もだんだん酷《ひど》くなってきているし……魔力よりも先に集中力が切れてしまいそうだわ。

集中力が切れた状態での戦闘は危険だ。

正直、魔力が切れるより、集中力が切れたほうが危ない。

戦闘とは一瞬の油断が命取りになるもの。

神経を研《と》ぎ澄《す》まし、戦況を見極め、その都度最善の判断を下す。

それは、集中力がなければできないことだから。

集中力が切れる前に、なんとか決着をつけないと……

でも、どうやって？　また広範囲魔法を使う？

広範囲にわたる大魔法はあと一回が限界……。しかも、その魔法を使ったあとは魔力がすっからかんになる。

その範囲魔法で魔物を一掃できるかと聞かれれば、答えは否《いな》だった。

この場に残った魔物たちは勘《かん》がよく、回避能力に長《た》けている。

接触するギリギリまで引きつければ攻撃を躱《かわ》される可能性はないけれど、全員が同時に近づいてくるとは思えなかった。

ルーシーと祖国を魔物の軍勢から守るため現れたはいいけれど、早くも手詰まりになっているのを感じる。

痛む頭で、私は何か策がないかと考え込んでいた。

――でも、ここは戦場。じっくり考える暇など、与えてくれるわけがない。

私の思考を邪魔するように、双頭の犬――オルトロスが駆け出した。

軽い身のこなしでこちらに急接近してくる、双頭の犬。

策を練《ね》る時間はないってことね……まあ、いいわ。

私はオルトロス用に、魔法陣を練《ね》り上《あ》げる。

オルトロスごとき、すぐに処理し……

――突然、視界がぐにゃりと歪《ゆが》んだ。

私は思わず、動きを止める。

あ、れ……？　前が全然見えない……それに、頭がボーッとする……

オルトロスがこっちに向かってきているのに……なんで、このタイミングで目眩《めまい》なんか……っ！

ぐにゃぐにゃに歪《ゆが》む視界の中、私はギシッと奥歯を噛み締める。

オルトロスの位置は気配探知で大体わかる。でも、魔法陣がっ……！

私の手元にある魔法陣は未完成のまま。

完成させようにも、このぐにゃぐにゃに曲がった視界では不可能だった。

当然ながら、この視界状況でオルトロスと肉弾戦なんて、絶対無理。

一応、身体強化魔法は使っているけれど、大体の居場所しかわからない敵を相手に戦うのは無謀《むぼう》すぎる。

ははっ……！　これはダメね。勝てないわ。

視界を奪われた今、私に勝つ術《すべ》は残っていない。

まあ、魔物の数は大分《だいぶ》減らしておいたし、あとはプネブマ王国の兵士たちでどうにかなるでしょう。

とりあえず、国が滅亡する危険性は低くなった。

今まで守ってきた祖国のために死ねるのだ。名誉なことに違いない。

短い間だったけど、精霊国で心優しい精霊たちと過ごせて、楽しい思い出もできた。

私みたいな醜《みにく》い子にはもったいないくらい、楽しい時間だった。

だから、思い残すことなんて何もない。

そう——思い残すことなんて何もないはずなのに……

あの人の顔が脳裏《のうり》にこびりついて、離れない……！

艶《つや》やかな銀髪を煌《きら》めかせ、宝石みたいに綺麗な柘榴《ざくろ》の目を細めて穏やかに笑う、精霊王タリア様の顔が、今ここで浮かび上がった。

嗚呼《ああ》、最後にもう一度だけ会いたかった……

それで、あのとき私になんと言おうとしたのか、聞きたかった。

精霊王様の反対を押しきってここに来たというのに、私の心は彼にもう一度会いたいと叫ぶ。

ルーシーや祖国を助けに来た決断は後悔していないけれど、精霊王様に会いたい気持ちも確かにあった。

勝手な自分を窘《たしな》めるように自嘲《じちょう》の笑みを浮かべると、全てを受け入れるべく目を瞑《つぶ》る。

死を覚悟した私は僅《わず》かな後悔に苛《さいな》まれつつ、オルトロスの攻撃を待った。

——けれど、オルトロスの攻撃が私の身に降りかかることはなかった。

「全く……君は普段大人しいのに、こういうときはお転婆《てんば》だよね。おかげで駆けつけるのが遅くなってしまったよ」

優しく響くテノールボイスは穏やかだけれど、若干の怒《いか》りを孕《はら》んでいる。

もう二度と聞けないと思っていた声が今、確かに聞こえた。

——精霊王様……？

私は恐る恐る目を開けて、声の主《ぬし》を確認する。

すると、そこには——もう一度会いたいと願った銀髪の美青年が立っていた。

彼は呆《あき》れを滲《にじ》ませた表情を浮かべ、こちらを見下ろしている。

彼の足元には、血を吐いて倒れているオルトロスの姿があった。

助けに来てくれたの……？　私が勝手に飛び出してきたのに……？

精霊王様は、私を見捨てなかったの……？

動揺を隠せない私だったが、見知った気配が他に二つあることに気がつく。

「ノーラ、平気ー？　怪我《けが》してないー？」

「ダイジョウブ……？」

聞き慣れた声に、私は思わず感極《かんきわ》まってしまう。

「っ……！　ジン、ベヒモス！」

「やっほー、ノーラ。助けに来たよー！」

緊張感なんて微塵《みじん》も感じさせない軽い口調で、ジンはヒラヒラと手を振った。

その後ろで、ベヒモスも長い鼻をブンブン振り回している。

私を助けに来てくれたのね。

ありがとう、ジン、ベヒモス。

それから――精霊王様も。

私の隣に佇《たたず》む銀髪の美青年の瞳は、怒《いか》りを孕《はら》んでいるものの、怒鳴ったりはしない。

呆《あき》れと怒《いか》りが入《い》り交《ま》じった表情で、ただ私を見下ろしていた。

「ノーラ、怪我《けが》はないかい？　一応頭痛と目眩《めまい》は治しておいたけど」

「え？　頭痛と目眩《めまい》……？　あっ！　治ってる！」

精霊王様とジンたちの登場で動揺していたせいで気づかなかったけれど、頭痛と目眩《めまい》の症状が改善……いや、治っていた。

もう視界はぐにゃぐにゃ歪《ゆが》んでいないし、頭が割れそうなほどの痛みも感じない。

もちろん、思考力が鈍《にぶ》り、ボーッとすることもなかった。

すごい……！　すごいわ！

内側からくる痛みや症状を治せる人って、そうそういないのよ！

擦《す》り傷《きず》や切り傷といった、ただの怪我《けが》なら私でも治せるけれど、頭痛や目眩《めまい》といった症状は治療不可能だ。

特に頭痛は脳に直接干渉して治療しなければならないため、とんでもなくリスクが大きい。

脳は繊細《せんさい》だから、一歩間違えれば死に至る可能性も……

だから、平然と私の頭痛と目眩《めまい》を治療した精霊王様はすごすぎる……！

精霊王様の腕がいいのか、精霊国の治療や治癒《ちゆ》魔法が進んでいるのかは定かでないけれど、とにかくこれは滅多《めった》にできないことだ。

「精霊王様、治療していただきありがとうございます！　助かりました！　頭痛や目眩《めまい》を簡単に治せてしまうなんて、本当に尊敬します！」

私は目の前に魔物の軍勢がいることも忘れ、精霊王様に尊敬の目を向ける。

今度機会があれば、頭痛や目眩《めまい》の治療法を教えてほしいわ！　熱を出したときに使えるかもしれないし！

尊敬の念を込めて精霊王様を見上げていると、銀髪の彼は少し頬を赤らめて、私から視線を逸《そ》らす。

「っ～……！　ノーラのそういうところ、本当にずるいよね。勝手に精霊国を飛び出した件、あやうく許しちゃうところだったよ」

そう言う精霊王様に、ジンはなんだか楽しげに声をかける。

「タリア様、それって惚《ほ》れた弱み……おほんっ！　それはさておき、この躾《しつけ》のなっていない獣《けもの》たちを片付けちゃおうかー！　それで早く僕らの国へ帰ろー？」

「ハヤク……カタヅケ……カエル……」

「そうだね。さっさと片付けて、僕らの国へ帰ろう。ノーラにはいろいろ話したいこともあるからね」

催促《さいそく》するジンとベヒモスに、精霊王様はどこか含みのある言い方で返す。『いろいろ』の部分をやけに強調して言った精霊王様は、私にニッコリと笑いかけた。

その笑みから黒い何かを感じるのは、きっと気のせいだろう……というか、気のせいだと思いたいです！

精霊王様を含めた三人の精霊たちは、私を庇《かば》うように前に立った。

精霊王と大精霊二体の睨《にら》みに魔物たちは腰が引けているものの、ギリギリその場に踏《ふ》み止《とど》まっている。

「さて——お掃除を始めようか」

精霊王様が紡いだその言葉を合図に、大地と風が魔物たちに牙《きば》を剥《む》いた。

サラサラの砂だった地面は緑の大地に変わり、長く伸びた蔓《つる》が魔物たちの首を絞め上げる。

また、無風に近い状態だったはずが、突然強風が吹き始め、魔物たちを取り囲むように渦《うず》を巻いていた。

ベヒモスの魔力を帯びた強力な蔓《つる》で首を絞め上げられた魔物たちは白目を剥《む》いて倒れ、ジンが作った風の檻《おり》に閉じ込められた魔物たちは、為《な》す術《すべ》もなく立ち尽くす。

これが、精霊本来の力だ。

精霊は自然に精通する神に近い存在。

本気で彼らが怒れば、世界は混沌《こんとん》の渦《うず》に呑み込まれることだろう。

今までは国の繁栄《はんえい》のためにだけ力を使っていたため、いまいち実感が湧かなかったけれど、ジンとベヒモスは本当に大精霊なのね。

これだけ圧倒的な力を見せつけられれば、嫌でも実感が湧く――彼らが本当に特別な存在であることに。

ジンとベヒモスの圧倒的な実力に、魔物たちが怯《おび》えたようにキャンキャン鳴き始めた。

それを見て、精霊王様が苦笑いする。

「ジンもベヒモスも欲張りだね。僕の分もきちんと残しておいてよ。ノーラにいいところを見せなきゃいけないんだから」

「タリア様が出遅れただけじゃーん！　それにちゃんと残してるしー！」

「タリアサマ……オソイ……サッサト……カタヅケテ……」

全く遠慮を知らないジンとベヒモスの言い分に、精霊王様は溜め息をつく。

「君たちは相変わらず、手厳しいね。まあ、いいけど……それより――この茶番をさっさと終わらせようか」

戦いの終わりを予感させる台詞《せりふ》を吐いた精霊王様は、ゆるりと口角を上げた。

その手元には何重にも重なった聖属性の魔法陣がある。

繊細《せんさい》で美しいそれは、銀色に輝いていた。

あの魔法陣は恐らく……浄化を目的としたものだわ。それもかなり強力な……

私がさっき使った浄化魔法なんて、比じゃないくらい。

さすがは精霊王様ね。こんなすごい浄化魔法が使えるなんて……！　私では発動させることすらできないだろう。

精霊王様が作り上げた聖属性の魔法陣に感心する私を置いて、彼はその魔法陣を発動させる。

「――白き光に浄化され、安らかに眠るといい」

その言葉を最後に、付近一帯は眩《まばゆ》いほどの白い光に包まれた。

優しく穏やかなその光は、この戦いの勝利を宣言する。

——終焉《しゅうえん》を告げる白き光が消えたとき、この場にもう、魔物は一体たりとも残っていなかった。


精霊王様たちが魔物を狩り尽くしたあと、速《すみ》やかに精霊国へ帰還した私たちは、家に……ではなく、天恋華の花畑に再び足を運んでいた。

夜の帳《とばり》が下りた天恋華の花畑は、驚くほど静かだ。

月明かりに照らし出された紫色の花畑は神秘的であり、またどこか幻想的でもあった。

このロマンチックな状況に私は——全く違う理由でドキドキしていた。

ど、どうしましょう⁉

精霊王様がさっき言っていた『いろいろ話したいこと』って、きっとお説教よね⁉

絶対叱《しか》られるわよね⁉

ジンとベヒモスはいつの間にかいないし……。助けを求められる人物が誰もいない！

というか、ここには私と精霊王様しかいないわ！

と、とにかく、誠心誠意《せいしんせいい》謝って……それから、助けに来てくれたことに対する感謝を……

精霊王様が現場に到着した直後のピリついた雰囲気を思い出し、私は慌《あわ》てて作戦を練《ね》る。

自分の勝手な行動を、精霊王様にどうやって許してもらおうか……

ここは変な言い訳などせず、直球で謝るのが一番よね！

多少の罰《ばつ》はあるかもしれないけれど、心優しい精霊王様のことだから、私を国から追い出すってことはない……はず。

思い悩む私の目の前に立つ銀髪の美青年は、しばらく夜空を眺めたあと、その血色のいい唇をおもむろに開いた。

「ノーラ」

「は、はいっ！」

「まずは説教よりも先に話しておきたいことがあるんだ。シェイドの乱入で最後まで言えなかった、あの言葉を言わせてほしい……構わないかい？」

「あっ、はい！　もちろんです！」

お説教を恐れてビクビクしていた私は、精霊王様が切り出した全く違う話題に密《ひそ》かに安堵《あんど》する。

けれど……柔らかい月明かりに照らし出された精霊王様の端整な顔に、心がざわついた。

安堵《あんど》する暇など与えないとでもいうかのように、その美しい顔が……柘榴《ざくろ》の瞳が、私を真っ直《ます》ぐに見つめている。

真剣なその瞳にドギマギしつつ、控えめに見つめ返した。

な、なんでしょう……？　胸が……心臓の音がうるさい。

精霊王様の瞳を見ていると、魔法にかかったみたいにドキドキが止まらない。

キュッと口元を引き締める私を見て、精霊王様は緩く口角を上げると、あのときの光景を再現するようにサッと跪《ひざまず》いた。

ただあのときと違うのは、私たちが手を繋《つな》いでいないことだけ。

「ノーラ、今から話すことは全て真実だ。それは天恋華が証明してくれる。だから――ちゃんと僕の気持ちを受け止めてほしい」

緩やかな笑みを浮かべる精霊王様はそう前置きすると、真剣な瞳に甘さと熱を加えた。

燃えるように熱く、蕩《とろ》けるように甘い深紅《しんく》の瞳が、私を捉《とら》えて離さない。

当然ながら、ここで『逃げる』という選択肢はなかった。

まだ肝心なことは何も言われていないのに、今すぐここから逃げ出したいと思うのは、どうしてだろう？

聞きたかったはずなのに……聞きたくない気がする。

「逃げなければ！」と叫ぶ心が、私の不安を加速させた。

……こんな気持ち、初めてだわ。

不安と緊張で手が震える私を前に、精霊王様は意を決したように口を開いた。

静寂《せいじゃく》が支配するこの空間に、聞き慣れたテノールボイスが響く。

「ノーラ、僕は君と出会ってから毎日が楽しくなった。君と会い、顔を合わせ、同じ菓子を食べて微笑み合う。ただこれだけのことをすごく幸せに感じた。でもね……それだけじゃ足りないんだ。君と一緒にいるだけじゃ……足りない。僕は君の全てが欲しい。この感情に名前をつけるとしたら、僕は迷いなく――『恋』と名付けるだろう」

「!?」

私は大きく目を見開いた。

何も言えない私に、精霊王様は続ける。

「ノーラ、好きだよ。愛してる。僕は君ともっとたくさんのことがしたい。ずっと一緒にいたい。誰にも渡したくない……だから、ノーラ、僕と――結婚を前提に付き合ってほしい」

「っ……！」

声にならない声をあげる私に、精霊王様はスッと手を差し伸べた。

熱を孕《はら》んだ瞳で私を愛《いと》しげに見つめる精霊王様は、ただじっと私の返事を待った。

待って……？　精霊王様が、私を好き……？

そ、そんなことありえるわけ……

真っ先に否定する私だったけれど、脳内に精霊王様の言葉が反響する。

『ノーラ、今から話すことは全て真実だ。それは天恋華が証明してくれる。だから――ちゃんと僕の気持ちを受け止めてほしい』

そ、そうだ……天恋華が……

うまく思考がまとまらないまま、私は銀髪美人の足元へ視線を移した。

月明かりの僅《わず》かな光を頼りに、精霊王様の足元に生《は》える花を見つめる。

別名『嘘嫌いの花』と呼ばれる、その花は――精霊王様の本心を証明するように、紫色のままだった。一輪たりとも花びらが赤く染まっていない。

精霊王様が語った恋心は本物だと、天恋華が私に告げていた。

う、そ……？　本当なの……？

本当に精霊王様は私のことを……醜《みにく》くて大した価値もない私のことを――愛しているの？

実の両親や元婚約者にも愛されなかった私を……この人は本当に愛していると言う

の……？

私みたいな人間に交際や結婚なんて絶対無理だと思っていたのに……！

ダニエル様に婚約破棄されてから、もう恋愛はいいと諦《あきら》めていたのにっ……！　どうして今なのですか……？

もう諦《あきら》めていたのに……結婚も恋愛もしなくていいと、割り切っていたのに……！

天恋華によって力を得た精霊王様の言葉は、私の胸に深く……本当に深く突き刺さる。

それは私の心を揺るがし、あっさりと涙腺《るいせん》を崩壊させた。

せっかく化粧で綺麗になった顔が、これでは台無しだ。

そうわかっていながらも、涙を止めることはできなかった。

「っ～……！　なんで私なんですかっ……！　精霊王様なら、もっと相応《ふさわ》しい人がいるじゃないですか……！」

「まあ確かに、ノーラよりいい人はいくらでもいるだろうけど、僕の好きな人は君だけだから。優しくてお人好《ひとよ》しで可愛くて……うんざりするほど心が綺麗な君が、僕は好きだよ」

「っ……！」

平然と甘い言葉を吐く精霊王様に、私は言葉を詰まらせる。

そして、彼は、穏やかに目を細めた。

「ふふっ。照れてるの？　ノーラは本当に可愛いね」

「か、可愛くないですっ……！」

精霊王様のストレートな言葉に照れる私を、銀髪美人は楽しそうに眺めている。

私を「可愛い」と持《も》て囃《はや》す彼の言葉に嘘はない。

紫のまま変わらない天恋華の花を見れば、それは一目瞭然《いちもくりょうぜん》だ。

精霊王様が私のことをそんな風に思っていたなんて……全然知らなかった。

ずっと、私の――片想いだと思っていたから。

精霊王様にこうして告白されるまでずっと誤魔化《ごまか》してきた気持ち。

必死に隠して、認めようとしなかった感情が、私の胸の中にはあった。

この感情を肯定してはいけないと思っていた。

私みたいに醜《みにく》い者が精霊王様に想いを寄せるなんて、烏滸《おこ》がましいと思っていた。

なのに――両想いなんて、聞いていないですっ……！

私は頬を伝ってポロポロと流れる涙をそのままに、上目遣いでこちらを見上げる柘榴《ざくろ》の瞳を、強く見つめ返した。

「ノーラ、君の返事を聞かせてくれるかい？　もちろん断ってくれても構わないけど、その場合は明日から覚悟しておいてね？　毎日愛を囁《ささや》いて、無理やりにでも僕のこと意識させるから」

何故かここにきて、脅《おど》してくる精霊王様。

泣いてばかりで返事をしない私に、痺《しび》れを切らしつつあるのかもしれない……でも、そんな彼をも愛《いと》おしく感じた。

これは、精霊王様も私も重症みたいね。

よく恋愛小説である『好きな人の全てが愛《いと》おしい』って、こういう気持ちなのかしら？

私は返事を待ち続ける銀髪の美青年にキュンと胸を鳴らしつつ、ゆっくりと口を開いた。

涙が止まらない私の口端からは、嗚咽《おえつ》の声が漏れ出る。

こんな状態で返事なんて格好悪いけれど、今この場でしないといけない気がした。

「精霊王様、私も――あなたのことが好きですっ……！　だから、その……その告白、お受けします……！」

鼻声になりつつも紡ぎ出した言葉は、情けないほど震えていた。

それでも最後まできちんと言い切る。

そして、私は――差し伸べられたその白くて大きい手に自身の手を重ねた。

ダニエル様に婚約破棄されたことがトラウマになり、ずっと誤魔化《ごまか》してきたけど……やっと自分の気持ちを認めることができた。

そして、精霊王様にこの気持ちを打ち明けることができた。

これほど嬉しいことはない。

涙でぐちゃぐちゃになった頬を無理やり動かして笑う私に、精霊王様は僅《わず》かに目を見開く。

そして――重ねた私の手を思い切り引っ張った。

「ひゃっ!?」

悲鳴と呼ぶにはあまりにも間の抜けた声をあげ、私は精霊王様の胸に飛び込む。

彼は私の体をしっかりと抱き締め、そのまま花畑に身を沈めた。

な、なななななな、なっ……!?

い、いきなり手を引っ張るものだから、踏ん張りきれずに転んでしまったわ……！

精霊王様は大丈夫かしら!?　私の体重で潰れたりとか……

最近ジンたちの影響でお菓子ばかり食べていたから、絶対重いと思うわ……ダイエットしたほうがいいかしら？

私は精霊王様に抱き締められているこの状況よりも、自分の体重のほうが気になってしまう。

すると精霊王様は、大きく息を吐いた。

「はぁー……ノーラと両想いなんて、嬉しすぎて泣きそうだよ。鈍感《どんかん》なノーラが相手だから、長期戦を覚悟していたのに……まさか、こんなに早く僕のものにできるなんて……夢みたいだ」

そう言われて、私の頭からは体重のことなど吹き飛んでいく。

動揺したまま、私はなんとか口を開いた。

「ゆ、夢みたいなのは私のほうです……！　まさか、精霊王様が私のことをす、すすすす、好きだなんて……！　全然知りませんでした」

「ははっ！　結構わかりやすくアピールしてたつもりなんだけど、鈍感《どんかん》なノーラには直球じゃないとわかんなかったみたいだね」

「うっ……！」

クスクスと笑う、精霊王様の声が聞こえる。

顔が見えなくても、精霊王様が楽しそうなのはよくわかった。

精霊王様が私を好いていると知った上で今までの記憶を辿《たど》ってみると、確かに彼のアピールはかなりわかりやすかった。

むしろ、なんで私が彼の好意に気づかなかったのか謎なくらい……

私は自尊心が低く、ネガティブ思考に走りやすいから、精霊王様のアピールを好意として受け止めることができなかったのだろう。

ポロポロと涙を流したまま苦笑を浮かべる私を、精霊王様は不意に強く抱き締める。

まるで離さないとでもいうように……

精霊王様の独占欲がありありと伝わってくる抱擁《ほうよう》は、愛に飢《う》えた私にはちょうどよく感じた。

布越しに伝わってくる体温も、この優しい香りも、聞こえてくる少し速い鼓動も全てが心地よい。

嗚呼《ああ》、本当に――幸せだわ。

これほど強く幸せを感じたことはない。

大好きな人の傍《そば》にいられるだけで、こんなに幸せだとは思わなかった。

「ノーラ、必ず幸せにするからね。愛してるよ」

綺麗な夜空を背に、私に未来の約束と甘い言葉を紡ぐ精霊王様は、柘榴《ざくろ》の瞳をうんと優しく細める。

その瞳に嘘偽《いつわ》りはない。

……本当に精霊王様は意地悪ですね。

今、そんなことを言われたら、嬉しすぎて涙が止まらないじゃないですか。

私は流れる涙をそのままに、精霊王様の頬へ手を伸ばす。

銀髪赤眼の美丈夫《びじょうふ》は、私のその手を受け入れた。

きめ細やかな白い肌が、私の手にそっと触《ふ》れる。

「私も――タリア様のことをお慕《した》い申し上げております」

涙でぐちゃぐちゃになった酷《ひど》い顔に笑みを浮かべてそう言うと、彼は僅《わず》かに目を見開き――幸せそうに微笑んだ。

◇◆◇◆

魔物の軍勢が我が国に押し寄せるという騒動が起きてから二日が経過した頃、私――プネブマ王国の国王は今日も今日とて自国の復興に尽力していた。

来る日も来る日も一向に減らない書類の山は、相変わらずである。

私はもう見慣れた執務室の光景に溜め息を零《こぼ》しつつ、次の書類に手を伸ばす。

手にした書類の文面に目を通しながら、私は二日前の出来事を思い返していた。

正直な話、あのときノーラ嬢が来てくれるとは思わなかった。

それも、たった一人の妹を助けるためだけに……

あんなにも酷《ひど》い行《おこな》いをしてきた、ルーシー嬢を……

きっと、驚いたのは私だけではなかったはずだ。

壁の上から弓や魔法陣の準備をしていた兵士たちも、冷静沈着《れいせいちんちゃく》な宰相も、民を守ろうと立ち上がった貴族たちも……みんな、ノーラ嬢の登場に驚いていたはずだ。驚かないほうがおかしい。

まあ、あの場に現れたのはノーラ嬢だけではなかったが……

少し遅れてあの場に姿を現したのは、ノーラ嬢の契約精霊であるジンとベヒモス、それから――精霊王。

あの場に居合わせた兵士たちの話によると、ノーラ嬢は確かにあの男性のことを「精霊王様」と呼んだらしい。そして、その正体を疑わせなかった一番の理由は、その男が見せた圧倒的な魔力量だ。

あれほどの魔力量を持ち、強い魔法を使う者は、精霊の中でも精霊王に位置する者だけだろう。

だから、私は……いや、我が国の大半が、あの謎の男を精霊王だと確信している。

あの男の大きすぎる魔力は、王城で待機していた私でも感じ取れたくらいだからな。

近くにいた者は、その魔力に圧倒されたことだろう。

報告書によると、精霊王の魔力に当てられて倒れた兵士もいたらしい。

仮にも訓練された兵士が魔力に当てられて倒れるなど……常識では考えられないことだ。

だが、現実に起きたのだから、それは事実として受け止める他あるまい。

私は読み終えた決算書類に、計算の間違いを指摘する文章を記入し、『やり直し』という意味を示すハンコを押した。

そして、再び未処理の書類に手を伸ばす。

さっきから、この繰り返しだ。

結局ノーラ嬢は魔物の軍勢を止めに来ただけで、我が国に帰ってきてはくれなかったな……

いや、そんなことはわかっていた。

あのノーラ嬢が磔《はりつけ》にされた他の囚人には一切手を貸さず、ルーシー嬢だけを助けた時点で、彼女が帰ってこないのは明白だった。

彼女はあくまで自分の妹を助けに来ただけで、我が国を救いに来たわけではない。

我々には何も言わず、魔物の軍勢だけ片付けて精霊たちとともに帰ったのが、何よりの証拠だろう。

――ノーラ嬢は、我が国に帰ってくる気が微塵《みじん》もない。

彼女のとった行動が、その揺るぎない意志と決意を物語っていた。

「わかってはいたんだがな……。一瞬でも希望を抱《いだ》いた自分を浅ましく思う……」

虚無《きょむ》を募《つの》らせたその呟《つぶや》きはまるで自分を責め立てるように、私の心に深く刻み込まれた。

エピローグ

――プネブマ王国を魔物の大群が襲ってから、半年が過ぎたある日。

めでたく婚約と交際をスタートさせた私とタリア様は、デートで人間の国を訪れていた。

本日私たちがお忍びで訪れたのは、プネブマ王国と友好関係にあるセレスティア王国だ。

この国は海沿いにあるため貿易も盛んで、かなり発展している。

移民の受け入れもしているため、各国からいろんな人が集まっていた。

「ここは人混みがすごいね。はぐれないよう、しっかり僕の手を握っててね？　ノーラ」

「わ、わかりました」

ものすごい人混みの中、私は繋《つな》がれた手をギュッと握り締める。

フードを深く被《かぶ》っているため、タリア様から私の顔は見えないと思うけれど、私の頬は僅《わず》かに熱を持っていた。

私は照れ隠しに、さらに深くフードを被《かぶ》る。

フード付きのローブを着てきて正解だったわね……こんな顔、タリア様に見せられないもの。

認識阻害の魔法が付与されたこのローブは、シェイド様に貸していただいたもので、タリア様も同じものを羽織っている。

元聖女の私は周辺諸国に顔が知られており、タリア様はよくも悪くも目立つ容姿をしているため、このような対策が必要なのだ。

しばらく歩いたところで、タリア様が口を開く。

「ノーラ、ちょっと早いけど昼食にしようか。観光はそれからにしよう」

「そうですね。お店が混雑する前にお昼を済ませてしまいましょうか」

人混みに圧倒され、観光どころではない私たちは、昼食という名の避難を選択した。

通行の邪魔にならないよう、一旦道路の端に移動する。

「どこか入りたい店はあるかい？」

「あっ！　それなら、あちらのお店なんていかがで……あっ」

タリア様の問いに嬉々として人気の飲食店を指さす私だったけれど、中途半端なところで言葉を切ってしまう。

私の視線の先には、店内で働くショートヘアの女性従業員がいた。

あの可愛らしい顔には見覚えがある。

「――ルーシー……」

私はほぼ無意識に、そう呟《つぶや》いていた。

食い入るように、じっと彼女を観察する。

髪形も服装も雰囲気も変わっているけれど、あの子は確かにルーシーだ。

私が見間違えるはずがない。だって、私はあの子の姉なのだから……。

砂漠の真ん中で野垂《のた》れ死にそうになっていたルーシーが、運よく通りかかった商人に助けられたらしいということは、風の噂で知っていたけれど、まさかこの店で働いているなんて……予想外だったわ。

あの子のことだから、てっきり適当に男を騙《だま》して悠々自適《ゆうゆうじてき》な生活を送っているのかと……。

慌《あわ》ただしく店内を動き回るルーシーには、もう貴族令嬢としての面影《おもかげ》はない。

本物の町娘みたいに、よく働いている。

タリア様も彼女に気づいたようで、興味深そうに目を細めた。

「ただのワガママ娘かと思っていたけど、意外と根性あるね。普通の貴族令嬢なら、三日と持たずに辞めていると思うよ」

「仕事もそうですが、今まで使用人にお世話されていた令嬢が平民と同じ日常を送るのは、相当大変でしょう。服を着ること一つとっても、かなり苦労すると思いますから」

私はタリア様の言葉に頷いた。

私は特殊《とくしゅ》な環境下に置かれていたから、自分のことは自分でやれるようになっていたけれど、根っからのお嬢様気質であるルーシーには難しかったはず……

でも、ルーシーは生き残るために己《おのれ》のプライドを捨て、平民であることを受け入れたのだろう。

それは、誰にでもできることじゃない。

ルーシーのことを許したわけじゃないけれど、素直にすごいと思った。

彼女の潔《いさぎよ》さと行動力には、昔から敵《かな》わない。

「どうする？　ノーラ。冷やかしついでに行ってみるかい？」

私の顔を覗《のぞ》き込《こ》んでくるタリア様は、悪戯《いたずら》っ子みたいに笑った。

私は悪いことを企《たくら》む銀髪赤眼の美丈夫《びじょうふ》に、苦笑を浮かべる。

認識阻害の魔法が付与されたこのローブがあれば、ルーシーに気づかれることなく、お店に入ることができるけれど……

「――別のお店に行きましょう。近くに別の美味《おい》しいと評判のレストランがあるんです」

そう言って、私はタリア様の手を引いて歩き出した。

私たちは人混みに紛《まぎ》れ、ルーシーの働く飲食店から離れていく。

ルーシーにとって毒でしかない私は、もう彼女の人生に関わらないほうがいいでしょう。互いのためになりません。

何より――今はタリア様とデート中ですから。誰にも邪魔されたくないのです。

私はタリア様と交際を始めてから、随分《ずいぶん》と欲張りになってしまった。

今だけは忙しい彼を、独占したいと願っているのだ。

そして、私は愛《いと》しい人を離さぬようにと、今一度ギュッと手を握り締める。

――さようなら、ルーシー。

私は愛する人と幸せな人生を歩んでいくわ。

私を散々苦しめたあなたに「幸せになって」なんて言うつもりはないけど……

どうか、お元気で。

書き下ろし番外編

結婚

「ねぇ、ノーラ――僕はそろそろ結婚したいと思っているんだけど、どうかな？」

そう言って、私の顔を覗《のぞ》き込《こ》んできたのは――精霊王であるタリア様だった。

「婚約してから、もう二年も経つし」と零《こぼ》す彼は、そっと私の手を握る。

と同時に、少し距離を詰めてきた。

せっかく、四人掛けのソファに並んで座っているというのに、これでは意味がない。

というか、近い。

「あ、の……それは、えっと……」

「まだダメかい？　僕は早く、君と結婚したいんだけど」

頬を紅潮《こうちょう》させながら言い淀む私に対し、タリア様は残念そうな表情を浮かべた。

でも、強制するつもりはないのか、私の意思を尊重してくれている。

その健気な態度に、私は罪悪感を覚えた。

確かに婚約期間は二年もあれば、十分だ。

幼少期からの婚約でもない限り、もう結婚式の準備や花嫁修業を始めているはず。

だが、しかし――

「――精霊と人間の結婚はそう簡単にいきませんわ。ましてや、タリア様は国王ですし……民である精霊たちの反応を見てみませんと」

『結婚は私たち二人だけの問題じゃない』と主張し、私はやんわりと断った。

すると、タリア様はキョトンとしたような表情を浮かべる。

「なんだ、そんなことかい？」

「えっ？　そんなことって……」

『かなり重要なことじゃ……？』と困惑する私に、タリア様はふわりと柔らかく微笑んだ。

「大丈夫。問題ないよ――精霊たちは間違いなく、僕たちの結婚を祝福してくれるから」

自信たっぷりといった様子で言い切るタリア様に、私は戸惑《とまど》いを覚える。

彼が嘘をついているとは思わないが、だからと言ってすんなり信じられる話でもなかった。

「何故、そう断言できるのですか？　精霊の中には、人間に悪感情を持っている者もいますよね？」

「確かに人間をよく思っていない者も一定数いるけど、他人の結婚に口を挟むほど野暮じゃないよ」

「ノーラの心配するようなことは起きない」と言って、タリア様はじっとこちらを見つめる。

穏やかな表情に反して、彼の目は真剣で……これ以上、抵抗できなかった。

タリア様と結婚したいのは、私もだから。

でも、すぐに『いいよ』とも言えないわ……結婚を重要視しているからこそ、慎重にいきたいの。

「……タリア様のおっしゃることはわかりました。一度考えを整理したいので、時間をください」

即断を避けた私は、『前向きに検討しますから』と言い募《つの》る。

すると、タリア様は『仕方ないな』とでも言うように表情を和《やわ》らげ、頷いた。

◇◆◇◆

「──というわけで、みんなの意見を聞かせてもらえないかしら？　是非参考にしたいの」

そう言って、私は向かい側のソファで寛《くつろ》ぐジン、ベヒモス、シェイド様に相談を持ちかけた。

結婚にまつわる事柄を全て聞いた三人は、私の作ったクッキー片手に顔を見合わせる。

まるで、予想外の事態だとでも言うように。

『やっぱり、突然結婚の相談はまずかったかな？』と思案する中、彼らは——肩の力を抜いた。

「なんだ、そんなことかー。わざわざ、タリア様のいない時間に呼び出すから、何事かと思ったよー」

「アンシン……シタ……」

「別れ話の相談じゃなくて、本当によかったです」

あからさまにホッとしたような表情を浮かべる彼らは、『ふぅ……』と息を吐き出す。

深刻な様子など一切見せない三人に、私は内心首を傾げた。

確かに別れ話に比べれば重要度は下がるかもしれないけど、結婚話だって十分重大よね？

それなのに、なんでこんなに呆気らかんとしているのかしら？

怒《いか》りや不満を抱《いだ》いているわけじゃなく、私は単純に疑問に思った。

『なんだろう？　この温度差は』と。

困惑を隠しきれない私の前で、ジンは新しいクッキーに手を伸ばす。

「まあ、結論から言うと、僕は結婚に賛成かなー」

力任せにクッキーを割りながら、ジンは迷わず結婚を支持する。

適当に言っているわけではないだろうが、こんなにもあっさり賛成したことには少し驚いた。

『多少悩むかと思ったのに』と目を剥《む》く中、ジンはこう言葉を続ける。

「人間は結婚にいろんな意味を持たせるけど、精霊《僕たち》たちはあくまで個人的なことって認識しているからねー。精霊王だからって、好きな人と結婚できないなんておかしいじゃん？」

「ミンナ……シュクフク……スル……ゼッタイ……」

『僕たちはみんな恋愛結婚だし』と述べるジンに、ベヒモスも同調する。

どうやら、精霊と人間では結婚観が全く違うようだ。

結婚は家同士を繋《つな》ぐためという意識が強かったけど、そうじゃないのね。

前提を切り崩され、戸惑《とまど》う私は妙に自信たっぷりだったタリア様を思い出す。

と同時に、納得した。

『ああ断言できたのは、こういう価値観が精霊国に根付いているからか』と。

結局、暴走していたのは私のほうだったのね……恥ずかしい。

『まず、いろいろ確認するべきだった』と反省していると、シェイド様が口を開く。

「女性に興味のなかった兄上が、やっと伴侶《はんりょ》を見つけたのです。喜びこそすれ、邪魔する者はいませんよ。だから、安心して結婚してください」

『早く片付いてくれ』という本音が透《す》けて見えるシェイド様は、ここぞとばかりに結婚を勧《すす》めてきた。

と思うと、僅《わず》かに表情を曇《くも》らせる。

「まあ、王妃として受け入れられるかどうかは別問題になりますが……」

「いや、ノーラなら大丈夫でしょー。多少時間はかかるかもしれないけど、絶対に受け入れられるってー」

「ノーラ……ヤサシイ……ダカラ……ミンナ……スキニナル……」

不安要素を口にするシェイド様に対し、ジンとベヒモスは『問題ない』と太鼓判を押す。

精霊の特性や私という人間の本質を見抜いているからこそ、そう言ってくれるのだろう。

信頼する二人の後押しを受け、私は真剣に今後のことを考えた。

と言っても、もう結論は出ているが……だって、一番の不安要素はジンのおかげで消えたから。

ギュッと胸元を握り締める私は、ちょっと緊張しながら顔を上げる。

「……みんなの意見はよくわかったわ。いろいろ教えてくれて、ありがとう。これでようやく、踏ん切りがついたわ」

真剣な表情を浮かべ私は、真《ま》っ直《す》ぐに前を見据《みす》えた。

すると、ジンが声をあげる。

「じゃあ……！」

「ええ——タリア様と結婚するわ」

僅《わず》かに頬を紅潮《こうちょう》させながらそう言うと、ジンたちは弾《はじ》けるような笑顔を見せた。

普段あまり笑みを浮かべないシェイド様まで表情を和《やわ》らげ、歓喜している。

——と、ここで開けっ放しの窓がコンコンッと叩かれた。

「——その話、僕にも詳しく聞かせてほしいな」

そう言って、窓枠に頬杖をついたのは——他でもないタリア様だった。

予想外の人物の登場に凍りつく私たち。先程までの興奮が嘘のように静まり返っている。

別に悪いことをしたわけじゃないのに、なんだろう？　この後ろめたさは。

まるで、浮気現場を見られたような気分だわ。

未だかつてないほどの気まずさを感じる私は、タラリと冷や汗を流す。

「えっと、どうしてタリア様がここに……？　お城で仕事をしているはずでは……？」

直球で質問を投げかける私に対し、タリア様はスッと目を細める。

「僕だけのけ者にしてお茶会しているみたいだから、気になって来たんだよ。あっ、仕事はもちろん終わらせてきたよ？」

「えぇ!?　あれだけの量をこの短時間で、ですか!?　兄上はやっぱり、天才ですね！」

手放しで称賛するシェイド様は、空気も読まずに歓喜の声をあげた。

「すごいです！」と連呼する彼をよそに、タリア様は窓枠を乗り越えて中に入ってくる。

そして、私の隣に腰を下ろした。

「とりあえず、シェイドたちは席を外してもらえるかい？　ノーラと二人きりで話がしたいから」

そう言うといつものように私の腰を抱き寄せながらタリア様は、ニッコリと微笑んだ。

『まさか、野暮な真似はしないよね？』と圧をかける彼に、ジンたちは呆《あき》れたような表情を浮かべる。

「タリア様って、意外と嫉妬《しっと》深いよねー」

「メンドウクサイ……」

「まあ、その……独占欲を発揮《はっき》するのも、程々にしたほうがよろしいかと」

悪態や忠告を口にする三人は、これみよがしに溜め息を零《こぼ》して去っていった。

残されたティーカップやソーサーを前に、私は『こ、心の準備が……』と戸惑《とまど》う。

でも、ずっとこのままじゃいられないので、意を決して口を開いた。

「タリア様、その……」

「ノーラ、ああいうことはまず僕に言ってくれない？　僕より先に結婚の返事を知っている人がいるなんて、耐えられないよ」

私の言葉を遮《さえぎ》るようにして、本心を打ち明けたタリア様はじっとこちらを見つめる。

まるで、私の反応を確認するみたいに。

自分の気持ちをどこまで受け入れてもらえるかわからなくて、不安なのだろう。

「本当は僕にだけ言ってほしかったんだけど、内容的にそれは無理だろうし……だから、せめてこれからは一番最初に報告してほしいんだ」

切なげな表情で言葉を重ねるタリア様に、私は思わず胸を高鳴らせた。

だって――あまりにも、可愛かったから。

不謹慎なのは百も承知だが、これでもかというほど母性をくすぐられた。

『それは反則よ……！』と思いつつ、私はなんとか顔を上げる。

「はい、わかりました」

「以後気をつけます」と言い、私は柘榴《ざくろ》の瞳を見つめ返した。

すると、タリア様は歓喜とも安堵《あんど》とも思える笑みを零《こぼ》す。

先程までの不安そうな様子は一切なかった。

『いつも通りのタリア様に戻ってよかった』と表情を和《やわ》らげた私に、彼は何故か居住まいを正す。

そして、私の頬に手を添えると、僅《わず》かに目を細めた。

「それじゃあ――改めて、結婚の返事を聞かせてくれる？」

「ええ!?　でも、返事はさっき聞いたはずじゃ……!?」

反射的に否定の言葉を並べる私に、タリア様は少し拗《す》ねたような表情を浮かべた。

「確かに聞いたけど……でも、それはシェイドたちに向けた言葉だろう？　僕へのものじゃない。だから、もう一度言ってほしいんだ」

『ダメ……？』と首を傾げるタリア様は、かすかに眉尻を下げた。

捨てられた子犬のような目でこちらを見つめる彼に、私は『ダメ』なんて言えなくて……早々に白旗をあげる。

「……わ、わかりました」

羞恥心《しゅうちしん》に苛《さいな》まれながらも、私はタリア様の要望を叶えると決意した。

パッと表情を明るくさせる彼の前で、私は何度か深呼吸する。

一度、気持ちを落ち着かせないと、変なことを口走ってしまいそうだから。

まあ、タリア様ならそんな失敗も笑って許してくれそうだけど。

『これもいい思い出になるよ』なんて、言いながら。

スッと目を細める私は、先程より幾分か冷静になった状態で顔を上げた。

と同時に、柘榴《ざくろ》の瞳を真《ま》っ直《す》ぐに見つめ返す。

正直、まだ少し恥ずかしいが、もう緊張はしてなかった。

『大丈夫、ちゃんと言える』と自分に言い聞かせ、私はゆっくりと口を開く。

「タリア様、先日いただいた結婚の話──謹《つつ》んでお受けしますわ。ふつつか者ですが、どうぞよろしくお願いします」

「ああ、こちらこそ」

ふわりと柔らかい笑みを零《こぼ》すタリア様は、愛《いと》おしげに私を見つめた。

――というやり取りをしたのが、ちょうど半年前。

今、私はウェディングドレスを着て、もうすぐ始まる結婚式に備えていた。

はぁ……ついに本番かと思うと、緊張するわね。

上手にできるかしら？

精霊城の一室で少し不安になりながら私は、姿見に映った自分を見つめる。

身につけているのは『一生に一度の晴れ舞台だから』とジンたちが用意してくれたエメラルドのネックレスやピアス。

ここまでやってもらって失敗したら、どうしよう？

「いや、弱気になっちゃダメよね……！　結婚式を楽しむくらいの気概がないと！　せっかく着飾ってもらったのに、暗い顔をしていたら全部台無しだわ！」

綺麗に化粧された顔と煌《きら》びやかな衣装を見ながら、私は奮起する。

そして、『結婚式の準備を手伝ってくれた人たちのためにも、最後まで楽しもう』と決意した。

――と、部屋の扉がノックされる。

「そろそろ時間だ、ノーラ。出ておいで」

「あっ、はい！　今、行きますわ！」

扉の向こうから聞こえるタリア様の声に促《うなが》され、私は出入り口へ足を向けた。

慣れない格好に四苦八苦しつつも歩みを進め、扉を開ける。

すると、そこにはタリア様の姿があった。

白のタキシードに身を包む彼は、今日だけ特別に髪を結い上げている。

所謂《いわゆる》ポニーテールという髪型だが、とても似合っていた。

「はぁー……本当に可愛い。打ち合わせの際に何度か見たはずなのに、胸の高鳴りを抑えられないよ」

思わずといった様子で口元を押さえるタリア様は、若干頬を赤くする。

「このまま攫《さら》ってしまいたいな」と零《こぼ》しながら、お団子にした私の髪に軽く触《ふ》れた。

「タリア様も、その……すごく格好いいですわ。まるで童話に出てくる王子様のようです」

『せっかくの結婚式だから』と、私は勇気を出して思ったことを口にする。

――が、やっぱり恥ずかしくてすぐに下を向いてしまった。

体が沸騰したように熱くなる中、不意に体を抱き締められる。

「全く……ノーラはどれだけ、僕を煽《あお》れば気が済むんだい？　危うく、本当に攫《さら》ってしまうところだったよ」

タリア様は少し焦《あせ》りの滲《にじ》んだ声で「困った子だ」と言い、優しく背中を撫でる。

精神統一を図っているのか、耳元から彼の深呼吸……いや、息遣いが聞こえた。

きょ、距離が近すぎる……!!

「ふぅ……さて、皆のところへ行こうか。きっと、僕たちの登場を今か今かと待ち侘《わ》び《ま》ているだろうから」

ようやく気持ちが落ち着いたようで、タリア様はそっと体を離した。

かと思えば、こちらに手を差し出す。

白い手袋がはめられたソレを前に、私は大きく頷いた。

『みんなを待たせちゃいけない！』と手を重ね、タリア様のエスコートで城の庭へ出る。

すると――ジンやベヒモスをはじめとする精霊たちが出迎えてくれた。

ジンやベヒモス以外の精霊たちは、精霊王の結婚式だから来てくれたのだろうが……

それでも、嬉しい。

まさか、こんなにも多くの人々に祝ってもらえるとは思ってなかったから。

精霊国での結婚式は基本身内だけで行《おこな》うって、聞いていただけに衝撃が大きいわ。

タリア様は余程、民たちに好かれているのね。

『すごいわ』と素直に感心する私は、もうすぐ夫となる人物を誇《ほこ》りに思った。

『相応《ふさわ》しい妻になれるよう努力しなくては』と決心しつつ、噴水の前で足を止める。

そして、お祝いに駆けつけてくれたみんなと向かい合った。

「――これより、精霊王タリアとノーラの結婚式を執《と》り行《おこな》います。二人の結婚に同意する者は跪《ひざまず》き、その意を表しなさい」

結婚式の進行を担《にな》うシェイド様のお言葉により、精霊たちは一斉《いっせい》に跪《ひざまず》く。

私たちの新たな門出を祝うように。

ちなみにここで立ったままの者がいれば、何故結婚に反対なのか問《と》い質《ただ》すのが慣習らしい。

まあ、そんな事態になるのはごく稀《まれ》みたいだけど。

ジンに教えてもらった精霊国スタイルの結婚式について思い返し、私は内心ホッとする。

正直、最後の最後で『待った』を掛ける者がいるんじゃないかと少し不安だったから。

『よかった』と肩の力を抜いていると、シェイド様が口を開く。

「観客全員《証人》の同意が得られたものと判断し、精霊王タリアとノーラの結婚を承認します。今このときより、お二人は夫婦となりました。誠におめでとうございます」

「「「おめでとうございます！」」」

事前に打ち合わせでもしていたかのように声を揃《そろ》える精霊たちは、笑顔でこちらを見た。

喜ばしいと言わんばかりに。

『嗚呼《ああ》、本当にタリア様のことが大好きなんだな』と実感する中、シェイド様はコホンッと一回咳払いをする。

「では、お二人の結婚を祝福する者は前へ」

その言葉を合図に、四人の精霊が立ち上がり、私たちの前へやってきた。

「風の精霊の代表として、馳《は》せ参《さん》じましたー！　ジンです！」

「ツチ……ノ……セイレイ……ノ……ダイヒョウ……ベヒモス……」

「水の精霊の代表である、クララですわ」

「火の精霊の代表、エフリートだぜ！」

それぞれ簡単に自己紹介を済ませると、四人は天に向かって手や鼻を伸ばした。

かと思えば――空から何か降ってくる。

「祝福の証《あかし》として、僕たちは今日一日――幻の雨を降らせることにしました！　どうか、みんなの気持ちをお受け取りください！」

風に音を乗せて宣言するジンは、無邪気に笑った。

と同時に——空気を圧縮して作った木の葉が、七色に輝く花びらが、手のひらより大きい雪の結晶が、触《ふ》れても熱くない火花が体に舞い落ちる。

「ほう……これは見事だね」

感嘆の声を漏らすタリア様は、「素晴らしい」と絶賛した。

他の者たちも子供のように目を輝かせ、「綺麗だ」とはしゃぐ。

芸術的ともいえる光景に、誰もが心を奪われていた。当事者であるはずのジンたちさえも。

祝福は基本、一人ずつ……もしくは種族ごとに行《おこな》うって聞いていたけど、四種族で力を合わせることもあるのね。

『ジンたちが頑張って説得してくれたのかな？』と思いつつ、私は絶え間なく降り注ぐ幻の雨に感激した。

「素敵な祝福《贈り物》をありがとう」

「一生の思い出になったよ。僕からも礼を言う」

四種族の代表者たちに向き直り、私とタリア様は感謝の意を表す。

すると、四人は照れ臭そうに頬を赤くした。

「どういたしまして」と述べながら、シェイド様の指示で後ろへ下がる。

その姿を見届け、シェイド様はこちらに目を向けた。

「では、最後に――証明のキスをお願いします」

――証明のキス。

それは夫婦になったことを、みんなに公表する行為である。

誓いのキスみたいなものだ。

精霊国スタイルの結婚式は、これを最後に終了する。

「ノーラ、こっちを向いて」

「は、はい……」

穏やかなテノールボイスに促《うなが》されるまま、私は体の向きを変える。

そして、ゆっくりと顔を上げると――幸せそうに微笑むタリア様と目が合った。

熱を孕《はら》んだ柘榴《ざくろ》の瞳に捉《とら》えられ、私は『嗚呼《ああ》、本当にこれからキスするんだ』と実感する。

第三者に見られながらキスするのは、正直恥ずかしいけど……タリア様のことだけ見ていれば、大丈夫な気がする。

「ノーラ」

「はい、タリア様」

じっと目を見つめたまま返事をすると、銀髪赤眼の美丈夫《びじょうふ》は嬉しそうに微笑んだ。

かと思えば、私の顔にかかっているベールを長い指先でそっと捲《めく》る。

そして、露《あら》わになった私の顔を両手で包み込んだ。

「心の底から、愛しているよ。僕のお嫁さんになってくれて、ありがとう」

「僕は世界一の幸せ者だ」と言い、唇を重ねるタリア様。

触《ふ》れるだけの優しいキスだったが、愛の言葉も相まってすごくドキドキした。

離れていく唇を視線で追いながら、私は頬を紅潮《こうちょう》させる。

――と、ここで周囲から歓声があがった。

「おめでとうございます！」と口々に言う精霊たちは、いつの間にかお酒やお菓子を手にしている。

早くも宴会に突入する彼らを前に、私はクスリと笑みを漏らした。

と同時に、頬の熱が少し冷める。

「タリア様」

「ん？」

「先程は言いそびれてしまいましたが――私もタリア様のことを愛しています。夫婦になれて、とても幸せです」

お世辞じゃない本音を口にする私は、頬に添えられたタリア様の手に擦《す》り寄《よ》った。

すると、彼は声にならない声をあげ――少し乱暴に唇を重ねる。
その余裕のなさが、なんだかとても愛《いと》おしくて……胸の高鳴りを抑えきれなかった。

新感覚ファンタジー
RB レジーナ文庫

出会ったのは本物の愛――

レジーナブックス Regina

交換された花嫁

秘翠ミツキ　イラスト：カヤマ影人

定価：704円（10%税込）

「お姉さんなんだから我慢なさい」と言われてきたアルレット。ある日、甘やかされた妹から常識外れのお願いをされる。「お姉様の婚約者と私の婚約者を交換しましょう?」、そんな我儘を押し通されたアルレットは、冷酷な性格である上、あまりよい噂がないという第二王子へ嫁ぐことになって……?

詳しくは公式サイトにてご確認ください
https://www.regina-books.com/

携帯サイトはこちらから!

新感覚ファンタジー

RB レジーナ文庫

チート爆発異世界道中スタート!!

レジーナブックス Regina

転移先は薬師が少ない世界でした 1〜5

饕餮　イラスト：藻

定価：704円（10%税込）

神様のミスのせいで、異世界に転移してしまった優衣。しかも、もう日本には帰れないらしい……仕方なくこの世界で生きることを決めて、神様におすすめされた薬師になった優衣は、あらゆる薬師のスキルを覚えて、いざ地上へ！　心穏やかに暮らせる定住先を求めて、旅を始めたのだけれど――!?

詳しくは公式サイトにてご確認ください

https://www.regina-books.com/

携帯サイトはこちらから！

新感覚ファンタジー
RB レジーナ文庫

乙女ゲーム世界で、絶賛飯テロ中!?

レジーナブックス Regina

婚約破棄されまして（笑）1〜3

竹本芳生　イラスト：封宝

定価：704円（10%税込）

ある日、自分が乙女ゲームの悪役令嬢に転生していることに気づいたエリーゼ。テンプレ通り婚約破棄されたけど、そんなことはどうでもいい。せっかく前世の記憶を思い出したのだから色々やらかしたろ！　と調子に乗って、乙女ゲーム世界にあるまじき料理をどんどん作り出していき——!?

詳しくは公式サイトにてご確認ください

https://www.regina-books.com/

携帯サイトはこちらから！

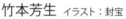

新感覚ファンタジー
RB レジーナ文庫

逆行転生した悪役令嬢vs執着王子

レジーナブックス Regina

断罪された悪役令嬢は
頑張るよりも
逃げ出したい

東原ミヤコ　イラスト：薔薇缶

定価：704円（10%税込）

王子レイスにベタ惚れするあまり、彼に近づく聖女ユリアを害そうとした罪で処刑されたアリシア。しかしそれは前世の話。アリシアは『前回』の記憶を持ったまま、同じ人生を繰り返しているのだ。今度こそ処刑なんてされず、安寧を手にしたい！　そのために王子も聖女もいない場所へ逃げ出した……

詳しくは公式サイトにてご確認ください

https://www.regina-books.com/

携帯サイトはこちらから！

本書は、2021年5月当社より単行本として刊行されたものに書き下ろしを加えて文庫化したものです。


この作品に対する皆様のご意見・ご感想をお待ちしております。

おハガキ・お手紙は以下の宛先にお送りください。

【宛先】

〒150-6008 東京都渋谷区恵比寿4-20-3 恵比寿ｶﾞｰﾃﾞﾝﾌﾟﾚｲｽﾀﾜｰ 8F
（株）アルファポリス　書籍感想係

メールフォームでのご意見・ご感想は右のＱＲコードから、
あるいは以下のワードで検索をかけてください。

アルファポリス　書籍の感想　検索

ご感想はこちらから

レジーナ文庫

可愛《かわい》いだけの無能《むのう》な妹《いもうと》に聖女《せいじょ》の座《ざ》を譲《ゆず》ろうと思《おも》います

あーもんど

2023年11月20日初版発行

文庫編集－斧木悠子・森 順子
編集長－倉持真理
発行者－梶本雄介
発行所－株式会社アルファポリス
〒150-6008 東京都渋谷区恵比寿4-20-3 恵比寿ｶﾞｰﾃﾞﾝﾌﾟﾚｲｽﾀﾜｰ8階
TEL 03-6277-1601（営業）　03-6277-1602（編集）
URL https://www.alphapolis.co.jp/
発売元－株式会社星雲社（共同出版社・流通責任出版社）
〒112-0005 東京都文京区水道1-3-30
TEL 03-3868-3275
装丁・本文イラスト－煮たか
装丁デザイン－AFTERGLOW
（レーベルフォーマットデザイン－ansyyqdesign）
印刷－中央精版印刷株式会社

価格はカバーに表示されてあります。
落丁乱丁の場合はアルファポリスまでご連絡ください。
送料は小社負担でお取り替えします。
©Almond 2023.Printed in Japan
ISBN978-4-434-32909-8 C0193